AGATHA CHRISTIE
Meisterwerke

Agatha Christie

Alibi

Roman

Scherz

Einmalige Ausgabe 1996
Überarbeitete Fassung der einzig
berechtigten Übertragung aus dem Englischen
von Friedrich Pütsch
Titel des Originals: »The Murder of Roger Ackroyd«
Copyright © 1926 by Dodd Mead & Company Inc.
Alle deutschsprachigen Rechte beim
Scherz Verlag, Bern, München, Wien.
Umschlaggestaltung: Erich Flückiger

1

Mrs. Ferrars starb in der Nacht vom 16. auf den 17. September – an einem Donnerstag. Als ich am Freitag morgen gegen acht Uhr gerufen wurde, war nichts mehr zu tun. Sie war bereits seit mehreren Stunden tot.

Wenige Minuten nach neun kehrte ich wieder heim. Offen gestanden war ich außerordentlich bestürzt und beunruhigt. Ich will nicht behaupten, daß ich in jenem Augenblick die Ereignisse der nächsten Wochen voraussah. Das war bestimmt nicht der Fall. Aber mein Instinkt sagte mir, daß bewegte Zeiten bevorstünden.

Aus dem Eßzimmer zu meiner Linken tönte das Klappern von Teetassen und der kurze, trockene Husten meiner Schwester Caroline.

«Bist du's, James?» rief sie.

Die Frage war überflüssig, denn wer konnte es sonst sein! Aufrichtig gesagt, war meine Schwester der Grund, warum ich mich noch einige Minuten in der Diele aufhielt. Caroline ist nämlich so eine Art Tageszeitung. Ich vermute, daß Dienstboten und Händler ihr Reporterdienste leisten. Geht sie jedoch aus, so geschieht dies nicht, um Erkundigungen einzuziehen, sondern um Nachrichten zu verbreiten. Auch hierin zeigt sie eine verblüffende Gewandtheit.

Man wird meine Unentschlossenheit daher verstehen. Was immer ich Caroline über Mrs. Ferrars' Ableben erzählte, würde spätestens nach anderthalb Stunden Gemeingut des ganzen Dorfes sein. Dabei verlangt mein Beruf, daß ich verschwiegen bin. Unglücklicherweise erfährt meine Schwester aber auch ohne mein Zutun fast alles, was sie zu erfahren wünscht.

Mrs. Ferrars' Gatte starb vor ungefähr einem Jahr, und Caroline behauptete seither unaufhörlich, ohne die geringste Begründung zu haben, seine Frau habe ihn vergiftet.

Wenn ich erwiderte, daß Mr. Ferrars an akuter Gastritis gestorben sei, lachte sie nur. Daß die Symptome einer Magenentzündung und einer Arsenikvergiftung eine gewisse Ähnlichkeit aufweisen, gebe ich gerne zu, aber Carolines Beschuldigung beruht auf ganz anderen Überlegungen.

«Man muß sie nur ansehen», hörte ich sie sagen.

Mrs. Ferrars war, wenn auch nicht mehr ganz jung, so doch eine sehr anziehende Frau, und ihre Pariser Toiletten standen ihr gut, aber viele Frauen beziehen ihre Kleider aus Paris, ohne deshalb ihre Gatten vergiftet zu haben.

Während ich mir dies alles durch den Kopf gehen ließ, ertönte Carolines Stimme von neuem, diesmal aber schon etwas ungehalten.

«Um Gottes willen, was machst du denn so lange, James? Weshalb kommst du denn nicht zum Frühstück?»

«Ich komme schon», sagte ich eilig und betrat das Eßzimmer, strich ihr wie immer flüchtig über die Wange und widmete mich dann den Eiern mit Speck.

«Du wurdest heute sehr früh gerufen», begann sie.

«Ja», sagte ich. «Nach King's Paddock zu Mrs. Ferrars.»

«Das weiß ich.»

«Woher?»

«Annie erzählt es mir.»

Annie war unser Stubenmädchen. Ganz nett, aber eine unverbesserliche Schwätzerin.

Es entstand eine Pause. Ich beschäftigte mich wieder mit den Speckeiern. Die lange, schmale Nase meiner Schwester bebte ein wenig an der Spitze, was immer der Fall ist, wenn sie etwas interessiert oder aufregt.

«Nun?» fragte sie.

«Eine böse Sache. Nichts mehr zu machen. Muß im Schlaf gestorben sein.»

«Das weiß ich», sagte meine Schwester wieder.

Diesmal wurde ich ärgerlich.

«Das kannst du nicht wissen», fuhr ich sie an. «Ich wußte es selbst nicht, ehe ich dort war, und bisher habe ich keiner Menschenseele etwas davon gesagt. Wenn Annie es wüßte, müßte sie Hellseherin sein.»

«Nicht Annie erzählte es mir, sondern der Milchmann. Er hat es von der Köchin der Ferrars'.»

Wie ich schon sagte, hat Caroline es nicht nötig auszugehen, um Neuigkeiten zu erfahren. Sie sitzt einfach zu Hause, und man trägt sie ihr zu.

«Woran ist sie gestorben? An Herzversagen?»

«Sagte dir das der Milchmann nicht?» fragte ich sarkastisch.

Für Sarkasmus hat Caroline keinen Sinn. Sie nimmt alles ernst und antwortet dementsprechend.

«Er wußte es auch nicht.»

Schließlich mußte es Caroline doch früher oder später erfahren. So mochte sie es ebensogut von mir hören.

«Sie starb an einer zu großen Dosis Veronal. Sie nahm es in letzter Zeit gegen Schlaflosigkeit. Muß wohl zuviel gewesen sein.»

«Unsinn», erwiderte Caroline. «Sie nahm es mit Absicht. Mir kannst du nichts erzählen!»

Merkwürdig – wenn jemand ausspricht, was man selbst tief im Inneren fühlt, ohne es zugeben zu wollen, veranlaßt das einen sofort zu heftigem Abstreiten.

«Das sieht dir ähnlich», rief ich, «so ohne Sinn und Verstand zu reden! Weshalb, um Himmels willen, sollte Mrs. Ferrars Selbstmord begangen haben? Eine gesunde, wohlhabende Witwe in den besten Jahren, die nichts anderes zu tun hatte, als ihr Leben zu genießen. Lächerlich!»

«Durchaus nicht. Sogar dir kann nicht entgangen sein, wie verändert sie in der letzten Zeit aussah. Es kam so nach und nach in den letzten sechs Monaten. Es schien, als laste etwas Furchtbares auf ihr. Im übrigen hast du ja eben selbst zugegeben, daß sie an Schlaflosigkeit litt.»

«Und deine Diagnose?» fragte ich kühl. «Vermutlich eine unglückliche Liebe?»

«Reue», sagte sie mit großem Behagen.

«Reue?»

«Ja. Du wolltest mir nie glauben, als ich behauptete, sie habe ihren Gatten vergiftet. Heute bin ich mehr denn je davon überzeugt.»

«Ich finde, daß du nicht sehr logisch denkst», warf ich ein. «Eine Frau, die fähig ist, ein Verbrechen, einen Mord zu begehen, ist auch sicher kaltblütig genug, die Früchte ihrer Tat ohne schwächliche Gefühlsduselei zu genießen.»

«Wahrscheinlich gibt es solche Frauen – aber Mrs. Ferrars gehörte nicht zu ihnen. Sie war ein Nervenbündel. Ein übermächtiger Zwang trieb sie dazu, sich ihres Gatten zu entledigen – es ist ja klar, daß die Frau von Ashley Ferrars viel zu leiden hatte.»

Ich nickte.

«Und seither ließ ihre Tat sie nicht ruhen. Ich kann nicht anders als sie bedauern.»

Ich glaube nicht, daß Caroline Mrs. Ferrars bedauerte, als sie noch lebte. Jetzt aber war Caroline bereit, sich sanfteren Gefühlen, wie Mitleid und Verständnis, hinzugeben.

Ich blieb dabei, daß ihr ganzer Gedankengang unsinnig sei, und bestand um so fester darauf, als ich insgeheim zum Teil mit ihr übereinstimmte.

«Unsinn», gab Caroline auf meine abfälligen Bemerkungen zur Antwort. «Du wirst schon sehen. Ich wette, sie hat einen Brief hinterlassen, in dem sie alles gesteht.»

«Sie hinterließ keinen wie immer gearteten Brief», sagte ich scharf, ohne zu überlegen, wohin mich dieses Zugeständnis trieb.

«Oh!» sagte Caroline. «Du hast also danach gefragt! Ich glaube, im tiefsten Innern deines Herzens denkst du doch ganz wie ich.»

«Die Möglichkeit eines Selbstmordes muß immer in Erwägung gezogen werden», erwiderte ich abschwächend.

«Wird es eine Untersuchung geben?»

«Mag sein. Es kommt darauf an. Wenn ich mit voller Überzeugung erklären kann, daß die Überdosis einem unglücklichen Zufall zuzuschreiben ist, wird vielleicht auf eine Untersuchung verzichtet werden.»

«Und bist du vollkommen überzeugt?» fragte meine Schwester listig.

Ich antwortete nicht und stand auf.

2

Ehe ich weiterberichte, was Caroline und ich besprachen, ist es vielleicht angebracht, eine Art Ortsbeschreibung zu geben. Unser Dorf King's Abbot unterscheidet sich kaum von anderen Dörfern. Die nächste große Stadt, Cranchester, liegt neun Meilen entfernt. Wir haben einen großen Bahnhof, ein kleines Postamt und zwei miteinander konkurrierende Ladengeschäfte. Außerdem gibt es bei uns viele unvermählte Damen und pensionierte Offiziere. Unsere Zerstreuung und Erholung lassen sich mit dem einen Wort «Klatsch» zusammenfassen.

In King's Abbot gibt es nur zwei bedeutende Häuser. Das eine ist King's Paddock, das Mrs. Ferrars von ihrem verstorbenen Gatten erbte. Das andere, Fernly Park, gehört Roger Ackroyd. Ackroyd hat mich seit jeher interessiert, denn er war der Inbegriff eines englischen Landjunkers.

Natürlich ist Ackroyd kein wirklicher Landjunker; er ist ein außerordentlich erfolgreicher Fabrikant – wenn ich nicht irre, von Wagenrädern. In den besten Jahren, gesund und von liebenswürdiger Lebensart. Ein Herz und eine Seele mit dem Vikar, spendet er sehr freigebig für den Kirchenfonds (trotz aller Gerüchte, daß er in persönlichen Ausgaben außerordentlich geizig sei), unterstützt Kricket-Wettspiele, Klubs für junge Männer und den Veteranenverein. Er ist wirklich Haupt und Herz unseres friedlichen Dorfes King's Abbot.

Als Roger Ackroyd einundzwanzig Jahre alt war, verliebte er sich in eine schöne, fünf bis sechs Jahre ältere Frau und heiratete sie. Sie hieß Paton, war Witwe und hatte ein Kind. Die Geschichte dieser Ehe war kurz und schmerzlich. Mit einem Wort, Mrs. Ackroyd war Trinkerin. Vier Jahre nach der Heirat brachte dieses Laster sie ins Grab.

Als sie starb, war das Kind sieben Jahre alt. Heute ist es fünfundzwanzig. Ackroyd sah in ihm seinen eigenen Sohn und erzog ihn dementsprechend, doch er war ein wilder Junge und bereitete seinem Stiefvater viel Kummer und Sorge. Trotzdem ist Ralph Paton in King's Abbot beliebt.

Wie ich schon erwähnte, wird in unserem Dorf viel geklatscht.

Jedermann merkte schnell, daß sich Ackroyd und Mrs. Ferrars gut verstanden. Nach dem Tod ihres Gatten wurde die Vertraulichkeit noch auffälliger. Man sah sie oft zusammen, und es wurde öffentlich gemunkelt, Mrs. Ferrars warte nur das Ende des Trauerjahres ab, um Mrs. Ackroyd zu werden.

Die Ferrars lebten erst seit einem Jahr hier, doch Ackroyd umgab bereits seit vielen Jahren eine Aura von Klatsch. In den Jahren, als Ralph Paton heranwuchs, stand eine Reihe von Hausdamen der Wirtschaft Ackroyds vor, und alle wurden sie von Caroline und ihren Bekannten mit lebhaftestem Argwohn beobachtet. Ich übertreibe nicht, wenn ich sage, daß das ganze Dorf seit fünfzehn Jahren erwartete, Ackroyd werde eine seiner Haushälterinnen heiraten. Die letzte, eine gefürchtete Dame, Miss Russell, herrschte bereits seit fünf Jahren unumschränkt, das ist zweimal so lange wie jede ihrer Vorgängerinnen. Man ist der Ansicht, daß es Ackroyd ohne das Auftauchen von Mrs. Ferrars diesmal wohl erwischt hätte. Dazu kam allerdings noch ein weiterer Faktor: Eine verwitwete Schwägerin und deren Tochter trafen unvermutet aus Kanada ein. Mrs. Cecily Ackroyd, die Witwe von Ackroyds jüngerem Bruder, wurde in Fernly Park ansässig, und ihr gelang es – Caroline zufolge –, Miss Russell in ihre Grenzen zurückzuweisen.

Ich weiß nicht genau, was unter «Grenzen» zu verstehen ist, aber ich weiß, daß Miss Russell mit zusammengekniffenen Lippen umhergeht und mit größtem Mitgefühl von der «armen Mrs. Ackroyd» spricht, die auf die «Mildtätigkeit» des Schwagers angewiesen sei. «Das Gnadenbrot schmeckt so bitter, nicht wahr? *Ich* wäre todunglücklich, wenn ich mir meinen Lebensunterhalt nicht selbst verdienen würde.»

Ich weiß nicht, wie sich Mrs. Cecily Ackroyd zur Angelegenheit Ferrars verhielt. Offenkundig lag es in ihrem Interesse, daß Ackroyd unvermählt blieb. Doch sie kam Mrs. Ferrars immer reizend – um nicht zu sagen überschwenglich – entgegen, wenn sie einander trafen. Caroline meint allerdings, daß dies soviel wie nichts beweise.

In dieser Weise unterhielt man sich in King's Abbot.

Diese und verschiedene andere Dinge gingen mir durch den Kopf, während ich mechanisch meine Krankenbesuche machte.

Ich hatte gerade keine besonders schwierigen Fälle, was vielleicht ein Glück war, da meine Gedanken immer wieder um den geheimnisvollen Tod von Mrs. Ferrars kreisten. Hatte sie sich selbst umgebracht? Wenn dem so wäre, hätte sie sicher einige Zeilen hinterlassen, um ihre Handlungsweise zu erklären. Wenn Frauen einmal den Entschluß zum Selbstmord fassen, wollen sie nach meiner Erfahrung auch den Gemütszustand schildern, der sie zu der unheilvollen Tat trieb.

Wann hatte ich sie zum letztenmal gesehen? Es dürfte eine Woche her sein. Ihr Verhalten damals war wie sonst gewesen. Dann entsann ich mich plötzlich, daß ich sie auch gestern noch gesehen hatte, ohne allerdings mit ihr gesprochen zu haben. Ich sah sie mit Ralph Paton spazierengehen, was mich überraschte, da ich keine Ahnung hatte, daß er in King's Abbot war. Ich dachte, er hätte sich endgültig mit seinem Stiefvater entzweit. Seit sechs Monaten hatte er sich hier nicht blicken lassen. Sie schlenderten Seite an Seite, steckten die Köpfe zusammen, und sie sprach sehr ernst auf ihn ein.

Ich glaube mit Sicherheit behaupten zu können, daß mich in diesem Augenblick die Ahnung künftigen Unheils beschlich. In jedem Fall berührte das Zusammensein von Ralph Paton und Mrs. Ferrars mich unangenehm.

Während ich noch darüber nachsann, stand ich plötzlich Roger Ackroyd gegenüber.

«Sheppard!» rief er. «Gerade Sie wollte ich treffen. Welch fürchterliches Unglück!»

Ich überlegte, was ich antworten sollte...

«Sie hörten also bereits davon?»

Er nickte. Es war ein harter Schlag für ihn gewesen, das sah ich. Seine roten Wangen schienen eingefallen, und von seinem sonstigen munteren Wesen war fast nichts zu spüren.

«Es ist schlimmer, als Sie glauben», sagte er leise. «Kommen Sie, Sheppard, ich muß mit Ihnen reden. Könnten Sie mich nicht begleiten?»

«Kaum. Ich muß noch drei Patienten besuchen und um 12 Uhr zur Sprechstunde zu Hause sein.»

«Dann auf heute nachmittag – oder nein, kommen Sie doch am Abend zu mir zum Essen. Um halb acht. Ist es Ihnen recht?»

«Ja – das läßt sich einrichten. Was ist los? Etwas mit Ralph?»

Ich weiß nicht, warum ich so fragte – vielleicht, weil es sich so oft um Ralph gehandelt hatte.

Ackroyd starrte mich verblüfft, fast verständnislos an.

Ich begann zu verstehen, daß wirklich etwas sehr Schlimmes vorgefallen sein mußte.

Nie vorher hatte ich Ackroyd so verstört gesehen.

«Ralph?» sagte er unsicher. «O nein, Ralph nicht. Ralph ist in London. – Verdammt! Da kommt die alte Miss Ganett. Ich möchte von ihr nicht auf dieses gräßliche Ereignis angesprochen werden. Ich sehe Sie also heute abend, Sheppard. Um halb acht.»

Ich nickte; er eilte fort, und ich blickte ihm nachdenklich nach. Ralph in London? Er war doch ganz sicher gestern nachmittag in King's Abbot gewesen. Sollte er noch gestern abend oder heute morgen früh abgereist sein? Und doch erweckte Ackroyds Art und Weise einen ganz anderen Eindruck. Er sprach, als wäre Ralph seit Monaten nicht hier gewesen.

Ich hatte nicht länger Zeit, darüber nachzudenken. Wißbegierig stürzte Miss Ganett auf mich zu.

War das nicht traurig mit der armen, guten Mrs. Ferrars? Viele Leute behaupten, daß sie seit Jahren nachweislich Betäubungsmittel genommen habe. So bösartig reden die Leute. Und das Schlimmste ist, daß in diesen wilden Behauptungen immer irgendwo ein Körnchen Wahrheit steckt. Ohne Feuer kein Rauch! Es wird auch behauptet, daß Mr. Ackroyd dahintergekommen sei und deshalb das Verlöbnis gelöst habe – denn verlobt waren sie. Sie, Miss Ganett, habe dafür sichere Beweise. Ich wisse natürlich alles genauer – Ärzte wüßten immer alles, nur sagten sie es nie, nicht wahr?

Und all dies mit scharfem, prüfendem Blick, um die Wirkung ihrer Andeutungen zu beobachten.

Glücklicherweise hatte ich durch ein langes Zusammenleben mit Caroline gelernt, unerschütterlich Haltung zu bewahren und mit unverbindlichen Redensarten auszuweichen.

Ich beglückwünschte daher Miss Ganett, daß sie in diesen üblen Klatsch nicht mit einstimmte, was ich für einen guten Gegenzug hielt. Das verwirrte sie, und ehe sie sich fassen konnte, war ich weitergegangen.

Tief in Gedanken versunken, kam ich nach Hause, wo im Sprechzimmer bereits mehrere Patienten warteten.

Als letzte Patientin erhob sich eine Dame, die ich in ihrer Ecke beinahe übersehen hätte. Ich blickte sie überrascht an. Warum ich so erstaunt war, weiß ich nicht. Vielleicht, weil Miss Russell einen so merkwürdigen Eindruck machte.

Ackroyds Haushälterin ist eine hochgewachsene, hübsche Frau, die unnahbar aussieht. Sie blickt streng und hält die Lippen fest geschlossen. Wenn ich ein Haus- oder Küchenmädchen wäre, würde ich laufen, was mich meine Beine trügen, ihr tunlichst aus dem Weg gehen.

«Guten Morgen, Doktor Sheppard», sagte Miss Russell. «Ich wäre Ihnen sehr dankbar, wenn Sie mein Knie untersuchen wollten.»

Ich sah es mir an, muß aber sagen, daß ich nachher nicht klüger war. Miss Russells unklarer Bericht über ihre Schmerzen war so wenig überzeugend, daß ich eine andere, weniger rechtschaffene Frau der Vorspiegelung falscher Tatsachen verdächtigt hätte. Einen Augenblick schoß es mir durch den Kopf, ob Miss Russell nicht diese Knieverletzung erfunden habe, um mich über Mrs. Ferrars' Tod auszuhorchen; doch ich sah bald ein, daß ich sie hierin wenigstens verkannt hatte. Sie streifte die Tragödie nur kurz.

«Nun, ich danke Ihnen vielmals für das Einreibemittel, lieber Doktor», sagte sie schließlich. «Allerdings glaube ich nicht, daß es mir viel helfen wird.»

Ich glaubte es auch nicht, doch widersprach ich pflichtgemäß. Schließlich konnte es keinesfalls schaden, und es ist nötig, sich für seinen Beruf einzusetzen.

«Ich glaube an keine dieser Arzneien», meinte Miss Russell, während ihre Augen geringschätzig über meine Flaschenreihe schweiften. «Arzneien richten oft viel Unheil an. Nehmen Sie zum Beispiel das Kokainschnupfen.»

«Nun, was das anbetrifft...»

«Es kommt in den besten Kreisen vor.»

Ich bin überzeugt, daß Miss Russell in den besten Kreisen viel besser Bescheid weiß als ich. Ich versuchte daher nicht, mit ihr darüber zu streiten.

«Sagen Sie mir nur eines lieber Doktor», fuhr Miss Russell fort. «Wenn jemand wirklich diesem Laster verfallen ist, gibt es da keine Hilfe?»

Eine derartige Frage kann nicht so kurzerhand beantwortet werden. Ich hielt ihr in gedrängter Kürze einen Vortrag über das Thema, dem sie mit gespannter Aufmerksamkeit lauschte. Innerlich verdächtigte ich sie noch immer, etwas über Mrs. Ferrars in Erfahrung zu bringen.

«Was zum Beispiel Veronal betrifft...», fuhr ich fort. Doch merkwürdigerweise schien Veronal sie nicht zu interessieren. Statt dessen lenkte sie ab und erkundigte sich, ob es richtig sei, daß es Gifte gebe, die nicht nachgewiesen werden könnten.

«Oh!» sagte ich. «Sie haben sicher Detektivgeschichten gelesen.»

Sie gab es zu.

«Das Wesen einer Detektivgeschichte besteht darin», erläuterte ich, «ein seltenes Gift – wenn möglich aus Südamerika – zu besitzen, von dem noch niemand je gehört hat; ein Gift, in das ein unbekannter wilder Volksstamm seine Pfeile taucht. Der Tod erfolgt augenblicklich, und die Wissenschaft ist machtlos, es nachzuweisen. So etwas meinen Sie wohl?»

«Ja, gibt es wirklich etwas Derartiges?»

Bedauernd schüttelte ich den Kopf.

«Ich fürchte, daß es das nicht gibt. Allerdings haben wir Curare.» Ich erzählte ihr noch einiges über Curare, doch schien sie wieder das Interesse verloren zu haben. Sie fragte, ob ich in meinem Giftschrank etwas vorrätig hätte, und als ich verneinen mußte, sank ich augenscheinlich in ihrer Achtung. Dann verabschiedete sie sich.

Nie hätte ich bei Miss Russell eine Vorliebe für Detektivgeschichten vermutet. Ich stellte mir mit Vergnügen vor, wie sie aus ihrem Zimmer herausstürzte, um ein pflichtvergessenes Mädchen zu schelten, und dann zurückkehrte, um sich beschaulich der Lektüre von *Mord auf dem Golfplatz* oder ähnlichem hinzugeben.

3

Beim Lunch teilte ich Caroline mit, daß ich zum Dinner in Fernly eingeladen sei. Sie erhob keinen Einspruch – im Gegenteil.

«Ausgezeichnet», meinte sie. «Da wirst du alles erfahren. Übrigens, was ist eigentlich mit Ralph los?»

«Mit Ralph?» fragte ich erstaunt. «Gar nichts.»

«Weshalb wohnt er dann in den ‹Three Boars› statt in Fernly Park?»

Die Richtigkeit der Angabe, daß Ralph im Gasthof des Ortes wohne, bezweifelte ich keine Minute. Daß Caroline es behauptete, genügte mir.

«Ackroyd sagte, er sei in London», entgegnete ich. In momentaner Überraschung ließ ich meine sonstige Gewohnheit außer acht, empfangene Neuigkeiten nie weiterzugeben.

«Oh!» entgegnete Caroline, und ich konnte sehen, wie ihre Nasenflügel bebten.

«Gestern früh traf er in den ‹Three Boars› ein», sagte sie. «Und er ist immer noch dort. Gestern abend ging er mit einem Mädchen aus.»

Dies überraschte mich gar nicht. Ich möchte sogar behaupten, daß Ralph die meisten Abende seines Lebens mit Mädchen verbringt. Doch wundert es mich, daß er gerade King's Abbot wählte, um diesem Zeitvertreib zu frönen.

«Eine der Kellnerinnen?» fragte ich.

«Nein. Das ist es eben. Er traf außerhalb des Hauses mit ihr zusammen, und ich weiß nicht, wer es war.» (Wie bitter für Caroline, so etwas zugeben zu müssen!) «Aber ich kann es erraten», fuhr meine unermüdliche Schwester fort.

Ich wartete geduldig.

«Seine Kusine.»

«Flora Ackroyd?» rief ich erstaunt.

Flora Ackroyd ist natürlich mit Ralph gar nicht verwandt, doch gilt Ralph seit so langer Zeit als richtiger Sohn Ackroyds, daß sie als verwandt gelten.

«Flora Ackroyd», wiederholte meine Schwester.

«Warum geht er nicht nach Fernly, wenn er sie sehen will?»

«Heimlich verlobt», sagte Caroline mit Genugtuung. «Der alte Ackroyd will nichts davon wissen, und daher müssen sie auf diese Weise zusammenkommen.»

Eine unschuldige Bemerkung über unseren neuen Nachbarn schuf Ablenkung.

Das Haus neben uns war kürzlich von einem Fremden gemietet worden. Zu Carolines größtem Ärger konnte sie nichts anderes über ihn erfahren, als daß er Ausländer sei. Ihre Nachrichtentruppe erwies sich diesmal als unsicher. Vermutlich bezieht der Mann Milch und Gemüse, Fleisch und gelegentlich Fische so wie alle anderen Menschen, doch scheint keiner der Lieferanten Wissenswertes erfahren zu haben. Anscheinend heißt er Poirot, ein Name von seltsam ausländischem Klang. Das einzige, was sie über ihn wissen, ist, daß er Kürbisse züchtet.

Doch das genügte meiner Schwester nicht. Sie möchte wissen, woher er kommt, was er treibt, ob er verheiratet ist, was für eine Frau er hat, ob Kinder da sind, wie seine Mutter mit Mädchennamen hieß – und so fort.

«Liebste Caroline», sagte ich, «der frühere Beruf dieses Mannes unterliegt keinem Zweifel. Er ist Friseur im Ruhestand. Sieh dir nur seinen Schnurrbart an.»

Caroline war anderer Meinung. «Ich kann aus ihm nicht klug werden», sagte sie traurig. «Neulich borgte ich mir von ihm einige Gartengeräte, und er war außerordentlich höflich, aber ich brachte nichts aus ihm heraus. Ich fragte ihn schließlich geradeheraus, ob er Franzose sei, was er verneinte – und irgendwie traute ich mich nicht, weiterzufragen.»

Nun interessierte mich unser geheimnisvoller Nachbar schon viel mehr. Ein Mann, der imstande ist, Caroline zum Schweigen zu bringen und sie unverrichteter Dinge heimzuschicken, muß eine Persönlichkeit sein.

«Ich glaube», sagte Caroline, «er besitzt einen von diesen ganz modernen Staubsaugern...»

Ich sah ihr an den Augen an, daß sie beabsichtigte, sich ihn auszuleihen, wobei sich Gelegenheit zu weiteren Fragen ergeben sollte.

Dann fand ich eine Möglichkeit, in den Garten zu entfliehen. Ich liebe Gartenarbeit. Eben war ich emsig dabei, Löwenzahnwurzeln auszujäten, als in nächster Nähe ein Warnruf ertönte, ein schwerer Gegenstand an meinem Ohr vorübersauste und dann vor meinen Füßen landete. Es war ein Kürbis!

Ärgerlich blickte ich auf. Über der Mauer, zu meiner Linken, kam ein Gesicht zum Vorschein. Ein eiförmiger Kopf, teilweise mit verdächtig schwarzem Haar bedeckt, ein ausladender Schnurrbart und zwei kluge, wachsame Augen. Dies alles gehörte unserem geheimnisvollen Nachbarn Poirot.

Sofort erging er sich in geläufigen Entschuldigungen. Er schien zerknirscht zu sein.

«Monsieur, ich bitte tausendmal um Verzeihung. Ich strecke die Waffen. Seit einigen Wochen züchte ich Kürbisse. Heute morgen gerate ich plötzlich über diese Pflanzen in Wut und schicke sie zum Teufel – leider nicht nur in Gedanken, sondern in Wirklichkeit. Ich ergreife den größten. Ich schleuderte ihn über die Mauer. Monsieur, ich bin beschämt. Ich bitte um Verzeihung.»

Angesichts so tiefer Reue mußte mein Zorn schwinden.

Schließlich hatte mich das unglückselige Gemüse ja nicht getroffen. Doch hoffte ich zuversichtlich, daß dies keine Gewohnheit von ihm war. Der seltsame kleine Mann schien meine Gedanken zu erraten.

«O nein», rief er. «Seien Sie unbesorgt! So etwas kommt nicht oft vor. Aber können Sie sich vorstellen, daß man sich plagt und müht, um sich schließlich zur Ruhe setzen zu können, und daß man dann plötzlich entdecken muß, wie man sich nach den alten, arbeitsreichen Tagen und seiner früheren Tätigkeit zurücksehnt?»

«Ja», erwiderte ich langsam. «Ich glaube, es kommt häufig genug vor. Nehmen Sie zum Beispiel mich. Vor einem Jahr fiel mir eine Erbschaft zu – genug, um den Traum meines Lebens zu verwirklichen. Ich sehnte mich immer danach, reisen zu können, die Welt kennenzulernen. Nun, sehen Sie, das war vor einem Jahr – und heute bin ich immer noch hier.»

Mein kleiner Nachbar nickte und sagte: «Die Macht der Gewohnheit. Wir streben nach einem Ziel, und haben wir es erreicht, so sehen wir, daß die tägliche Plackerei fehlt. Und dabei müssen Sie bedenken, Monsieur, daß ich einen interessanten Beruf hatte. Den interessantesten, den es auf der Welt gibt.»

«Ja?» sagte ich aufmunternd. Plötzlich erwachte etwas von Carolines Geist in mir.

«Das Studium der menschlichen Natur, Monsieur!»

«Ach!» sagte ich liebenswürdig.

Offenkundig ein pensionierter Friseur. Wer kennt die Geheimnisse der menschlichen Natur besser?

«Ich hatte einen Freund – einen Freund, der viele Jahre nicht von meiner Seite wich. Trotz gelegentlicher beängstigender Beschränktheit bedeutete er mir sehr viel: Stellen Sie sich vor, daß mir sogar seine Dummheit fehlt. Seine Naivität, seine ehrliche Wachsamkeit, das Vergnügen, ihn durch meine überlegene Begabung zu überraschen und zu begeistern – all dies vermisse ich mehr, als ich sagen kann.»

«Ist er gestorben?» fragte ich teilnahmsvoll.

«Nein, er lebt und gedeiht – aber auf der anderen Halbkugel. Zur Zeit ist er in Argentinien.»

«In Argentinien», wiederholte ich neidvoll. Immer hatte ich gewünscht, nach Südamerika zu reisen. Ich seufzte und bemerkte Poirots teilnehmenden Blick. Er schien ein verständiger Mann zu sein.

«Werden Sie hinfahren?» fragte er.

Seufzend schüttelte ich den Kopf.

«Vor einem Jahr wäre es möglich gewesen», sagte ich. «Doch ich war närrisch und schlimmer als närrisch; ich war habgierig. Ich riskierte die Substanz für einen Schatten.»

«Ich verstehe», meinte Mr. Poirot. «Sie haben spekuliert?»

Ich nickte, doch mußte ich unwillkürlich lachen. Der komische kleine Mann war so ungemein ernst.

«Doch nicht etwa in Porcupine Oilfields?» fragte er plötzlich.

Ich starrte ihn an.

Ich hatte tatsächlich daran gedacht, war aber schließlich auf eine westaustralische Goldmine hereingefallen.

«Das ist eine Schicksalsfügung», sagte er endlich.

«Was ist eine Schicksalsfügung?» fragte ich gereizt.

«Daß ich neben einem Mann leben soll, der ernsthaft Porcupine Oilfields und westaustralische Goldminen in Erwägung zieht. Sagen Sie, haben Sie vielleicht auch eine Schwäche für tizianrotes Haar?»

Ich starrte ihn mit offenem Mund an, worüber er herzlich lachte.

«Nein, nein, ich bin nicht ganz verrückt. Beruhigen Sie sich. Meine Frage war natürlich töricht. Aber sehen Sie, mein Freund, den ich vorhin erwähnte, war ein junger Mann, ein Mann, der alle Frauen für gut und die meisten für schön hielt. Sie aber stehen in mittleren Jahren, sind Arzt und ein Mann, dem die Torheiten und Eitelkeiten unseres Lebens nicht fremd sind. Wir sind Nachbarn. Ich bitte Sie, Ihrer liebenswürdigen Schwester in meinem Namen meinen besten Kürbis überreichen zu wollen.»

Er bückte sich und brachte schwungvoll ein ungeheures Exemplar zum Vorschein, das ich in dem Sinn annahm, in dem es dargeboten wurde.

«Wirklich», meinte der kleine Mann fröhlich, «das war kein vergeudeter Vormittag. Ich lernte einen Menschen kennen, der in mancher Hinsicht meinem fernen Freund gleicht. Bei der Gelegenheit möchte ich Sie etwas fragen. Sie kennen in diesem kleinen Ort vermutlich jedermann. Wer ist der junge Mann mit dunklem Haar und dunklen Augen und dem hübschen Gesicht?»

Die Beschreibung ließ keinen Zweifel zu.

«Das muß Captain Ralph Paton sein», sagte ich langsam, «der Sohn – eigentlich Adoptivsohn – von Mr. Ackroyd in Fernly Park.»

Mein Nachbar machte eine ungeduldige Gebärde.

«Natürlich, das hätte ich mir denken können. Mr. Ackroyd erwähnte ihn manchmal.»

«Sie kennen Ackroyd?» fragte ich überrascht.

«Mr. Ackroyd kennt mich von London her, als ich noch dort arbeitete. Ich bat ihn, über meinen Beruf nichts verlauten zu lassen.»

«Ich verstehe», sagte ich, innerlich erheitert über diese, wie ich dachte, offenkundige Vornehmtuerei.

Doch der kleine hochtrabende Mann fuhr lächelnd fort: «Man zieht es vor, inkognito zu bleiben. Ich bin durchaus nicht begierig, meine Identität bekanntzugeben. So nahm ich mir nicht einmal die Mühe, die hier allgemein gebräuchliche Schreibart meines Namens richtigzustellen.»

«Wirklich», sagte ich, da ich nicht recht wußte, was ich erwidern sollte.

«Captain Ralph Paton», fragte Poirot, «ist mit Mr. Ackroyds reizender Nichte Flora verlobt?»

«Woher wissen Sie das?» fragte ich außerordentlich erstaunt.

«Mr. Ackroyd sagte es mir vor einer Woche. Er ist darüber sehr entzückt – wenn ich ihn richtig verstand. Verwirklicht sich dadurch doch einer seiner innigsten Wünsche. Ich glaube sogar, daß er auf den jungen Mann einigen Zwang ausgeübt hat. Das tut nicht gut. Ein junger Mann soll nicht einem Stiefvater zuliebe heiraten, von dem er etwas zu erwarten hat!»

Nun war ich ganz verwirrt. Ich konnte nicht begreifen, daß Ackroyd einen Friseur ins Vertrauen zog und die Heirat seiner Nichte und seines Stiefsohnes mit ihm besprach. Langsam dämmerte mir die Erkenntnis, daß Poirot vielleicht doch kein Friseur war.

Um meine Verwirrung zu verbergen, sagte ich das erste, was mir durch den Kopf schoß.

«Wodurch fiel Ihnen Ralph Paton auf? Durch sein vorteilhaftes Äußeres?»

«Nein, nicht dadurch allein, obwohl er für einen Engländer ungewöhnlich hübsch ist. Mir fiel etwas an dem jungen Mann auf, was ich nicht verstand.»

Den letzten Satz sprach er so nachdenklich vor sich hin, daß es mich ganz eigentümlich berührte. Es war, als beurteile er den jungen Mann nach irgendeinem undefinierbaren Gefühl, nach einem Wissen, an dem ich nicht teilhatte. In diesem Augenblick rief meine Schwester, und ich ging ins Haus.

Caroline hatte den Hut auf dem Kopf, sie kam offenbar aus dem Dorf.

Ohne Einleitung begann sie gleich: «Ich habe Mr. Ackroyd getroffen.»

«So?» entgegnete ich.

«Natürlich hielt ich ihn an, aber er schien es sehr eilig zu haben, denn er wollte unbedingt gleich weiter.»

Ich zweifelte nicht daran, daß es sich so verhielt.

«Ich fragte ihn gleich nach Ralph. Er war ungeheuer erstaunt. Hatte keine Ahnung, daß der Junge hier ist. Er meinte tatsächlich, ich hätte mich getäuscht. Ich und mich täuschen!»

«Lächerlich», sagte ich. «Er sollte dich besser kennen.»

«Weiter teilte er mir mit, daß Ralph und Flora verlobt seien.»
«Das wußte ich auch», unterbrach ich sie mit leisem Stolz.
«Woher?»
«Von unserem neuen Nachbarn.»
Eine kleine Weile zauderte Caroline. Dann fuhr sie fort: «Ich teilte Mr. Ackroyd mit, daß Ralph in den ‹Three Boars› wohnt.»
«Caroline», sagte ich, «bedenkst du nie, wieviel Unheil deine unüberlegte und vorlaute Art anrichten kann?»
«Unsinn», erwiderte sie. «Die Leute sollen es doch wissen. Ich fühle mich verpflichtet, es ihnen mitzuteilen. Mr. Ackroyd war mir außerordentlich dankbar.»
«Nun, und?» fragte ich, denn das war natürlich nicht alles.
«Ich glaube, er ging direkt zu den ‹Three Boars›, doch wird er Ralph nicht angetroffen haben.»
«Nicht?»
«Nein. Als ich nämlich durch den Wald heimkehrte...»
«Du kamst durch den Wald zurück?» unterbrach ich sie. Caroline errötete flüchtig.
«Es war ein so wunderschöner Tag», meinte sie, «da dachte ich, ich könne einen kleinen Spaziergang machen.»
Caroline liegt zu keiner Zeit des Jahres auch nur das geringste an Wäldern. Gewöhnlich sieht sie in ihnen nur Orte, an denen man nasse Füße bekommt und wo einem allerhand unerfreuliche Dinge auf den Kopf fallen können. Nein, ihr – Instinkt hatte sie in den Wald geführt. Denn dies ist der einzige Ort in der nächsten Umgebung von King's Abbot, wo man ungestört mit einer jungen Dame plaudern kann, ohne dabei von allen Dorfbewohnern gesehen zu werden. Er grenzt an den Park von Fernly.
«Nun», bat ich, «erzähle weiter.»
«Als ich durch den Wald heimkehrte, hörte ich Stimmen.»
Caroline hielt inne.
«Ja?»
«Eine, die von Ralph Paton, erkannte ich sofort. Die andere war eine weibliche Stimme. Natürlich wollte ich nicht lauschen...»
«Natürlich nicht», unterbrach ich sie mit beißendem Spott, der jedoch eindruckslos an Caroline abglitt.
«Aber ich konnte nicht verhindern, ihnen zufällig zuzuhören. Das Mädchen sagte etwas, was ich nicht deutlich verstand, und

Ralph antwortete. Er schien ärgerlich. ‹Aber›, meinte er, ‹siehst du denn nicht ein, daß mein Alter mich möglicherweise mit einem Pfifferling abspeist? Er hat in den letzten Jahren genug von mir gehabt. Ein wenig mehr bringt ihn vielleicht zum Äußersten, und wir brauchen das Geld doch, mein Kind. Wenn der Alte einmal stirbt, werde ich sehr reich sein. Er tut so, als besäße er nicht viel, aber in Wirklichkeit schwimmt er im Geld. Ich möchte nicht, daß er sein Testament ändert. Überlasse es mir, sorge dich nicht!› Dies waren seine Worte. Ich entsinne mich genau. Unglücklicherweise trat ich dann auf einen dürren Ast oder so etwas Ähnliches, und da senkten sie die Stimmen und entfernten sich. Ich konnte ihnen natürlich nicht nachlaufen, und so weiß ich nicht, wer das Mädchen war.»

«Wie ärgerlich», sagte ich, «aber wenn ich mich nicht täusche, eiltest du zu den ‹Three Boars›, fühltest dich schwach und gingst in die Wirtsstube, um ein Glas Kognak zu trinken, und warst so in der Lage, festzustellen, ob die beiden Kellnerinnen anwesend waren.»

«Es war keine Kellnerin», bestätigte Caroline, ohne zu zögern. «Offen gesagt, möchte ich mit Bestimmtheit behaupten, daß es Flora Ackroyd war, nur...»

«Nur scheint es keinen Sinn zu ergeben», stimmte ich bei. «Doch wenn nicht Flora, wer könnte es sonst gewesen sein?»

Schnell zählte meine Schwester eine ganze Reihe junger Mädchen aus der Nachbarschaft auf, bei denen allerhand Gründe dafür oder dagegen sprachen.

Als sie innehielt, um Atem zu schöpfen, murmelte ich etwas von einem Patienten und schlüpfte hinaus. Ich beabsichtigte, zu den ‹Three Boars› zu gehen. Es schien nicht unmöglich, daß Ralph Paton unterdessen heimgekehrt war.

Ich kannte Ralph sehr genau, besser vielleicht als sonst jemand in King's Abbot, denn ich war vor seiner Geburt der Arzt seiner Mutter gewesen und verstand daher manches, was den anderen unerklärlich schien. Zwar hatte er nicht den verhängnisvollen Hang zur Trunksucht mitbekommen, doch war er auffallend willensschwach. Wie mein neuer Freund von heute früh bemerkte, war er ein schöner Mann. Sechs Fuß groß, von völlig ebenmäßigem Körperbau und der spielerischen Grazie eines Kraftmenschen. Verschwenderisch und zügellos, kannte er nichts, was ihm heilig war. Trotzdem war er liebenswert, und alle seine Freunde mochten ihn ungemein.

Ob ich aus dem Jungen etwas herausbekäme? Ich glaubte es.

Ich erfuhr in den ‹Three Boars›, daß Captain Paton eben heimgekehrt sei, stieg zu ihm hinauf und betrat unangemeldet sein Zimmer.

«Oh, Doktor Sheppard! Sehr erfreut, Sie zu sehen!»

Mit ausgestreckten Händen kam er mir entgegen.

«Der einzige Mensch in diesem höllischen Nest, den ich gern sehe.»

Ich runzelte die Stirn.

«Was hat der Ort dir angetan?»

Er lachte gequält.

«Das ist eine lange Geschichte. Es ist mir nicht gutgegangen, Doktor. Darf ich Ihnen etwas zu trinken anbieten?»

«Danke», sagte ich, «gern.»

Er läutete und warf sich dann in einen Sessel.

«Ich will kein Blatt vor den Mund nehmen», gestand er schwermütig, «ich bin in einer verdammten Klemme. Ich habe wirklich keine Ahnung, was ich machen soll.»

«Was ist denn los?» fragte ich teilnehmend.

«Ach, mein verwünschter Stiefvater...»

«Was hat er dir getan?»

«Es handelt sich nicht darum, was er mir getan hat, sondern darum, was er mir möglicherweise antun wird.»

Ein Kellner erschien, und Ralph bestellte Schnäpse. Als der Mann wieder gegangen war, lehnte er sich mit finsterem Blick in seinen Sessel.

«Ist es wirklich ernst?» fragte ich.

Er nickte. «Ich stecke diesmal scheußlich drin», sagte er ruhig.

Der ungewöhnlich ernste Klang seiner Stimme ließ darauf schließen, daß er die Wahrheit sprach.

«Ich weiß wirklich keinen Ausweg», fuhr er fort.

«Wenn ich dir helfen kann...», schlug ich vor.

Doch er lehnte sehr entschieden ab.

«Sehr freundlich von Ihnen, Doktor. Doch Sie sollen aus dem Spiel bleiben. Ich muß allein damit fertig werden.»

Er schwieg einen Augenblick und wiederholte dann in etwas anderem Tonfall: «Ja – damit muß ich allein fertig werden...»

4

Wenige Minuten vor halb acht läutete ich an der Eingangstür von Fernly Park. Parker, der Butler, öffnete mir erstaunlich schnell.

Es war ein so wunderschöner Abend, daß ich es vorgezogen hatte, zu Fuß hinzugehen. Ich betrat die große, viereckige Halle, und Parker half mir aus dem Mantel.

Gerade in diesem Augenblick durchquerte Mr. Ackroyds Sekretär, ein sympathischer junger Mann namens Raymond, die Halle. Er hatte die Hände voller Post, die er in Ackroyds Arbeitszimmer trug.

«Guten Abend, Sir. Kommen Sie zu Tisch? Oder ist es ein ärztlicher Besuch?»

Das letztere war eine Anspielung auf meine schwarze Tasche, die ich auf die Eichentruhe gelegt hatte.

Ich erklärte, daß ich jeden Augenblick einen Ruf zu einer Geburt erwarte und daher für alle Fälle gerüstet sein müsse.

Raymond nickte und ging seines Weges, rief aber zurück: «Gehen Sie nur in den Salon. Sie kennen den Weg. Die Damen müssen jeden Augenblick herunterkommen. Ich bringe die Papiere zu Mr. Ackroyd und verständige ihn gleichzeitig von Ihrer Anwesenheit.»

Ich schob meine Krawatte zurecht, warf einen Blick in den großen Spiegel, der dort hing, und ging auf die mir gegenüberliegende Tür zu, die, wie ich wußte, in den Salon führte.

Als ich eben die Klinke niederdrücken wollte, hörte ich von drinnen ein Geräusch, das ich für das Schließen eines Fensters hielt. Ich öffnete die Tür und wäre beinahe mit Miss Russell zusammengestoßen, die soeben aus dem Zimmer herauskam. Wir entschuldigten uns gegenseitig.

Zum erstenmal betrachtete ich sie genauer, und es fiel mir auf, wie schön die Haushälterin einst gewesen sein mußte – oder eigentlich noch immer war. Keine Silberfäden durchzogen ihr dunkles Haar, und wenn sie Farbe hatte, wie eben jetzt, verwischte sich der sonst so strenge Ausdruck ihres Gesichtes.

Ich fragte mich, ob sie wohl ausgewesen sein mochte, denn sie atmete schwer, als ob sie gelaufen wäre.

«Ich fürchte, ich komme ein wenig zu früh», sagte ich.

«Oh, ich glaube nicht. Es ist halb acht vorüber, Doktor Sheppard.» Sie zögerte einen Augenblick, ehe sie fortfuhr: «Ich wußte nicht, daß Sie zu Tisch erwartet werden. Mr. Ackroyd erwähnte es nicht.»

Ich hatte das unklare Gefühl, daß ihr meine Anwesenheit bei Tisch nicht genehm sei, doch konnte ich mir nicht vorstellen, weshalb.

«Was macht das Knie?» erkundigte ich mich.

«Danke, unverändert, lieber Doktor. Aber ich muß gehen. Mrs. Ackroyd wird gleich hier sein. Ich habe nur eben nachgesehen, ob die Blumen in Ordnung sind.»

Hastig verließ sie das Zimmer.

Ich schlenderte ans Fenster und dachte nach, warum sie wohl in so auffallender Weise bemüht war, ihre Anwesenheit im Zimmer zu rechtfertigen. Bei dieser Gelegenheit sah ich – was ich ohnedies schon wußte, vorhin aber nicht bedacht hatte –, daß die Fenster in Wirklichkeit hohe Flügeltüren waren, die sich auf die Terrasse öffneten. Das Geräusch, das zu mir gedrungen war, konnte daher nicht von dem Herablassen eines Schiebefensters herrühren.

Mehr um mich von peinlichen Gedanken abzulenken als aus anderen Gründen, mühte ich mich zu erraten, was wohl jenes Geräusch verursacht haben konnte.

Dann fielen meine Augen auf ein Möbelstück, das man, wie ich glaube, eine Vitrine nennt. Ihr Deckel kann angehoben werden, und durch das Glas sieht man den Inhalt des Schrankes. Ich trat hinzu und betrachtete dessen Inhalt. Da gab es einige antike Silbergegenstände, einen Kinderschuh von König Karl I., etliche chinesische Figuren aus Jade und eine Menge afrikanischer Geräte und Raritäten. Ich hob den Deckel, um eine Jadefigur näher zu betrachten. Da entglitt er meinen Fingern und fiel zurück.

Sofort erkannte ich, daß ich dieses Geräusch schon vernommen hatte; als hätte jemand diesen Deckel langsam und vorsichtig geschlossen. Um mich zu überzeugen, wiederholte ich die Bewegung.

Ich stand noch über die Vitrine gebeugt, als Flora Ackroyd eintrat. Viele mögen sie nicht, doch niemand kann ihr seine Bewunderung versagen. Zu ihren Freunden kann sie reizend sein. Ihr echt skandinavisches Haar leuchtet wie fahles Gold. Ihre Augen sind blau – blau wie die Wasser der norwegischen Fjorde, und ihre Haut schimmert wie Milch und Schnee. Ihre Schultern wirken etwas knabenhaft, ebenso die schmächtigen Hüften.

Flora trat zu mir an die Vitrine und äußerte ketzerische Zweifel über den Kinderschuh, den Karl I. getragen haben sollte.

«Unter allen Umständen», fuhr Miss Flora fort, «halte ich das Aufheben, das man von Dingen macht, nur weil irgend jemand sie trug oder benützte, für lächerlichen Unsinn. Die Feder, mit der George Eliot schrieb, ist nur eine Feder wie alle anderen Federn. Wenn jemand wirklich so für George Eliot schwärmt, warum kauft er nicht lieber das Buch, das sie schrieb?»

«Ich vermute, Sie lesen nie so unmoderne Sachen, Miss Flora?»

«Sie irren, Doktor Sheppard. Ich liebe George Eliots Werke.»

Das freute mich. Es ist wirklich erschreckend, was junge Mädchen heutzutage lesen und was ihnen eingestandenermaßen gefällt.

«Sie haben mir noch nicht gratuliert, Doktor Sheppard», sagte Flora. «Wissen Sie noch nichts?»

Sie streckte mir die Hand entgegen, an deren drittem Finger eine wundervoll gefaßte Perle schimmerte.

«Ich heirate Ralph», fuhr sie fort. «Der Onkel freut sich sehr darüber. Dadurch bleibe ich in der Familie.»

Ich ergriff ihre beiden Hände.

«Mein liebes Kind», sagte ich, «ich wünsche Ihnen alles Glück.»

«Wir sind seit einem Monat verlobt», fuhr Flora in ihrer kühlen Art fort, «doch erst gestern wurde es öffentlich bekanntgegeben. Onkel Robert will uns Great Stones als Wohnsitz überlassen, wo wir dann Landwirtschaft treiben könnten. Aber wir werden den ganzen Winter hindurch jagen, die Saison in London verbringen und dann auf unserer Jacht segeln. Ich liebe das Meer. Natürlich werde ich auch den Veranstaltungen unseres Pfarrkreises Interesse entgegenbringen und den Sitzungen des Mütterbundes beiwohnen.»

Hier rauschte Mrs. Ackroyd herein und entschuldigte sich langatmig, daß sie sich verspätet habe.

So leid es mir tut, ich muß sagen, daß ich Mrs. Ackroyd nicht mag. Sie besteht nur aus Knochen, Zähnen und Ketten. Eine äußerst unangenehme Frau. Sie hat kleine, steingraue Augen, und tönen ihre Worte noch so überschwenglich, ihre Augen blicken stets berechnend.

Ich ging ihr entgegen, während Flora am Fenster stehenblieb, und drückte ihre ringgeschmückte Hand. Dann begann sie hastig zu plaudern. Ob ich schon von Floras Verlobung wisse? Wie passend in jeder Hinsicht! Die reizenden jungen Leute hatten sich auf den ersten Blick ineinander verliebt. So ein vollkommenes Paar, er so dunkel und sie so blond!

«Ich kann Ihnen gar nicht sagen, lieber Doktor Sheppard, welche Freude dies für ein Mutterherz ist.»

Mrs. Ackroyd seufzte – ein Tribut, den sie dem Mutterherzen zollte –, während ihre Augen mich scharf beobachteten.

«Roger und Sie sind doch alte Freunde. Wir wissen, wieviel er auf Ihr Urteil gibt. In meiner Lage – als Witwe – habe ich es so schwer. Da sind so viele unangenehme Dinge zu erledigen – Ausstattung und alles andere. Ich bin überzeugt, daß Roger die Absicht hat, Flora etwas auszusetzen, doch wie Ihnen bekannt sein dürfte, ist er in Geldangelegenheiten etwas eigen. Könnten Sie ihn in diesem Punkt nicht ein wenig ausforschen? Flora hat Sie so gern. Wir schätzen Sie wie unseren ältesten Freund, obwohl wir Sie erst seit zwei Jahren kennen.»

Mrs. Ackroyds Redefluß wurde durch das Öffnen der Zimmertür kurzerhand abgeschnitten. Ich freute mich über diese Unterbrechung, denn ich hasse es, in anderer Leute Angelegenheiten hineingezogen zu werden.

«Sie kennen doch Major Blunt, nicht wahr, lieber Doktor?»

«Ja, gewiß.»

Viele Leute kennen Hektor Blunt, zumindest dem Namen nach. Er hat in den unwahrscheinlichsten Gegenden mehr wilde Tiere erlegt als sonst irgendein Sterblicher, glaube ich. Wenn man ihn erwähnt, sagen die Leute: «Blunt – Sie meinen doch nicht den berühmten Reisenden und Großwildjäger?»

Er und Ackroyd waren völlig verschieden. Hektor Blunt dürfte ungefähr fünf Jahre jünger sein als Ackroyd. In früher Jugend schlossen sie Freundschaft, und obwohl ihre Wege auseinandergingen, hält diese Freundschaft immer noch... Alle zwei Jahre einmal verbringt Blunt vierzehn Tage in Fernly, und dann erinnert immer ein neuer Tierkopf mit schrecklichen Hörnern und gläsernen Augen in der Halle an seinen Besuch.

Blunt betrat den Raum mit dem ihm eigenen bedächtigen, trotzdem aber federnden Schritt. Er ist mittelgroß und von kräftigem, etwas stämmigem Körperbau. Sein fast mahagonibraunes Gesicht ist merkwürdig ausdruckslos. Seine grauen Augen erwecken den Eindruck, als beobachteten sie stets etwas, was sich in weiter Ferne zuträgt. Er spricht wenig, und was er sagt, kommt ruckweise, als müßte er sich die Worte gewaltsam abringen.

Er begrüßte mich in seiner gewöhnlichen abgehackten Sprechweise: «Guten Abend, Sheppard», und ging auf den Kamin zu.

Da fragte ihn Flora unvermittelt: «Major Blunt, wollen Sie mir nicht die afrikanischen Dinge hier erklären? Ich bin überzeugt, Sie wissen genau, was sie bedeuten.»

Ich habe Hektor Blunt einen Frauenhasser nennen hören, doch merkte ich, daß er mit äußerster Bereitwilligkeit – anders kann man es nicht nennen – zu Flora an die Vitrine trat. Sie neigten sich gemeinsam darüber.

Jetzt erschienen Ackroyd und sein Sekretär, und sofort bat Parker zu Tisch.

Ich saß zwischen Mrs. Ackroyd und Flora, Blunt an Mrs. Ackroyds anderer Seite und neben ihm Geoffrey Raymond.

Die Mahlzeit verlief nicht sehr angeregt. Ackroyd war sichtlich zerstreut. Er sah erbärmlich aus und aß fast nichts. Mrs. Ackroyd, Raymond und ich hielten das Gespräch aufrecht. Flora schien unter der Mißstimmung ihres Onkels zu leiden, und Blunt war wieder in seine gewohnte Schweigsamkeit verfallen.

Gleich nach dem Essen schob Ackroyd seinen Arm unter den meinen und entführte mich in sein Arbeitszimmer.

«Nach dem Kaffee werden wir nicht weiter gestört werden», erklärte er. «Ich habe Raymond gebeten, dafür Sorge zu tragen.»

Ich beobachtete ihn unauffällig, aber sehr genau. Es war klar, daß er unter dem Eindruck einer großen Erregung stand. Ein Weilchen schritt er im Zimmer auf und ab, setzte sich aber, als Parker mit dem Kaffee kam, in den Lehnstuhl vor dem Kamin.

Das Arbeitszimmer war ein behaglicher Raum. Bücherregale bedeckten eine ganze Wand. Die bequemen Stühle waren mit dunkelblauem Leder bezogen. Unweit des Fensters stand ein großer Schreibtisch, den geschichtete und gesichtete Papier bedeckten. Auf einem runden Tischchen lagen Zeitschriften und Sportblätter.

«Ich hatte kürzlich nach dem Essen wieder einen Anfall jener Schmerzen», bemerkte Ackroyd gleichgültig, während er sich mit Kaffee bediente. «Bringen Sie mir doch wieder von Ihren Tabletten.»

«Dacht ich mir's doch. Ich habe gleich welche mitgebracht.»

«Sehr freundlich. Bitte geben Sie sie mir.»

«Sie sind in meiner Tasche in der Halle. Ich will sie holen.»

Ackroyd hielt mich zurück.

«Bemühen Sie sich nicht. Parker wird sie bringen. Parker, wollen Sie die Tasche des Herrn Doktor hereinholen?»

«Jawohl, Sir.»

Parker verschwand. Als ich sprechen wollte, winkte Ackroyd mit der Hand ab.

«Noch nicht. Warten Sie etwas. Ich bin in einer Verfassung, daß ich mich kaum beherrschen kann.»

Das sah ich deutlich genug. Und mir war sehr unbehaglich zumute. Allerhand Ahnungen bestürmten mich.

«Bitte, überzeugen Sie sich, ob das Fenster geschlossen ist», bat er.

Ich stand auf und kam seinem Wunsch nach.

Es war keine Balkontür, sondern ein gewöhnliches Schiebefenster. Schwere blaue Vorhänge waren vorgezogen, doch das Fenster selbst stand offen.

Während ich noch dort stand, kam Parker mit meiner Tasche zurück.

«Es ist geschlossen», sagte ich und trat wieder ins Zimmer zurück.

«Haben Sie den Riegel vorgeschoben?»

«Ja, ja. Was ist mit Ihnen los, Ackroyd?»

Soeben schloß sich die Tür hinter Parker, sonst hätte ich die Frage nicht gestellt. Geraume Zeit verstrich, ehe Ackroyd sich zu einer Antwort entschloß.

«Ich leide Höllenqualen», sagte er leise. «Nein, bemühen Sie sich nicht wegen der verdammten Tabletten. Das galt Parker. Dienstboten sind oft so neugierig. Setzen Sie sich zu mir. Die Tür ist doch zu?»

«Ja. Niemand kann uns belauschen. Seien Sie unbesorgt!»

«Sheppard, niemand weiß, was ich seit vierundzwanzig Stunden leide. Wenn jemals eines Mannes Haus über seinem Kopf zusammenbrach, so war es das meine. Die Sache mit Ralph ist das wenigste. Darüber wollen wir jetzt nicht sprechen. Doch das andere – das andere –! Ich weiß nicht, wie ich mich verhalten soll. Und ich muß möglichst bald zu einem Entschluß gelangen.»

«Was ist denn los?»

Ackroyd schwieg minutenlang, als ob das Reden ihn Überwindung kostete. Als er endlich begann, traf mich seine Frage völlig unvorbereitet. Nichts hätte mich mehr überraschen können.

«Sheppard, nicht wahr, Sie haben Ashley Ferrars während seiner letzten Krankheit behandelt?»

«Ja.»

Die nächste Frage schien ihm noch mehr Schwierigkeiten zu bereiten.

«Hatten Sie nie den Verdacht, daß – nun, daß er vielleicht vergiftet worden sei?»

Ich schwieg einige Minuten, um mir eine Antwort zurechtzulegen. Roger Ackroyd war nicht Caroline.

«Ich will Ihnen die Wahrheit sagen», gab ich zurück. «Damals schöpfte ich noch keinerlei Verdacht, doch dann – nun, dann brachte mich zuerst nur das müßige Geschwätz meiner Schwester auf den Gedanken. Seither werde ich ihn nicht los. Doch glauben Sie mir, ich kann den Verdacht in keiner Weise begründen.»

«Er ist vergiftet worden», sagte Ackroyd.

Er sprach mit dumpfer, schwerer Stimme.

«Von wem?» fragte ich hastig.

«Von seiner Frau.»

«Woher wissen Sie das?»

«Sie hat es mir gesagt.»

«Wann?»

«Gestern. Mein Gott. Zehn Jahre scheinen dazwischen zu liegen.»

Er hielt einen Augenblick inne, dann fuhr er fort: «Verstehen Sie mich, Sheppard? Ich erzähle Ihnen das streng vertraulich. Es soll nicht weiterverbreitet werden. Ich brauche Ihren Rat, ich kann die schwere Verantwortung nicht allein tragen. Ich weiß wirklich nicht, was ich tun soll.»

«Ich sehe noch nicht klar. Was veranlaßte Mrs. Ferrars, dieses Geständnis abzulegen?»

«Vor drei Monaten bat ich Mrs. Ferrars, meine Frau zu werden. Sie lehnte ab. Ich bat wieder, und sie willigte ein. Doch sie lehnte ab, die Verlobung zu veröffentlichen, ehe das Trauerjahr abgelaufen sei. Gestern sprach ich mit ihr und wies darauf hin, daß ein Jahr und drei Wochen seit dem Ableben ihres Mannes verstrichen seien und daß der Veröffentlichung unseres Verlöbnisses daher nichts mehr im Wege stehe. Es war mir aufgefallen, daß sie seit einigen Tagen ein ganz sonderbares Verhalten zur Schau trug. Und jetzt, ganz plötzlich, brach sie völlig zusammen. Sie – sie sagte mir alles. Wie sie dieses Scheusal von einem Gatten gehaßt, wie ihre Liebe zu mir entstanden und gewachsen sei, wie sie endlich zu dem schrecklichen Mittel Zuflucht genommen habe. Gift! Mein Gott – kaltblütiger Mord!»

Ich sah den Abscheu, sah das Entsetzen in Ackroyds Gesicht. So hatte er wohl auch Mrs. Ferrars angeblickt. Er ist vor allem ein braver Bürger. Alles Normale, Gesunde und Gesetzmäßige in ihm muß sich wohl in jenem Augenblick von ihr abgewendet haben.

«Ja», fuhr er mir leiser, eintöniger Stimme fort, «sie gestand alles. Allem Anschein nach gibt es einen Menschen, der seit langem alles wußte – und der ungeheure Summen von ihr erpreßte. Dieser Druck trieb sie beinahe in den Wahnsinn.»

«Wer ist dieser Mann?»

Da tauchten vor meinem geistigen Auge Ralph Paton und Mrs. Ferrars auf, wie sie Seite an Seite mit einander zugeneigten Köpfen auf und ab gegangen waren. Plötzliche Angst befiel mich. Angenommen, daß... Nein, sicher war das ausgeschlossen. Ich erinnerte mich an Ralphs freimütige Begrüßung an jenem Nachmittag. Lächerlich!

«Sie wollte seinen Namen nicht preisgeben», sagte Ackroyd langsam, «sie gab nicht einmal zu, daß es ein Mann sei. Doch selbstverständlich ...»

«Selbstverständlich», stimmte ich bei, «wird es ein Mann gewesen sein. Haben Sie jemand in Verdacht?»

Statt einer Antwort stöhnte Ackroyd und barg seinen Kopf zwischen den Händen.

«Es kann nicht sein», sagte er dann. «Es macht mich wahnsinnig, auch nur daran zu denken. Ich möchte den Verdacht nicht aussprechen, der mir durch den Kopf schoß. Ich will Ihnen nur soviel sagen: Ich konnte ihren Reden entnehmen, daß die in Frage kommende Person möglicherweise mit meiner Haushaltung zusammenhängt – doch das ist ausgeschlossen. Ich muß sie falsch verstanden haben!»

«Was sagten Sie ihr?»

«Was konnte ich sagen? Sie merkte natürlich, wie furchtbar ihr Geständnis mich getroffen hatte. Und dann stellte sich für mich die Frage, wie ich mich pflichtgemäß zu verhalten hätte. Sehen Sie, sie machte mich nachträglich zu ihrem Mitschuldigen. Glauben Sie mir, ich war wie betäubt. Sie erbat sich vierundzwanzig Stunden Bedenkzeit – und nahm mir das Versprechen ab, bis dahin nichts zu unternehmen. Und sie weigerte sich standhaft, den Namen des Schurken zu nennen, der sie erpreßt hatte. Ich vermute, sie hatte Angst, ich würde hingehen und ihn niederschlagen. Und dann wäre erst recht der Teufel losgewesen. Sie sagte, ich würde von ihr hören, ehe vierundzwanzig Stunden um seien. Mein Gott, ich schwöre Ihnen, Sheppard, daß mir niemals einfiel, was sie zu tun beabsichtigte: Selbstmord! Und ich habe sie dazu gebracht!»

«Nein, nein», sagte ich, «nur keine Übertreibung! Die Verantwortung für ihren Tod trifft bestimmt nicht Sie.»

«Was soll ich tun? Die arme Frau ist tot. Warum also, vergangenes Unheil aufrühren?»

«Da kann ich Ihnen nur beipflichten», meinte ich.

«Doch da ist noch ein anderer Punkt. Wie soll ich des Schurken habhaft werden, der sie ebenso sicher in den Tod trieb, wie wenn er sie ermordet hätte? Er kannte das erste Verbrechen und klammerte sich daran wie ein gieriger Geier. Sie hat ihre Schuld gebüßt. Soll er frei ausgehen?»

«Ich verstehe», sagte ich langsam. «Sie wollen ihn niederschießen? Das wird viel Aufsehen erregen. Haben Sie das bedacht?»

«Gewiß. Ich habe alles ganz genau erwogen.»

«Ich teile Ihre Ansicht über die Bestrafung des Schuftes, aber...»

Ackroyd erhob sich und ging hin und her. Dann ließ er sich wieder in den Lehnstuhl fallen.

«Hören Sie, Sheppard, lassen wir die Dinge vorläufig auf sich beruhen. Wenn keine Nachricht mehr von ihr kommt, wollen wir Totes ruhen lassen.»

«Wenn keine Nachricht mehr kommt? Was verstehen Sie darunter?» fragte ich neugierig.

«Ich habe das bestimmte Gefühl, daß sie irgendwie, irgendwo eine Botschaft für mich hinterließ – ehe sie starb. Ich kann es nicht beweisen, aber es ist sicher so.»

Ich schüttelte den Kopf. «Hinterließ sie keinen Brief, keine Nachricht?» fragte ich.

«Sheppard, ich bin überzeugt, daß sie es tat. Und mehr noch, ich fühle, daß sie mit Bedacht den Tod wählte, damit die ganze Sache an den Tag komme, wenn auch nur, um sich an jenem Menschen zu rächen, der sie zur Verzweiflung getrieben hat. Ich glaube, wäre ich damals bei ihr gewesen, sie hätte mir den Namen genannt...»

Er brach ab. Die Tür öffnete sich geräuschlos, und Parker trat ein, ein silbernes Tablett in der Hand.

«Die Abendpost, Sir», sagte er und überreichte Ackroyd das Tablett mit den Briefen. Dann nahm er die Kaffeetassen und verschwand.

Meine vorübergehend abgelenkte Aufmerksamkeit kehrte zu Ackroyd zurück. Er starrte wie versteinert einen blauen Briefumschlag an. Die übrigen Briefe waren zu Boden gefallen.

«Ihre Handschrift», flüsterte er. «Sie muß gestern abend noch ausgegangen sein und den Brief aufgegeben haben, ehe sie...»

Er riß den Umschlag auf und entnahm ihm die umfangreiche Einlage. Dann sah er mit starrem Blick auf.

«Wissen Sie bestimmt, daß Sie das Fenster geschlossen haben?» fragte er.

«Ganz bestimmt», sagte ich überrascht.

«Ich werde den ganzen Abend das unbehagliche Gefühl nicht los, daß man mich beobachtet und belauscht.»

Er entfaltete die großen Briefbogen und las mit gepreßter Stimme vor:

Mein lieber, innigst geliebter Roger. Ein Verbrechen muß gesühnt werden. Ich fühle es – ich las es heute nachmittag in Deinen Augen. So gehe ich den einzigen Weg, der mir zu gehen übrigbleibt. In Deine Hände lege ich die Bestrafung jenes Menschen, der mir das Leben im letzten Jahr zur Hölle machte. Ich wollte Dir nachmittags seinen Namen nicht nennen, doch bin ich entschlossen, ihn Dir jetzt zu sagen. Da ich weder Kinder noch nahe Verwandte habe, die geschont werden müßten, brauchst du die Öffentlichkeit nicht zu scheuen. Liebster Roger, verzeihe – wenn Du kannst – das Unrecht, das ich Dir zufügen wollte ...

Im Begriff umzublättern, hielt Ackroyd inne.

«Verzeihen Sie, Sheppard, aber ich muß dies allein lesen», sagte er mit unsicherer Stimme. «Es ist für mich, nur für mich bestimmt.»

Er steckte den Brief in den Umschlag und legte ihn auf den Tisch.

«Nein», rief ich leidenschaftlich, «lesen Sie ihn jetzt.»

Ackroyd sah mich erstaunt an.

«Verzeihen Sie», sagte ich und fühlte, daß ich rot wurde. «Ich meine nicht, daß Sie vorlesen sollen. Aber lesen Sie, solange ich noch da bin.»

«Nein, ich möchte lieber warten.»

Aus mir selbst unbekannten Gründen drang ich weiter in ihn. «Lesen Sie wenigstens den Namen des Mannes», sagte ich.

Nun ist Ackroyd außerordentlich halsstarrig. Je mehr man ihn zu einer Sache überreden möchte, desto fester steht sein Entschluß, es nicht zu tun. Alle meine Bemühungen waren vergeblich.

Zwanzig Minuten vor neun hatte er den Brief erhalten. Zehn Minuten vor neun verließ ich ihn, ohne daß er den Brief gelesen hatte. Ich zögerte, die Klinke in der Hand, und blickte nochmals zurück, um mich zu überzeugen, ob ich nicht etwas vergessen hätte. Kopfschüttelnd ging ich hinaus und schloß die Tür hinter mir.

Ich fuhr zurück, als Parkers Gestalt dicht neben mir auftauchte. Er sah verlegen aus. Ob er an der Tür gelauscht hatte?

Welch selbstgefälliges Antlitz dieser Mensch hatte, und wie durchtrieben seine Augen blickten!

«Mr. Ackroyd wünscht ausdrücklich, nicht gestört zu werden», sagte ich kalt, «er bat mich, es Ihnen zu sagen.»

«Sehr wohl, Sir. Mir... war, als wäre geläutet worden.»

Das war eine so greifbare Lüge, daß ich es nicht der Mühe wert fand, darauf zu antworten. Parker schritt vor mir in die Halle, um mir in den Mantel zu helfen, und ich eilte in die Nacht hinaus. Der Mond war von Wolken bedeckt, und alles schien finster und still.

Die Uhr der Dorfkirche schlug neun, als ich durch die Gartenpforte schritt. Ich wandte mich nach links, dem Dorf zu, und wurde beinahe von einem Mann überrannt, der mir entgegenkam.

«Ist dies der Weg nach Fernly Park?» fragte der Fremde mit heiserer Stimme.

Ich blickte ihn an. Er trug den Hut tief in die Stirn gedrückt und hatte den Rockkragen hochgeschlagen. Ich konnte sein Gesicht nicht erkennen, doch schien er jung zu sein. Die Stimme klang rauh und ungebildet.

«Hier ist das Gartentor.»

«Danke.» Er zögerte und fügte dann ganz überflüssigerweise hinzu: «Ich bin hier nämlich fremd.»

Er ging weiter, durchschritt das Gittertor, und ich blickte ihm nach.

Das Merkwürdige war, daß mich seine Stimme an jemand erinnerte, den ich kannte, doch fiel mir nicht ein, wer es sein mochte.

Zehn Minuten später war ich wieder zu Hause. Caroline war äußerst begierig zu wissen, warum ich so früh zurück sei. Ich mußte mir einen halb erdichteten Bericht über den Verlauf des Abends zurechtlegen, um sie zufriedenzustellen, und ich hatte das unbehagliche Gefühl, daß sie meine durchsichtige Erfindung durchschaute.

Um zehn Uhr erhob ich mich, gähnte und schlug vor, zu Bett zu gehen. Caroline nickte.

Es war Freitag abend, und am Freitag ziehe ich immer alle Uhren auf. Ich hielt auch diesmal an dieser Gewohnheit fest, während Caroline sich überzeugte, ob die Küchentür ordentlich verschlossen war.

Um Viertel nach zehn stiegen wir die Treppe empor. Ich war eben oben angelangt, als unten in der Halle das Telefon läutete.

«Mrs. Bates», meinte Caroline sofort.

Ich lief die Treppe hinab und ergriff den Hörer.

«Wie?» rief ich. «Was! Natürlich, ich komme sofort.»

Dann sprang ich die Treppe hinauf, griff nach meiner Tasche und stopfte rasch das Notwendigste hinein.

«Parker telefonierte aus Fernly», rief ich Caroline erregt zu. «Sie haben Roger Ackroyd ermordet aufgefunden.»

5

In kürzester Zeit machte ich den Wagen bereit und raste nach Fernly. Ich sprang hinaus und läutete ungestüm. Endlich vernahm ich das Rasseln einer Kette, und Parker stand in seiner unbeweglich gleichgültigen Haltung in der Eingangstür.

Ich stieß ihn beiseite und eilte in die Halle.

«Wo ist er?» fragte ich schroff.

«Verzeihung, wer?»

«Ihr Herr, Mr. Ackroyd. Stehen Sie nicht so da, Mensch, und starren Sie mich nicht so an! Haben Sie die Polizei verständigt?»

«Die Polizei, Sir? Sagten Sie die Polizei?» Parker blickte mich an, als wäre ich ein Gespenst.

«Was ist mit Ihnen los, Parker? Wenn wirklich, wie Sie sagten, Ihr Herr ermordet wurde...»

Parker stieß einen Schrei aus.

«Der Herr? Ermordet? Unmöglich, Sir.»

Nun war es an mir, ihn anzustarren.

«Waren Sie es nicht, der mir vor kaum fünf Minuten telefonisch mitteilte, Mr. Ackroyd sei ermordet worden?»

«Ich, Sir? O nein, das war ich wirklich nicht. Wie hätte ich so etwas tun können?»

«Wollen Sie behaupten, das sei ein dummer Streich gewesen und mit Mr. Ackroyd sei alles in schönster Ordnung?»

«Verzeihen Sie, Sir, gab sich der Mensch am Telefon für mich aus?»

«Ich will Ihnen genau die Worte wiederholen, die ich hörte: ‹Hallo! Spricht dort Doktor Sheppard? Hier Parker, der Butler von Fernly Park. Bitte kommen Sie sofort. Mr. Ackroyd ist ermordet worden.›»

Parker und ich starrten einander verblüfft an.

«Ein sehr übler Scherz, Sir», sagte er schließlich in empörtem Ton. «Wie kann man nur so etwas tun...»

«Wo ist Mr. Ackroyd?» fragte ich plötzlich.

«Ich glaube, noch immer im Arbeitszimmer, Sir. Die Damen sind zu Bett gegangen, und Major Blunt und Mr. Raymond sind noch im Billardzimmer.»

«Ich denke, ich schaue hinein und gehe einen Augenblick zu ihm», sagte ich. «Ich weiß zwar, daß er nicht mehr gestört zu werden wünschte, aber dieser merkwürdige Scherz hat mich doch unruhig gemacht. Ich möchte mich selbst davon überzeugen, daß alles in Ordnung ist.»

«Gewiß, Sir. Auch mich beunruhigt die Sache. Wenn Sie nichts dagegen haben, möchte ich Sie begleiten.»

«Gern», sagte ich. «Kommen Sie.»

Wir gingen durch die rechte Tür und durch den kleinen Korridor, von dem eine schmale Treppe zu Ackroyds Schlafzimmer führt. Dann klopften wir an die Tür des Arbeitszimmers.

Keine Antwort. Ich drückte auf die Klinke, doch die Tür war versperrt.

«Erlauben Sie, Sir», bat Parker.

Sehr gewandt für einen Mann seiner Statur sank er in die Knie und drückte ein Auge an das Schlüsselloch.

«Der Schlüssel steckt», sagte er und stand auf. «Mr. Ackroyd muß sich eingeschlossen haben und eingeschlafen sein.»

Ich beugte mich hinunter und bestätigte Parkers Feststellung.

«Das scheint so», sagte ich, «trotzdem aber werde ich Ihren Herrn aufwecken, Parker. Ich könnte nicht ruhig heimfahren, ohne aus seinem eigenen Munde gehört zu haben, daß er vollkommen wohl ist.» Dann rüttelte ich an der Tür und rief: «Ackroyd, Ackroyd, nur einen Augenblick!»

Doch noch immer kam keine Antwort. Ich blickte mich um.

«Ich möchte nicht das ganze Haus wecken», sagte ich zögernd. Parker ging hinüber und schloß die Tür, die in die große Halle führte und durch die wir gekommen waren.

«So hört uns niemand, Sir. Der Billardsaal liegt ebenso auf der anderen Seite des Hauses wie die Wirtschaftsräume und die Schlafzimmer der Damen.»

Ich nickte ungeduldig. Dann schlug ich nochmals heftig an die Tür, beugte mich nieder und schrie förmlich durch das Schlüsselloch: «Ackroyd, Ackroyd. Ich bin's, Sheppard. Lassen Sie mich ein!»

Totenstille. Kein Lebenszeichen kam aus dem versperrten Zimmer. Parker und ich blickten einander an.

«Hören Sie, Parker», sagte ich, «wir müssen die Tür einschlagen. Ich übernehme die Verantwortung.»

«Wie Sie meinen, Sir», sagte Parker etwas unentschlossen.

«Ich meine es ernst. Ich bin wirklich äußerst beunruhigt.»

Ich blickte mich suchend um und ergriff dann einen schweren Eichenstuhl. Ein-, zwei-, dreimal stießen wir ihn gegen das Schloß. Beim viertenmal gab es nach. Die Tür ging auf, und ich betrat mit Parker das Zimmer.

Ackroyd saß, wie ich ihn verlassen hatte, im Lehnstuhl vor dem Kamin. Sein Kopf war zur Seite gesunken, und unterhalb des Rockkragens ragte deutlich sichtbar ein glänzender, gewundener Metallgriff hervor.

Wir näherten uns der halb liegenden Gestalt. Ich hörte den Butler schwer und keuchend atmen.

«Von hinten erstochen», flüsterte er. «Schrecklich.»

Er trocknete seine Stirn mit dem Taschentuch und langte vorsichtig nach dem Griff des Dolches.

«Sie dürfen ihn nicht berühren», rief ich hastig. «Gehen Sie sofort zum Telefon und verständigen Sie die Polizei. Dann rufen Sie Mr. Raymond und Major Blunt.»

«Sehr wohl, Sir.»

Parker entfernte sich eilig und wischte immer noch seine schweißtriefende Stirn.

Ich tat das wenige, was zu tun übrigblieb, wobei ich sorgsam bemüht war, die Lage des Leichnams nicht zu verändern und den Griff des Dolches nicht zu berühren. Ackroyd war sicher schon eine Weile tot.

Kurze Zeit verharrte ich regungslos.

Dann ertönte von draußen Raymonds ungläubige Stimme.

«Was sagen Sie? Unmöglich. Wo ist der Arzt?»

Ungestüm trat er ein und blieb totenbleich an der Schwelle stehen. Eine Hand schob ihn beiseite, und an ihm vorbei stürzte Hektor Blunt ins Zimmer.

«Mein Gott!» stöhnte Raymond hinter ihm. «Wie ist das möglich?»

Blunt schritt geradewegs auf den Lehnstuhl zu. Er beugte sich über den Leichnam, und ich dachte, er wolle, wie Parker, nach dem Dolch greifen. Ich hielt ihn zurück.

«Es darf nichts verändert werden», erklärte ich. «Die Polizei muß ihn genau so sehen, wie er aufgefunden wurde.»

Blunt nickte verständnisvoll. Sein Antlitz war ausdruckslos wie immer, doch mir schien, ich sähe feine Gefühlsregungen unter der unbewegten Maske. Nun gesellte sich Geoffrey Raymond zu uns und blickte über Blunts Schulter auf den Toten.

«Entsetzlich!» sagte er leise.

Er hatte seine Fassung wiedergewonnen, nahm den Zwicker ab, den er für gewöhnlich trug, und putzte ihn.

Da merkte ich, daß seine Hände zitterten.

«Vermutlich ein Raubmord», meinte er. «Wie kam der Kerl herein? Vielleicht durch das Fenster? Hat er auch etwas mitgenommen?»

Er ging an den Schreibtisch.

«Denken Sie an einen Einbruch?» fragte ich langsam.

«Was sollte es sonst sein? Selbstmord kommt doch nicht in Betracht!»

«Niemand kann sich selbst von hinten erstechen», erwiderte ich bestimmt. «Es ist unzweifelhaft Mord. Aber warum?»

«Roger hatte keine Feinde», sagte Blunt leise.

«Es müssen Einbrecher gewesen sein. Aber was suchten sie hier? Es sieht so aus, als wäre nichts berührt worden.»

Er sah sich im Zimmer um. Raymond sichtete noch die Papiere auf dem Schreibtisch.

«Es scheint nichts zu fehlen, und auch an den Schubladen sind keine Spuren zu finden», bemerkte schließlich der Sekretär. «Unbegreiflich. Da liegen einige Briefe auf dem Teppich.»

Ich sah hin. Drei oder vier Briefe lagen noch dort, wo sie Ackroyd hatte fallen lassen.

Doch der blaue Umschlag mit dem Brief von Mrs. Ferrars war verschwunden. Ich öffnete den Mund, um etwas zu sagen, als eine Glocke im Haus erklang. Undeutliches Stimmengewirr drang aus der Halle, und Parker kam mit unserem Revierinspektor und einem Polizisten herein.

«Guten Abend, meine Herren», grüßte der Inspektor. «Ich bin entsetzt! Mr. Ackroyd, der liebe, gütige Herr! Der Butler sagt, er sei ermordet worden! Ist die Möglichkeit eines Unglücksfalles oder eines Selbstmordes ausgeschlossen, Doktor?»

«Vollkommen ausgeschlossen», bestätigte ich.

«Oh! Eine böse Geschichte.»

Er trat hinzu und beugte sich über den Leichnam.

«Ist seine Lage irgendwie verändert worden?» fragte er streng.

«Ich habe den Toten in keiner Weise berührt, außer um festzustellen, daß er wirklich tot ist – und das war leicht zu sehen.»

«Ah! Und alles spricht dafür, daß der Mörder glatt entkommen ist. Nun erzählen Sie mir den Hergang. Wer hat den Leichnam gefunden?»

Ich berichtete alles mit peinlicher Genauigkeit.

«Eine telefonische Nachricht, sagen Sie? Von dem Butler?»

«Eine Nachricht, die ich niemals gab», erklärte Parker erregt. «Ich bin den ganzen Abend nicht am Telefon gewesen. Die andern können das bezeugen.»

«Sehr seltsam. Klang es wie Parkers Stimme, Doktor?»

«Nun, ich kann nicht sagen, daß mir etwas auffiel. Ich hielt es für selbstverständlich.»

«Natürlich. Sie eilten also hierher, brachen die Tür auf und fanden den armen Mr. Ackroyd so auf. Wann dürfte Ihrer Ansicht nach der Tod eingetreten sein?»

«Vor wenigstens einer halben Stunde, wenn nicht früher», sagte ich.

«Die Tür war von innen verriegelt, sagen Sie? Wie verhielt es sich mit dem Fenster?»

«Ich selbst hatte es vorher auf Ackroyds Wunsch geschlossen und verriegelt.»

Der Inspektor ging hin und zog die Vorhänge zurück.

«Nun, jetzt ist es jedenfalls offen», bemerkte er.

Wirklich, das Fenster stand offen, der untere Flügel war bis oben hochgezogen.

Der Inspektor leuchtete mit einer Taschenlampe hinaus.

«Hier ist genau zu sehen, welchen Weg er nahm und wie er hereinkam. Sehen Sie.»

Im grellen Licht konnte man deutlich einige Fußspuren wahrnehmen. Sie schienen von Schuhen mit Gummisohlen herzurühren. Eine besonders auffällige Spur lief gegen das Haus hin, eine andere, die ein wenig darüber lag, führte in die entgegengesetzte Richtung.

«Das ist deutlich genug», sagte der Inspektor.

«Fehlen irgendwelche Wertsachen?»

Geoffrey Raymond schüttelte den Kopf.

«Nein, soweit wir bisher feststellen konnten. Mr. Ackroyd hatte niemals Dinge von besonderem Wert in seinem Arbeitszimmer.»

Geoffrey sah mich dabei fragend an.

«Hm», meinte der Inspektor. «Der Mann sah ein offenes Fenster, stieg ein und sah dort Mr. Ackroyd, der vielleicht eingeschlummert war. Der Mann erstach ihn hinterrücks, verlor aber den Mut und machte sich davon. Doch ließ er recht deutliche Spuren zurück. Es dürfte uns nicht schwerfallen, seiner habhaft zu werden. Hat niemand verdächtige Fremde gesehen?»

«Oh!» sagte ich plötzlich.

«Was gibt es, Doktor?»

«Heute abend begegnete mir ein Mann – gerade als ich aus dem Gartentor trat. Er fragte, welcher Weg nach Fernly Park führe.»

«Um wieviel Uhr war das?»

«Genau um neun. Ich hörte die Uhr schlagen, als ich aus der Pforte trat.«

Ich beschrieb den Mann, soweit ich es vermochte.

Der Inspektor wandte sich an den Butler.

«Ist jemand, der dieser Beschreibung entspricht, zum Haupteingang gekommen?»

«Nein, Sir. Den ganzen Abend über war niemand da. Ich werde aber noch einmal nachfragen.»

Er ging zur Tür, doch der Inspektor hielt ihn zurück.

«Nicht doch, danke. Ich möchte meine Erkundigungen selbst einholen. Vor allem möchte ich die Zeit etwas genauer feststellen. Wann wurde Mr. Ackroyd zuletzt lebend gesehen?»

«Wahrscheinlich von mir», sagte ich, «als ich ihn – warten Sie – ungefähr zehn Minuten vor neun verließ. Er sagte, er wünsche nicht gestört zu werden, und ich gab den Befehl an Parker weiter.»

«Jawohl, Sir», bestätigte Parker ehrerbietig.

«Mr. Ackroyd lebte aber sicher noch um halb zehn Uhr», warf Raymond ein, «denn ich hörte ihn sprechen.»

«Mit wem hat er gesprochen?»

«Das weiß ich nicht. Natürlich nahm ich damals mit Bestimmtheit an, Doktor Sheppard sei bei ihm. Ich wollte ihn etwas fragen, aber als ich Stimmen hörte, fiel mir ein, daß er gewünscht hatte, während der Unterredung mit Doktor Sheppard nicht gestört zu werden, und so kehrte ich wieder um. Doch nun hat es den Anschein, als sei der Doktor schon fort gewesen.»

Ich nickte.

«Um Viertel nach neun war ich zu Hause», sagte ich. «Und ich bin erst nach dem Telefonanruf wieder fortgegangen.»

«Wer kann um halb zehn Uhr bei ihm gewesen sein?» fragte der Inspektor. «Vielleicht Sie, Mr. . . . .»

«Major Blunt», half ich aus.

«Major Blunt?» fragte der Inspektor respektvoll.

Blunt nickte nur bestätigend.

«Ich glaube, wir haben uns schon früher einmal getroffen, Major», sagte der Inspektor. «Ich erkannte Sie nicht gleich. Waren Sie nicht voriges Jahr im Mai bei Mr. Ackroyd?»

«Im Juni», verbesserte Blunt.

«Ja, richtig, im Juni. Nun, was ich sagen wollte, waren Sie um halb zehn Uhr bei Mr. Ackroyd?»

Blunt schüttelte den Kopf.

«Ich sah ihn seit dem Abendbrot nicht mehr», erwiderte er.

Nun wandte sich der Inspektor wieder an Raymond.

«Hörten Sie nicht etwas von dem Gespräch?»

«Nur ein Bruchstück», antwortete Raymond, «und da ich Doktor Sheppard bei Mr. Ackroyd glaubte, schienen mir diese Worte äußerst merkwürdig. Soweit ich mich entsinnen kann, lauteten sie folgendermaßen: ‹Die Anforderungen, die an meine Börse gestellt werden, nehmen in der letzten Zeit einen derartigen Umfang an, daß ich Ihrem Ersuchen leider nicht nachkommen kann...› Ich ging natürlich sofort wieder weg und hörte daher nichts weiter. Doch wunderte ich mich, weil Doktor Sheppard...»

«... weder Darlehen für sich verlangt noch für andere betteln geht», beendigte ich den Satz.

«Eine Bettelei», sagte der Inspektor nachdenklich. «Das könnte ein sehr wichtiger Anhaltspunkt werden.» Er wandte sich dem Butler zu. «Parker, Sie sagen, daß niemand durch das Haupttor eingelassen wurde?»

«Jawohl, Sir.»

«So scheint es beinahe sicher, daß Mr. Ackroyd selbst den Fremden einließ. Doch verstehe ich nicht recht...»

Der Inspektor sah einige Augenblicke vor sich hin.

«Eines ist sicher», sagte er endlich. «Mr. Ackroyd war noch um halb zehn am Leben.»

Parker ließ ein bescheidenes Hüsteln vernehmen, das sofort den Blick des Inspektors auf ihn lenkte.

«Nun?» fragte er scharf.

«Ich bitte um Verzeihung, Sir, aber Miss Flora hat ihn noch später gesehen.»

«Miss Flora?»

«Ja. Es muß ungefähr dreiviertel zehn gewesen sein. Nachher sagte sie mir, Mr. Ackroyd wolle heute abend nicht mehr gestört werden.»

«Hatte er sie mit dieser Botschaft zu Ihnen gesandt?»

«Nicht ausdrücklich, Sir. Ich wollte eben ein Tablett mit Whisky und Soda hineintragen, als Miss Flora aus dem Zimmer trat und mir sagte, daß ihr Onkel nicht mehr gestört zu werden wünsche.»

Der Inspektor betrachtete den Butler nun viel aufmerksamer als bisher.

«Es wurde Ihnen doch schon einmal gesagt, Mr. Ackroyd wolle nicht gestört werden...»

Parker begann zu stammeln.

«Ja, ja, gewiß.»

«Und doch wollten Sie dem Wunsch zuwiderhandeln?»

«Ich vergaß es, Sir. Das heißt... ich meine... ich bringe ihm immer um diese Stunde Whisky und Soda und frage, ob er noch etwas braucht, und ich dachte... eigentlich tat ich es wie gewöhnlich, ohne nachzudenken.»

In diesem Augenblick kam mir zum Bewußtsein, wie verdächtig erregt eigentlich Parker war. Er zitterte und bebte am ganzen Körper.

«Hm», sagte der Inspektor. «Ich muß Miss Ackroyd sofort sprechen. Lassen wir jetzt das Zimmer, wie es ist. Ich kann hierher zurückkehren, wenn ich gehört habe, was Miss Ackroyd zu berichten weiß. Ich will nur vorsichtshalber das Fenster schließen und verriegeln.»

Nachdem diese Vorsichtsmaßnahme getroffen war, schritt er, von uns gefolgt, in die Halle. Er zögerte einen Augenblick, als er die kleine Treppe sah, und sagte zu seinem Polizisten: «Jones, bleiben Sie lieber hier. Lassen Sie niemanden in das Zimmer.»

Parker fiel ihm ehrerbietig in die Rede.

«Verzeihung, Sir. Die Treppe führt nur zu Mr. Ackroyds Schlaf- und Badezimmer. Mit dem übrigen Teil des Hauses besteht keinerlei sonstige Verbindung. Früher hat es einmal eine Durchgangstür gegeben, doch Mr. Ackroyd ließ sie verriegeln. Er wollte gern seine Zimmerflucht für sich allein haben.»

Die schmale Treppe führt, wie Parker beschrieb, zu einem großen Schlafzimmer, das durch Niederlegung einer Wand aus zwei Räumen entstanden war, und in ein anschließendes Badezimmer.

Der Inspektor erfaßte die Lage mit einem Blick. Wir gingen in die große Halle, und er schloß die Tür hinter sich ab und steckte den Schlüssel ein. Dann gab er leise dem Polizisten einige Befehle, worauf dieser sich anschickte, das Haus zu verlassen.

«Wir müssen uns mit den Fußspuren befassen», erklärte der Inspektor. «Aber vor allem muß ich mit Miss Ackroyd sprechen. Sie hat als letzte ihren Onkel gesehen. Weiß sie es schon?»

Raymond schüttelte den Kopf.

«Nun, so soll sie es noch fünf Minuten länger nicht erfahren. Sie wird meine Fragen besser beantworten können, solange ihr das Drama noch nicht bekannt ist. Sagen Sie ihr, daß ein Einbruch stattgefunden hat, und fragen Sie, ob sie nicht die Güte haben wolle, herunterzukommen und mir einige Fragen zu beantworten.»

«Miss Ackroyd wird sofort erscheinen», sagte Raymond, als er zurückkehrte.

Nach kaum fünf Minuten kam Flora die Treppe herunter. Sie trug einen zartrosa Seidenkimono und sah ängstlich und erregt aus.

Der Inspektor ging ihr entgegen.

«Guten Abend, Miss Ackroyd», sagte er höflich. «Leider hat ein Raubüberfall stattgefunden, und wir brauchen Ihre Hilfe. Was ist dies für ein Raum – das Billardzimmer? Treten Sie hier ein und nehmen Sie Platz.»

Flora ließ sich auf dem großen Sofa nieder, das längs der Wand stand, und blickte den Inspektor an.

«Ich verstehe nicht ganz. Was wurde gestohlen? Was wollen Sie mir sagen?»

Der Inspektor zögerte ein wenig, bevor er antwortete.

«Es verhält sich folgendermaßen, Miss Ackroyd. Parker behauptet, Sie seien gegen dreiviertel zehn aus dem Arbeitszimmer Ihres Onkels gekommen. Ist das richtig?»

«Ganz richtig. Ich war dort, um ihm gute Nacht zu sagen.»

«Und die Zeit stimmt auch genau?»

«Ich glaube, sie dürfte ungefähr stimmen. Ich kann es nicht beschwören. Vielleicht war es auch etwas später.»

«War Ihr Onkel allein, oder befand sich jemand bei ihm?»

«Er war allein. Doktor Sheppard war schon fortgegangen.»

«Bemerkten Sie vielleicht, ob das Fenster offenstand oder geschlossen war?»

Flora schüttelte den Kopf.

«Das kann ich nicht sagen. Die Vorhänge waren zugezogen.»

«Richtig. Und Ihr Onkel war genauso wie immer?»

«Ich glaube – ja.»

«Wollen Sie so freundlich sein, uns genau zu erzählen, was zwischen Ihnen beiden vorging?»

Flora zögerte ein Weilchen, als ob sie ihre Gedanken sammeln müßte.

«Ich trat ein und sagte: ‹Gute Nacht, Onkel, ich gehe jetzt zu Bett. Ich bin heute abend sehr müde.› Er ließ ein leises Brummen vernehmen, und ich ging zu ihm und küßte ihn. Er sagte irgend etwas darüber, wie vorteilhaft mir das Kleid stehe, das ich trug, und fügte dann hinzu, ich solle ihn in Ruhe lassen, da er zu tun habe. Dann ging ich.»

«Bat er ausdrücklich, man möge ihn nicht stören?»

«O ja, das hatte ich vergessen. Er sagte: ‹Sag Parker, ich benötige heute nichts mehr, er soll mich nicht mehr stören.› Ich traf Parker gerade vor der Tür und sagte ihm Bescheid.»

«Ganz richtig», sagte der Inspektor.

«Wollen Sie mir nicht erzählen, was gestohlen wurde?»

«Wir wissen es noch nicht ganz genau», sagte der Inspektor.

Schreckerfüllt weiteten sich die Augen des Mädchens.

«Was gibt es? Sie verbergen mir etwas.»

Zurückhaltend wie immer, kam Hektor Blunt näher und blieb zwischen ihr und dem Inspektor stehen. Sie streckte ihm zögernd eine Hand entgegen, die er mit seinen beiden Händen umschloß; dann streichelte er sie, als ob sie ein kleines Kind wäre, und sie wandte sich ihm zu, als strahle von seinem unerschütterlich ruhigen, vertrauenerweckenden Wesen Trost und Geborgenheit aus.

«Schlimmes ist geschehen, Flora», sagte er sanft. «Schlimmes für uns alle. Ihr Onkel Roger...»

«Nun?»

«Es wird ein furchtbarer Schlag für Sie sein. Doch es muß gesagt werden. Der arme Roger ist tot.»

Flora fuhr zurück, starr vor Entsetzen blickten ihre Augen.

«Wann?» flüsterte sie. «Wann?»

«Sehr bald, nachdem Sie ihn verließen, fürchte ich», sagte Blunt ernst.

Flora griff mit der Hand an ihr Herz und stieß einen schwachen Schrei aus. Ich fing sie auf, als sie fiel. Sie war ohnmächtig geworden. Blunt und ich trugen sie hinauf und legten sie auf ihr Bett. Dann bat ich Blunt, Mrs. Ackroyd zu wecken. Flora kam bald zu sich. Ich begleitete ihre Mutter zu ihr, gab Anweisungen, was für Flora zu tun sei, und eilte wieder nach unten.

6

Ich traf den Inspektor, als er eben aus der Tür trat, die in den Küchengang führte.

«Wie geht es Miss Flora, Doktor?»

«Bedeutend besser. Ihre Mutter ist bei ihr.»

«Das ist recht. Ich habe eben die Dienerschaft verhört. Alle erklären einstimmig, daß heute abend niemand an die Hintertür gekommen sei. – Ihre Beschreibung des Fremden war ziemlich vage. Können Sie uns keine bestimmten Anhaltspunkte geben?»

«Leider nicht», sagte ich bedauernd, «es war stockfinster, und der Mensch hatte den Kragen hochgeschlagen und seinen Hut tief ins Gesicht gedrückt.»

«Hm», meinte der Inspektor. «Sieht aus, als wollte er sein Gesicht verbergen. War es sicher kein Bekannter?»

Ich verneinte, doch nicht so entschieden, wie ich eigentlich gemußt hätte. Ich erinnerte mich, daß die Stimme des Fremden mir nicht unbekannt geklungen hatte. Stockend bekannte ich dies dem Inspektor.

«Sie sagen, es sei eine barsche, ungebildete Stimme gewesen?»

Ich bejahte, doch es kam mir vor, als sei die Barschheit im Ton mit Absicht übertrieben worden. Wenn, wie der Inspektor annahm, der Mann bestrebt war, sein Antlitz zu verbergen, weshalb sollte er nicht ebensogut versucht haben, die Stimme zu verändern?

«Wollen Sie mich wieder in das Arbeitszimmer begleiten? Ich hätte noch einige Fragen an Sie zu richten!»

Ich nickte. Inspektor Davis sperrte die Tür zum Flur auf, wir schritten hindurch, und er schloß sie hinter sich wieder zu.

«Wir wollen lieber ungestört bleiben», sagte er grimmig. «Und wir brauchen auch keine Horcher. Wie war das eigentlich mit der Erpressung?»

«Erpressung!» rief ich äußerst betroffen.

«Ist das die Erfindung von Parkers Einbildungskraft?»

«Wenn Parker etwas von Erpressung hörte», sagte ich langsam, «so muß er am Schlüsselloch gehorcht haben.»

Davis nickte.

«Nichts wahrscheinlicher als dies. Sehen Sie, ich interessiere mich dafür, womit sich Parker während des Abends beschäftigte. Aufrichtig gesagt, gefällt mir sein Betragen nicht. Der Mann weiß etwas. Als ich ihn auszufragen begann, schöpfte er tief Atem und tischte dann eine erfundene Geschichte von Erpressung auf.»

Ich faßte einen plötzlichen Entschluß.

«Es ist mir sogar sehr angenehm, daß Sie die Sache zur Sprache bringen», sagte ich. «Ich schwankte, ob ich alles offen heraussagen sollte oder nicht. Das heißt, ich war bereits entschlossen, Ihnen alles mitzuteilen, doch wollte ich erst eine günstige Gelegenheit abwarten. Es kann ebensogut auch jetzt sein.»

Und dann berichtete ich den Gang der Ereignisse, wie ich sie hier schon niedergeschrieben habe. Der Inspektor hörte gespannt zu und warf hin und wieder auch eine Frage ein.

«Die merkwürdigste Geschichte, die mir je vorgekommen ist», sagte er, als ich geendet hatte. «Und Sie sagen, der Brief sei spurlos verschwunden? Das sieht schlimm aus – sogar sehr schlimm. Das führt uns zu etwas, was wir dringend suchen ... zu dem Motiv für den Mord.»

Ich nickte.

«Sie sagen, Mr. Ackroyd habe durchblicken lassen, daß ein Mitglied seines Hauses mit der Sache in Zusammenhang stehe. ‹Haus› ist in diesem Fall ein dehnbarer Begriff.»

«Glauben Sie nicht, Parker könnte vielleicht selbst der Mann sein, den wir suchen?» deutete ich an.

«Möglich. Offenbar horchte er an der Tür, als Sie herauskamen. Später stieß Miss Flora wieder auf ihn, als er eben das Arbeitszimmer betreten wollte. Nehmen wir an, er versuchte es nochmals, als sie sich entfernt hatte; er erstach Ackroyd, versperrte die Tür von innen, öffnete das Fenster, sprang hinaus und ging rund um das Haus bis zum rückwärtigen Eingang, den er vorher offengelassen hatte. Was halten Sie davon?»

«Es spricht nur eines dagegen», erwiderte ich langsam. «Wenn Ackroyd sofort nach meinem Weggang den Brief zu Ende las, wie er beabsichtigte, sehe ich nicht ein, weshalb er dann regungslos hier sitzen blieb, um noch eine Stunde lang über die Sache nachzugrübeln. Er hätte doch Parker sofort hereingerufen, ihn auf der Stelle beschuldigt, und es wäre zu einer scharfen Auseinandersetzung gekommen. Vergessen Sie vor allem Ackroyds Jähzorn nicht.»

«Vielleicht blieb ihm nicht genug Zeit, den Brief weiterzulesen», meinte der Inspektor. «Wir wissen, daß jemand um halb zehn bei ihm war. Wenn sich der Besucher gleich nach Ihrem Weggang einstellte und wenn Miss Ackroyd kurz darauf eintrat, nachdem dieser gegangen war, und gute Nacht wünschte – nun, dann dürfte er erst knapp vor zehn Uhr zur Lektüre seines Briefes gelangt sein.»

«Und der Telefonanruf?»

«Stammt natürlich von Parker – vielleicht bevor er an die versperrte Tür und das geöffnete Fenster dachte. Dann überlegte er es sich anders oder bekam es mit der Angst zu tun – und entschloß sich, alles abzuleugnen. So war es, verlassen Sie sich darauf.»

«Ja – ja», sagte ich zögernd.

«Jedenfalls können wir durch das Fernsprechamt die Wahrheit über den Anruf erfahren. Wenn das Gespräch von hier erfolgte, wüßte ich nicht, wer außer Parker in Betracht käme. Verlassen Sie sich darauf, er ist unser Mann. Aber schweigen Sie darüber – wir wollen ihn lieber nicht beunruhigen, solange wir nicht alle Beweise in der Hand haben. Ich werde schon aufpassen, daß er uns nicht entschlüpft. Zum Schein wollen wir unsere ganze Aufmerksamkeit Ihrem Fremden zuwenden.»

Er erhob sich von dem Stuhl, auf dem er rittlings gesessen hatte, und näherte sich der leblosen Gestalt im Lehnstuhl.

«Die Waffe müßte uns einen Anhaltspunkt geben», bemerkte er. «Sie ist ganz einzig in ihrer Art – eine Rarität, soweit ich das beurteilen kann.»

Er beugte sich nieder, prüfte aufmerksam den Griff und brummte zufrieden. Dann zog er vorsichtig die Klinge aus der Wunde, ohne den Griff zu berühren, und stellte sie in einen Porzellankrug auf dem Kamin.

«Ja», sagte er und wies auf den Dolch. «Ein wahres Kunstwerk. Es gibt bestimmt nicht viele dieser Art.»

Es war wirklich ein wunderschönes Stück. Eine schmale, flache, spitz zulaufende Klinge und ein Griff aus kunstvoll verschlungenem Metall. Vorsichtig berührte er die Klinge mit dem Finger und nickte anerkennend.

«Du lieber Gott, was für eine Schneide!» rief er. «Ein Kind könnte einen Mann damit durchbohren. Ein gefährliches Spielzeug.»

«Dürfte ich jetzt den Toten untersuchen?» fragte ich.

Er nickte.

«Beginnen Sie.»

Ich nahm eine gründliche Untersuchung vor.

«Nun?» fragte der Inspektor, als ich damit fertig war.

«Ich will Ihnen die technischen Ausdrücke ersparen», sagte ich. «Der Stoß wurde von einer hinter ihm stehenden Person mit der rechten Hand ausgeführt, der Tod muß sofort eingetreten sein. Nach dem Gesichtsausdruck des Toten möchte ich schließen, daß der Stoß ihn völlig unerwartet traf. Er verschied vielleicht, ohne zu wissen, wer der Angreifer war.»

«Butler schleichen umher wie die Katzen», sagte Inspektor Davis. «Dieses Verbrechen birgt nicht viel Geheimnisvolles. Werfen Sie einen Blick auf den Griff des Dolches.»

Ich sah hin.

«Mir scheint, für Sie sind sie nicht deutlich genug, aber ich sehe sie.» Er senkte die Stimme. «Fingerabdrücke!» Er wich einige Schritte zurück, um die Wirkung seiner Worte noch besser genießen zu können.

«Ja», sagte ich leichthin. «Das dachte ich mir.»

Ich sehe nicht ein, weshalb man mir jeglichen Verstand abspricht. Schließlich lese ich Detektivgeschichten und Zeitungen und bin ein Mann mit durchschnittlichen Fähigkeiten. Hätten zehnerlei Spuren an dem Griff gehaftet, wäre es anders gewesen. Dann hätte ich Erstaunen und Ehrfurcht in jedem beliebigen Maße bezeugt.

Ich glaube, der Inspektor verübelte es mir, daß ich mich nicht erregter zeigte. Er langte nach der Porzellanvase und forderte mich auf, ihm in das Billardzimmer zu folgen.

«Ich möchte hören, ob Raymond uns etwas über diesen Dolch sagen kann», erklärte er.

Nachdem wir die äußere Tür wieder hinter uns verschlossen hatten, gingen wir in das Billardzimmer, wo wir Raymond vorfanden. Der Inspektor hielt ihm die Vase entgegen.

«Ja, ich glaube ... Ich möchte beinahe mit Sicherheit behaupten, daß es der Dolch ist, den Major Blunt Mr. Ackroyd geschenkt hat. Stammt aus Marokko, nein, aus Tunis. Damit wurde also das Verbrechen verübt? Wie seltsam! Es scheint fast unmöglich, und doch dürfte es kaum zwei gleiche Dolche dieser Art geben. Soll ich Major Blunt holen?»

Er eilte davon, ohne die Antwort abzuwarten.

«Netter junger Mann», sagte der Inspektor. «Offen und ehrlich.» Ich stimmte bei. Während der zwei Jahre, in denen Geoffrey Raymond als Sekretär für Ackroyd gearbeitet hatte, hatte ich ihn niemals gereizt oder schlecht gelaunt gesehen. Und soviel ich weiß, war er auch äußerst tüchtig.

Kurz darauf kehrte Raymond mit Blunt zurück.

«Ich hatte recht», sagte er. «Es ist der tunesische Dolch.»

«Major Blunt hat es doch noch gar nicht bestätigt», warf der Inspektor ein.

«Bemerkte es sofort, als ich das Arbeitszimmer betrat», sagte der wortkarge Mann.

«Sie erkannten den Dolch?»

Blunt nickte.

«Und Sie erwähnten es nicht?» fragte der Inspektor mißtrauisch.

«War nicht der rechte Augenblick», sagte Blunt. «Schon viel Unheil entstanden durch unbesonnenes Schwatzen zur falschen Zeit.»

Er hielt dem Blick des Inspektors ruhig stand. Dieser wandte sich schließlich brummend ab und wies auf den Dolch. «Sind Sie ganz sicher, Major? Erkennen Sie ihn ganz gewiß?»

Der Major war seiner Sache sicher.

«Absolut. Ohne jeden Zweifel.»

«Wo war diese – hm – Seltenheit aufbewahrt? Können Sie mir das sagen, Major?»

Nun antwortete der Sekretär: «In der Vitrine im Salon.»

«Was?» rief ich.

Die anderen sahen mich an.

«Nun, Doktor?» sagte der Inspektor ermutigend. «Es ist so unbedeutend», entschuldigte ich mich. «Aber als ich gestern zum Essen kam, hörte ich, wie jemand den Deckel der Vitrine im Salon schloß.»

Des Inspektors Haltung verriet Zweifel und ein wenig Mißtrauen.

«Woher wußten Sie, daß es der Deckel der Vitrine war?»

Ich war gezwungen, alle Einzelheiten bekanntzugeben – eine langwierige Erklärung, die ich mir gern erspart hätte. Der Inspektor lauschte aufmerksam.

«Lag der Dolch an seinem Platz, als Sie den Inhalt der Vitrine betrachteten?» fragte er.

«Das weiß ich nicht», sagte ich. «Ich kann mich nicht erinnern, ihn bemerkt zu haben, aber er kann trotzdem die ganze Zeit dort gewesen sein.»

«Es wäre klüger, die Haushälterin zu fragen», bemerkte der Inspektor und gab ein Glockenzeichen.

Wenig später trat Miss Russell ins Zimmer.

«Ich glaube nicht, daß ich in die Nähe der Vitrine kam», sagte sie, als der Inspektor die Frage gestellt hatte. «Ich wollte nachsehen, ob die Blumen noch frisch waren. O ja, nun entsinne ich mich. Die Vitrine stand offen, und ich schloß den Deckel, als ich vorüberging.»

Sie sah ihn herausfordernd an.

«Ich verstehe», sagte der Inspektor. «Können Sie mir sagen, ob damals dieser Dolch an seinem Platz lag?»

Miss Russell betrachtete die Waffe.

«Ich weiß es nicht bestimmt», erwiderte sie. «Ich hielt mich nicht weiter auf. Ich wußte, die Familie konnte jeden Augenblick herunterkommen, und ich wollte mich vorher entfernen.»

«Danke», sagte der Inspektor. Er zögerte kaum merklich, als hätte er gern weitergefragt, aber Miss Russell betrachtete seine Bemerkung offenbar als Schlußwort und verließ das Zimmer.

«Ein rechtes Mannweib, finden Sie nicht auch?» sagte der Inspektor und blickte ihr nach. «Warten Sie. Die Vitrine steht vor einem Fenster, so sagten Sie doch, Doktor, nicht wahr?»

Raymond antwortete für mich.

«Ja, vor dem linken Fenster.»

«Und das Fenster stand offen?»

«Beide Fenster waren weit geöffnet.»

«Nun, ich denke, mit dieser Frage brauchen wir uns nicht weiter zu befassen. Jemand – ich sage absichtlich jemand – konnte, wann immer es ihm behagte, sich des Dolches bemächtigen, und wann dies schließlich genau erfolgte, spielt jetzt keine Rolle. Ich komme morgen mit dem Chef wieder, Mr. Raymond. Bis dahin behalte ich den Schlüssel jener Tür bei mir. Ich will, daß Colonel Melrose alles genau so sieht, wie es ist. Ich weiß zufällig, daß er den heutigen Abend am anderen Ende der Grafschaft verbringt und wohl auch dort übernachtet...»

Wir sahen, daß der Inspektor den Krug an sich nahm.

«Ich werde dies sehr sorgsam verwahren müssen», bemerkte er, «denn es wird nach mehr als einer Richtung ein äußerst wichtiges Beweisstück sein.»

Als ich etwas später mit Raymond aus dem Billardzimmer trat, lachte dieser leise auf. Ich fühlte einen Druck auf meinem Arm und folgte der Richtung seiner Blicke. Inspektor Davis schien Parkers Ansicht über ein kleines Büchlein einzuholen.

«Ein wenig auffällig», flüsterte mein Begleiter. «Parker wird also verdächtigt! Sollten wir Inspektor Davis nicht auch mit einigen Fingerabdrücken erfreuen?» Er nahm zwei Karten vom Kartenständer, wischte sie mit seinem seidenen Taschentuch ab, gab eine davon mir und nahm die zweite selbst. Dann überreichte er sie lächelnd dem Polizeiinspektor. «Als Andenken», sagte er. «Die eine von Dr. Sheppard, die andere von mir.»

Jugend trauert nicht lange. Nicht einmal die brutale Ermordung seines Freundes und Arbeitgebers vermochte Geoffrey Raymonds Stimmung lange zu dämpfen. Vielleicht soll es so sein. Ich weiß es nicht.

Indessen war es sehr spät geworden, und ich hoffte, Caroline werde bei meiner Heimkehr schon im Bett sein. Ich hätte sie besser kennen sollen.

Sie hielt warmen Kakao für mich bereit, und während ich trank, entlockte sie mir die Geschichte aller Vorfälle dieses Abends. Ich verschwieg die Erpressungsaffäre und begnügte mich damit, ihr die mit dem Mord zusammenhängenden Tatsachen zu berichten.

«Die Polizei verdächtigt Parker», sagte ich, während ich mich erhob, um zu Bett zu gehen. «Es scheint recht belastendes Material gegen ihn vorzuliegen.»

«Parker!» sagte meine Schwester. «Lächerlich! Der Inspektor

scheint ein ausgesprochener Narr zu sein. Parker! Das kannst du mir nicht weismachen . . .»

7

Am nächsten Morgen erledigte ich ganz unverzeihlich oberflächlich meine Krankenbesuche. Zu meiner Entschuldigung sei gesagt, daß ich gerade keine sehr ernsten Fälle zu behandeln hatte. Bei meiner Rückkehr begrüßte Caroline mich schon in der Halle.

«Flora Ackroyd ist hier», meldete sie in erregtem Flüsterton.

«Was?»

«Sie kann es kaum erwarten, dich zu sehen. Sie ist schon seit einer halben Stunde hier.»

Caroline ging in unseren kleinen Salon, und ich folgte.

Flora saß auf dem Sofa neben dem Fenster. Sie trug schwarze Kleidung, und ihre Hände waren nervös verkrampft. Ich erschrak über den Ausdruck ihres Gesichtes.

Alle Farbe schien aus ihm gewichen zu sein.

«Doktor Sheppard, ich komme, Sie um Ihren Beistand zu bitten.»

«Natürlich wird er Ihnen helfen», sagte Caroline.

«Ich möchte Sie bitten, mich zu Ihrem Nachbarn zu begleiten.»

«Zu meinem Nachbarn?» fragte ich erstaunt.

«Sie wollen den kleinen Mann besuchen?» rief Caroline.

«Ja. Sie wissen doch, wer er ist?»

«Nicht sicher», sagte ich. «Wir nehmen an, daß er früher einmal Friseur war.»

Floras Augen öffneten sich weit.

«Aber das ist doch Hercule Poirot! Sie wissen doch, wen ich meine – der berühmte Privatdetektiv! Vor einem Jahr zog er sich zurück und ließ sich hier nieder. Onkel wußte, wer er war; aber da Mr. Poirot von den Belästigungen der Leute verschont bleiben wollte, um ein ruhiges Leben führen zu können, hatte Onkel ihm versprochen, niemandem ein Sterbenswörtchen zu verraten.»

«Also das ist sein Beruf», sagte ich leise.

«Sie haben bestimmt schon von ihm gehört, nicht wahr?»

«Ich bin zwar ein alter Kauz, wie Caroline behauptet», sagte ich, «aber ich habe schon von ihm gehört!»

«Seltsam!» bemerkte Caroline.

Ich weiß nicht, worauf sie das bezog – vielleicht auf ihr eigenes Versagen, als es galt, die Wahrheit über ihn herauszufinden.

«Sie wollen ihn besuchen?» fragte ich langsam. «Weshalb eigentlich?»

«Natürlich um ihn zu bewegen, den Mörder zu finden», sagte Caroline scharf, «sei nicht so begriffsstutzig, James.»

«Haben Sie kein Vertrauen zu Inspektor Davis?» fuhr ich fort.

«Natürlich nicht», sagte Caroline. «Ich auch nicht.»

Jedermann hätte glauben können, Carolines Onkel sei ermordet worden.

«Und woraus schließen Sie, daß er sich des Falles annehmen wird?» fragte ich. «Vergessen Sie nicht, daß er seine Tätigkeit aufgegeben hat.»

«Das ist es ja», sagte Flora schlicht. «Ich muß ihn dazu überreden.»

«Sind Sie überzeugt, daß Sie richtig handeln?» fragte ich sie ernst.

«Gewiß ist es richtig», sagte Caroline. «Ich gehe selbst mit ihr, wenn sie will.»

«Wenn Sie nichts dagegen haben, Miss Sheppard, möchte ich lieber, daß der Doktor mich begleitet», sagte Flora.

Sie kennt den Wert deutlicher Ausdrucksweise im richtigen Augenblick – Ausflüchte wären an Caroline nur verschwendet gewesen.

«Wissen Sie», erklärte sie offen, «da Doktor Sheppard Arzt ist und den Leichnam entdeckt hat, wird er Monsieur Poirot alle Einzelheiten schildern können.»

«Ja», gab Caroline widerstrebend zu, «das sehe ich ein.»

«Flora», sagte ich ernst, «lassen Sie sich von mir raten. Ich empfehle Ihnen, den Detektiv nicht in die Angelegenheit hineinzuziehen.»

Flora sprang auf. Ihre Wangen röteten sich.

«Ich weiß, weshalb Sie das sagen», rief sie. «Aber gerade aus diesem Grunde drängt es mich hinzugehen. Sie haben Angst, ich aber nicht. Ich kenne Ralph besser als Sie.»

«Ralph», murrte Caroline, «was hat Ralph damit zu tun?»

Keiner von uns beachtete sie.

«Ralph mag schwach sein», fuhr Flora fort, «er mag seinerzeit tolle Streiche verübt haben – vielleicht sogar schlimme Dinge –, aber niemals würde er einen Mord begehen.»

«Nein, nein», rief ich aus, «ich dachte auch gar nicht an ihn.»

«Weshalb sind Sie dann gestern abend zu den ‹Three Boars› gegangen», fragte Flora, «auf Ihrem Heimweg, nachdem Onkels Leichnam gefunden worden war?»

Im Augenblick fehlten mir die Worte. Ich hatte gehofft, daß niemand von diesem Besuch erfahren würde.

«Woher wissen Sie das?»

«Ich habe Ralph heute morgen aufgesucht», erwiderte Flora, «als ich durch die Dienerschaft erfuhr, daß er dort abgestiegen ist...»

«Hatten Sie keine Ahnung, daß er in King's Abbot ist?»

«Nein. Ich war verblüfft. Ich konnte es nicht begreifen. Ich ging hin und fragte nach ihm. Man gab mir die Auskunft, die Sie vermutlich heute nacht auch erhielten: daß er gestern abend gegen neun Uhr ausgegangen – und – nicht zurückgekehrt sei.»

Ihr Blick begegnete herausfordernd dem meinen, und wie als Antwort auf meine stumme Frage brach sie los: «Was ist denn schließlich dabei? Er kann weiß Gott wohin gegangen sei. Vielleicht ist er nach London zurückgefahren...»

«Unter Zurücklassung seines Gepäcks?» fragte ich freundlich.

Flora stampfte mit dem Fuß.

«Ist mir gleich. Dafür wird sich eine Erklärung finden lassen.»

«Und darum wollen Sie Hercule Poirot aufsuchen? Wäre es nicht besser, die Dinge auf sich beruhen zu lassen? Die Polizei verdächtigt Ralph nicht im geringsten. Sie verfolgt doch eine ganz andere Spur.»

«Das ist es eben», rief das Mädchen, «sie verdächtigen ihn. Heute früh kam ein Mann aus Cranchester, Inspektor Raglan, ein abscheulicher, hohlwangiger, kleiner Mann. Ich fand heraus, daß er schon vor mir bei den ‹Three Boars› gewesen war. Er scheint in Ralph den Täter zu vermuten.»

«Wenn es sich so verhält, müssen sie seit gestern abend ihre Meinung geändert haben», sagte ich langsam. «Davis hatte Parker in Verdacht.»

«Parker? – Lächerlich!» entgegnete meine Schwester brummig.

Flora trat dicht an mich heran und berührte meinen Arm.

«Oh, Doktor Sheppard, gehen wir zu Monsieur Poirot. Er wird die Wahrheit herausfinden.»

«Meine liebe Flora», sagte ich freundlich und legte meine Hand auf ihren Arm, «wissen Sie ganz bestimmt, daß die Wahrheit für uns günstig ist?»

Sie sah mich an und nickte ernsthaft.

«Sie glauben es nicht», erwiderte sie. «Aber ich weiß es. Ich kenne Ralph besser als Sie.»

«Natürlich ist er nicht der Täter», sagte Caroline, die sich nur mit größter Mühe zum Schweigen gezwungen hatte. «Ralph mag leichtsinnig sein, aber er ist ein lieber Junge...»

Da Flora fest entschlossen war, mußte ich nachgeben, und wir entfernten uns, ehe meine Schwester Gelegenheit fand, weitere Erklärungen abzugeben, die alle mit ihrem Lieblingswort begannen: «Natürlich...»

Eine alte Frau öffnete uns die Tür des Nebenhauses. Monsieur Poirot war zu Hause, wie es schien.

Wir wurden in einen kleinen, peinlich sauberen Salon gebeten, und dort begrüßte uns wenige Augenblicke später mein Freund von gestern.

«Monsieur le docteur», sagte er lächelnd. «Mademoiselle...»

Er verneigte sich vor Flora.

«Vielleicht», begann ich, «haben Sie schon von der Tragödie gehört, die sich letzte Nacht ereignet hat.»

Sein Gesicht wurde ernst.

«Ja, ich hörte davon. Es ist grauenhaft. Ich versichere Mademoiselle meines herzlichsten Beileids. Womit kann ich Ihnen dienen?»

«Miss Ackroyd», begann ich, «bittet Sie... hm...»

«...den Mörder ausfindig zu machen», vollendete Flora mit klarer Stimme.

«Ich verstehe», sagte der kleine Mann. «Aber das besorgt doch die Polizei. Oder nicht?»

«Sie könnte einen Irrtum begehen», sagte Flora. «Sie ist sogar, wie ich glaube, auf dem besten Weg dazu. Bitte, Monsieur Poirot, wollen Sie uns nicht helfen? Falls... falls Geld eine Rolle spielt...»

Poirot winkte ab.

«Nicht so, Mademoiselle, nicht so, bitte. Nicht, daß mir nichts am Geld läge.» Seine Augen blinzelten plötzlich. «Geld gilt mir heute viel, und früher war es nicht anders. Nein, wenn ich mich der Sache annehme, müssen Sie eines wissen. Ich halte dann durch bis ans Ende. Ein guter Hund verläßt die Fährte nicht, verstehen Sie? Vielleicht bereuen Sie dann, den Fall der Ortspolizei entzogen zu haben.»

«Ich will die Wahrheit», sagte Flora und blickte ihm gerade in die Augen.

«Die volle Wahrheit?»

«Die volle Wahrheit.»

«Dann übernehme ich den Fall», sagte der kleine Mann ruhig. «Und ich hoffe, Sie werden diese Worte nie bereuen. Bitte beschreiben Sie mir die näheren Umstände.»

«Doktor Sheppard wird dies besser können», sagte Flora. «Er weiß mehr darüber als ich.»

Nach dieser Aufforderung begann ich zu erzählen. Poirot lauschte aufmerksam, warf hie und da eine Frage ein, verhielt sich jedoch meist schweigsam, den Blick nach der Zimmerdecke gerichtet. Ich schloß meine Erzählung mit dem Aufbruch von mir und dem Inspektor von Fernly Park vergangene Nacht.

«Und nun», sagte Flora, als ich geendet hatte, «erzählen Sie ihm alles über Ralph.»

Ich zögerte, doch ihr Blick zwang mich dazu.

«Sie gingen gestern abend auf Ihrem Heimweg noch in den Gasthof zu den ‹Three Boars›?» fragte Poirot. «Weshalb eigentlich?»

Ich hielt ein wenig inne, um meine Worte sorgfältig zu überlegen.

«Ich dachte, irgend jemand müsse doch den jungen Mann vom Ableben seines Stiefvaters verständigen. Nachdem ich Fernly verlassen hatte, fiel mir ein, daß außer Ackroyd und mir wahrscheinlich niemand von Ralphs Anwesenheit im Dorf wußte.»

Poirot nickte.

«Ganz recht, das war der einzige Beweggrund für Ihren Besuch, eh?»

«Das war mein einziger Beweggrund», sagte ich steif.

«War es nicht, um – sagen wir – um sich des jungen Mannes zu vergewissern?»

«Mich zu vergewissern?»

«Ich nehme an, Monsieur le docteur, Sie wissen ganz genau, worauf ich hinauswill – obwohl Sie vorgeben, es nicht zu wissen. Ich meine, Sie hätten erleichtert aufgeatmet, wenn sich herausgestellt hätte, daß Captain Paton den ganzen Abend über zu Hause war.»

«Durchaus nicht», entgegnete ich schroff.

Der kleine Detektiv schüttelte ernsthaft den Kopf.

«Sie schenken mir nicht so viel Vertrauen wie Miss Flora», sagte er. «Doch gleichviel. Wir haben unser Augenmerk darauf zu richten, daß Captain Paton unter Umständen verschwand, die einer Aufklärung bedürfen. Ich will Ihnen nicht verhehlen, daß die Sache sehr ernst aussieht, aber sie läßt sich vielleicht noch auf ganz einfache Weise erklären.»

«Das sage ich die ganze Zeit», rief Flora eifrig.

Poirot berührte das Thema nicht mehr. Er schlug vor, sofort die Ortspolizei aufzusuchen, empfahl Flora, heimzukehren, und bat mich, ihn zu begleiten, um ihn dem Polizeibeamten, der die Untersuchung führte, vorzustellen.

Dies taten wir. Wir trafen im Polizeibüro Inspektor Davis, der sehr verdrießlich aussah. Colonel Melrose, der Polizeichef, war bei ihm, außerdem Inspektor Raglan aus Cranchester.

Melrose und ich sind gute Bekannte; ich stellte Poirot vor und erklärte den Sachverhalt. Der Colonel zeigte deutlich, wie beleidigt er sich fühlte, und Inspektor Raglan blickte düster drein. Auf Davis jedoch schien der Ärger seines Vorgesetzten sichtlich erheiternd zu wirken.

«Der Fall ist sonnenklar», sagte Raglan. «Ganz überflüssig, daß Amateure ihre Nase hineinstecken. Man sollte denken, ein Kind hätte erkennen müssen, wie sich die Dinge gestern nacht zugetragen haben, und dann hätten wir nicht zwölf Stunden ungenutzt verloren.»

Ein zorniger Blick traf den armen Davis, der nicht weiter darauf reagierte.

«Mr. Ackroyds Familie kann selbstverständlich tun, was ihr richtig erscheint», sagte Colonel Melrose. «Aber wir können uns in unseren Nachforschungen in keiner Weise behindern lassen. Natürlich ist mir Monsieur Poirots berühmter Name nicht fremd», fügte er höflich hinzu.

«Die Polizei ist leider nicht in der Lage, für sich Propaganda zu machen», sagte Raglan.

Nun rettete Poirot die Situation.

«Ich habe mich wirklich ins Privatleben zurückgezogen. Es war nicht meine Absicht, je wieder einen Fall zu übernehmen. Vor allem verabscheue ich die Öffentlichkeit, und ich bitte daher, falls ich etwas zur Lüftung des Geheimnisses beitragen sollte, meinen Namen nicht zu nennen.»

Inspektor Raglans Antlitz hellte sich auf.

«Ich habe viel Erfahrung», fuhr Poirot fort. «Aber die meisten meiner Erfolge verdanke ich polizeilicher Unterstützung. Ich bewundere die englische Polizei ganz besonders. Wenn Inspektor Raglan mir erlauben will, ihm hilfreich zur Hand zu gehen, soll es mir eine Ehre und ein Vergnügen sein.»

Des Inspektors Miene wurde immer freundlicher. Colonel Melrose zog mich beiseite.

«Nach allem, was ich gehört habe, scheint der kleine Kerl sehr Bemerkenswertes vollbracht zu haben», flüsterte er. «Es wäre uns natürlich sehr recht, hier ohne Scotland Yard fertig zu werden. Raglan scheint sehr zuversichtlich, doch ich kann ihm nicht bedingungslos beipflichten. Sehen Sie, ich ... hm ... ich kenne die in Betracht kommenden Beteiligten besser als er. Poirot scheint nicht auf Ehrungen erpicht zu sein, nicht wahr? Wird bescheiden im Hintergrund mitarbeiten, was?»

«Zum höheren Ruhm von Inspektor Raglan», sagte ich feierlich.

«Gut, gut», erwiderte Colonel Melrose. «Wir müssen Ihnen mitteilen, Mr. Poirot, wie weit die Untersuchung bisher gediehen ist.»

«Danke», sagte Poirot. «Mein Freund Doktor Sheppard erwähnte, daß der Butler verdächtigt wurde.»

«Das ist leeres Geschwätz», erwiderte Raglan schnell. «Die Dienerschaft wird meistens von derartiger Angst befallen, daß sie sich für nichts und wieder nichts in Verdacht bringt.»

«Und die Fingerabdrücke?» warf ich ein.

«Gleichen jenen von Parker in keiner Weise.» Schwach lächelnd fügte er hinzu: «Doch auch Ihre und Mr. Raymonds Abdrücke passen nicht, Doktor.»

«Wie verhält es sich mit denen von Captain Ralph Paton?» fragte Poirot gelassen.

Heimlich bewunderte ich seine Fähigkeit, den Stier bei den Hörnern zu packen. In den Augen des Inspektors blitzte Anerkennung.

«Ich sehe, Sie warten nicht, bis Gras unter Ihren Füßen wächst, Mr. Poirot. Wir werden die Fingerabdrücke des jungen Mannes überprüfen, sobald wir seiner habhaft geworden sind.»

«Ich kann mir nicht helfen, Inspektor, aber ich glaube, Sie täuschen sich», sagte Colonel Melrose warm. «Ich kenne Ralph Paton von klein auf. Er würde nie einen Mord begehen können...»

«Vielleicht haben Sie recht», meinte der Inspektor.

«Was spricht gegen ihn?» fragte ich.

«Verließ gegen neun Uhr abends das Haus. Wurde ungefähr gegen halb zehn in der Umgebung von Fernly Park gesehen, seither aber nicht mehr. Soll in ernster Geldverlegenheit sein. Ich habe hier ein Paar Schuhe von ihm, Schuhe mit Gummisohlen. Er hatte zwei sehr ähnliche Paare bei sich. Ich werde sie jetzt mit den Fußspuren vergleichen. Ein Polizist wacht darüber, daß niemand sie verwischt.»

«Brechen wir auf», sagte Colonel Melrose. «Sie und Mr. Poirot begleiten uns, nicht wahr?»

Wir stiegen in den Wagen des Inspektors. Er hatte es sehr eilig, zu den Fußstapfen zu gelangen, und ließ daher bei der Pförtnerwohnung halten. Ein Stückchen weiter längs der Auffahrt zweigte rechts ein Pfad ab, der rundherum zu der Terrasse und dem Fenster von Ackroyds Arbeitszimmer führte.

«Wollen Sie sich dem Inspektor anschließen, Monsieur Poirot», fragte der Colonel, «oder ziehen Sie es vor, das Arbeitszimmer zu durchsuchen?»

Poirot entschloß sich für letzteres. Parker öffnete uns das Tor. Er schien den panischen Schrecken der Nacht schon überwunden zu haben.

Colonel Melrose entnahm seiner Tasche einen Schlüssel, öffnete damit die Tür, die jenen Flur abschloß, und führte uns in das Arbeitszimmer.

«Von der Entfernung des Leichnams abgesehen, Monsieur Poirot, ist der Raum genau im selben Zustand wie letzte Nacht.»

«Und wo wurde die Leiche gefunden?»

Ich beschrieb Ackroyds Lage so genau wie möglich. Noch stand der Lehnstuhl vor dem Kamin.

Poirot ließ sich darin nieder.

«Wo lag, als Sie das Zimmer verließen, der blaue Brief, von dem Sie vorher sprachen?»

«Mr. Ackroyd legte ihn auf das kleine Tischchen zu seiner Rechten.»

Poirot nickte.

«Und davon abgesehen, war alles so wie jetzt?»

«Ja, ich glaube schon.»

«Colonel Melrose, würden Sie die unendliche Güte haben, einen Augenblick in diesem Stuhl Platz zu nehmen? Danke. Nun, lieber Doktor, wollen Sie mir freundlichst die genaue Lage des Dolches angeben?»

Ich tat es, während der kleine Mann an der Türschwelle stehenblieb.

«Also war der Griff des Dolches von der Tür aus deutlich sichtbar. Bemerkten Sie und Parker ihn sogleich?»

«Ja.»

Nun trat Poirot an das Fenster.

«Das Licht brannte, als Sie den Leichnam entdeckten?»

Ich bejahte und gesellte mich zu ihm. Dorthin, wo er die Spuren auf dem Fensterbrett betrachtete.

«Die Gummisohlen weisen das gleiche Muster auf wie die an Captain Patons Schuhen», sagte er ruhig. Dann schritt er nochmals bis in die Mitte des Zimmers zurück. Sein Auge durchwanderte den Raum und erfaßte alles mit schnellem, geübtem Blick.

«Sind Sie ein guter Beobachter, Doktor Sheppard?» fragte er schließlich.

«Ich glaube», erwiderte ich erstaunt.

«Wie ich sehe, war Feuer im Kamin. Brannte es, als Sie die Tür einschlugen und Mr. Ackroyd tot vorfanden?»

«Das ... das kann ich wirklich nicht sagen. Ich beachtete es nicht. Vielleicht könnten Mr. Raymond oder Mr. Blunt ...»

Der kleine Mann mir gegenüber schüttelte den Kopf.

«Man sollte immer nach der Regel vorgehen. Es war ein Mißgriff von mir, diese Frage an Sie zu richten. Sie konnten mir alle Einzelheiten schildern, die des Patienten körperliche Erscheinung betrafen – nichts entging Ihnen da ... Brauche ich Auskunft über die Papiere auf dem Schreibtisch, so hat Mr. Raymond vermutlich alles erfaßt, was dort zu sehen war. Will ich indessen etwas über das Feuer erfahren, muß ich mich an jenen Mann wenden, zu dessen Obliegenheiten es gehört, derlei Dinge zu bemerken. Erlauben Sie.»

Er trat an den Kamin und klingelte.

Nach wenigen Minuten erschien Parker.

«Treten Sie näher, Parker», sagte Colonel Melrose. «Dieser Herr möchte Sie etwas fragen.»

Parker wandte Poirot seine Aufmerksamkeit zu.

«Parker», begann der kleine Mann, «wie stand es in der vergangenen Nacht mit dem Feuer, als Sie mit Doktor Sheppard die Tür aufbrachen und Ihren Herrn tot vorfanden?»

Ohne zu zögern, erwiderte Parker: «Es brannte nur noch sehr schwach. Es war fast gänzlich ausgegangen.»

«Ah!» Poirots Ausruf klang beinahe triumphierend.

Er fuhr fort: «Blicken Sie um sich, Parker. Ist das Zimmer in genau demselben Zustand wie gestern?»

Die Augen des Butlers blieben an den Fenstern haften.

«Die Vorhänge waren zugezogen, und das elektrische Licht brannte.»

Poirot nickte beifällig.

«Sonst nichts?»

«O doch, der Stuhl dort war ein wenig vorgerückt.»

Er wies auf einen schweren Lehnstuhl, der links zwischen Tür und Fenster stand.

«Zeigen Sie mir das», forderte Poirot ihn auf.

Parker zog den Stuhl auf zwei Fuß von der Wand weg und drehte ihn so, daß der Sitz der Tür zugewandt war.

«Merkwürdig», murmelte Poirot. «Nun wüßte ich gern, wer ihn an seinen richtigen Platz zurückgestellt hat. Waren Sie es, Parker?»

Der Butler verneinte entschieden.

«Nein, ich war zu bestürzt – über den Herrn und alles andere.»

Poirot sah zu mir herüber.

«Waren Sie es, Doktor?»

Ich schüttelte den Kopf.

«Als ich mit der Polizei wiederkam, stand er schon an seinem Platz», warf Parker ein. «Das weiß ich bestimmt.»

«Sonderbar», sagte Poirot wieder.

«Raymond oder Blunt dürften ihn wieder zurückgeschoben haben», mutmaßte ich. «Ist denn das überhaupt so wichtig?»

«Es ist vollkommen unwichtig», meinte Poirot. «Deshalb ist es so interessant», fügte er leise hinzu.

«Verzeihen Sie einen Augenblick», sagte Colonel Melrose und verließ mit Parker das Zimmer.

«Glauben Sie, daß Parker die Wahrheit sagt?» fragte ich.

«Was den Sessel anlangt, ja. Ob sonst, weiß ich nicht. Wenn Sie viel mit derlei Fällen zu tun hätten, lieber Doktor, so würden Sie merken, daß sie sich alle in einem Punkt gleichen.»

«In welchem?» fragte ich neugierig.

«Jeder hat irgend etwas zu verbergen.»

«Ich auch?» fragte ich lächelnd.

«Ich glaube, Sie auch», sagte er ruhig.

«Aber...»

«Erzählen Sie mir alles, was Sie über den jungen Paton wissen?» Er lächelte, als ich errötete. «Oh, fürchten Sie nichts. Ich will Sie nicht drängen. Ich werde es zur rechten Zeit erfahren.»

«Ich wünschte, Sie erklärten mir Ihre Arbeitsweise», sagte ich hastig, um meine Verwirrung zu verbergen. «Zum Beispiel das mit dem Feuer?»

«Oh, das war sehr einfach. Sie verließen Mr. Ackroyd zehn Minuten vor neun, nicht wahr?»

«Ja, genau.»

«Damals war das Fenster geschlossen und verriegelt, die Tür versperrt. Um Viertel nach zehn, als der Leichnam entdeckt wurde, war die Tür geschlossen und das Fenster stand offen. Wer öffnete es? Das konnte offenbar nur Mr. Ackroyd selbst getan haben, wofür es einige Erklärungen gibt. Entweder war es im Zimmer unerträglich heiß geworden, oder er ließ auf diesem Wege jemanden ein. War dies der Fall, so mußte es ein Bekannter gewesen sein.»

«Das klingt sehr einfach», gab ich zu.

«Alles ist einfach, wenn Sie Tatsachen methodisch in Einklang bringen. Beschäftigen wir uns einmal mit der Persönlichkeit jenes Mannes, der gestern um halb zehn Uhr bei ihm war. Alles weist darauf hin, daß es sich um jene Person handelt, die durch das Fenster eingestiegen ist, und obwohl Miss Flora ihren Onkel noch später lebend antraf, kommen wir der Lösung des Geheimnisses nicht näher, ehe wir nicht wissen, wer jener Besucher war. Das Fenster kann offengeblieben sein, nachdem er sich entfernt hatte, und der Mörder konnte daher eindringen, oder dieselbe Person kann auf diesem Weg nochmals zurückgekehrt sein...»

Colonel Melrose trat in gehobener Stimmung ein.

«Der Anruf ist endlich aufgeklärt worden», sagte er. «Er kam nicht von hier. Doktor Sheppard wurde gestern abend um 10.15 von einer öffentlichen Telefonzelle am Bahnhof King's Abbot angerufen. Und um 10.23 geht der Zug nach Liverpool.»

8

Wir blickten einander an.

«Sie werden auf dem Bahnhof Erkundigungen einziehen?»

«Gewiß, nur verspreche ich mir nicht viel davon. Sie wissen doch, wie es auf dem Bahnhof zugeht.»

Ich wußte es. King's Abbot ist zwar nur ein Dorf, aber sein Bahnhof ist zufälligerweise ein wichtiger Knotenpunkt. Fast alle Eilzüge halten hier, Züge rangieren und werden neu zusammengestellt. Gegen neun Uhr abends treffen drei Lokalzüge kurz hintereinander ein, um den Nord-Expreß zu erreichen, der um 10.14 ankommt und um 10.23 wieder abgeht.

«Weshalb wurde überhaupt telefoniert?» fragte Melrose. «Ich kann mir keinen Reim darauf machen.»

Poirot rückte fürsorglich an einer Porzellanvase auf einem der Bücherschränke.

«Seien Sie überzeugt, es gab einen Grund», sagte er.

«Was für einen Grund?»

«Wenn wir ihn wüßten, wüßten wir alles. Der Fall ist sehr merkwürdig und ungeheuer interessant.»

Er ging zum Fenster und blickte hinaus.

«Sie behaupten, es sei genau neun Uhr gewesen, Doktor Sheppard, als Sie den Fremden vor dem Tor trafen?»

Er stellte die Frage, ohne sich umzudrehen.

«Ja», erwiderte ich. «Ich hörte die Kirchenuhr schlagen.»

«Wieviel Zeit würde er benötigt haben, um das Haus oder beispielsweise dieses Fenster zu erreichen?»

«Fünf Minuten, aber nur zwei bis drei, wenn er den Pfad benutzte, der rechts von der Auffahrt hierherführt.»

«Dazu müßte er den Weg gekannt haben. Wie soll ich mich verständlich machen? Er müßte schon früher hier gewesen sein, müßte die Umgebung gut kennen...»

«Sehr richtig», bemerkte Colonel Melrose.

«Wir könnten zweifellos herausbringen, ob Mr. Ackroyd im Laufe der vergangenen Woche irgendwelche Fremden empfing.»

«Der junge Raymond wird uns das sagen können», meinte ich.

«Oder Parker», empfahl Colonel Melrose.

«Oder alle beide», schlug Poirot lächelnd vor.

Colonel Melrose ging hinaus, um Raymond zu suchen, ich klingelte nochmals nach Parker. Unmittelbar danach kam Melrose in Begleitung des jungen Sekretärs zurück, den er Poirot vorstellte.

«Hatte keine Ahnung, daß Sie inkognito hier leben, Mr. Poirot», sagte er, «es wird mir großes Vergnügen bereiten, Sie bei Ihrer Arbeit beobachten zu dürfen. Hallo, was ist das?»

Poirot stand links neben der Tür, und ich sah, daß er, während ich ihm den Rücken kehrte, schnell den Lehnstuhl hervorgezogen haben mußte, bis er so stand, wie Parker es angegeben hatte.

«Soll ich in dem Stuhl Platz nehmen, während Sie mir eine Blutprobe abzapfen?» fragte Raymond. «Was soll das bedeuten?»

«Mr. Raymond, dieser Sessel war gestern nacht bis hierher vorgeschoben, als Mr. Ackroyd tot aufgefunden wurde. Irgend jemand hat ihn wieder an seinen Platz gerückt. Waren Sie es vielleicht?»

Die Antwort des Sekretärs erfolgte ohne das geringste Zögern: «Nein, ich war es nicht. Ich kann mich nicht einmal entsinnen, ihn in dieser Stellung gesehen zu haben. Jedenfalls muß irgend jemand den Stuhl an seinen Platz gerückt haben. Wurde dadurch eine Spur verwischt? Das wäre zu dumm.»

«Es hat keine Bedeutung», sagte der Detektiv, «nicht die geringste Bedeutung. Aber sagen Sie, Mr. Raymond, hat irgendein Fremder letzte Woche bei Mr. Ackroyd vorgesprochen?»

«Nein», sagte Raymond schließlich. «Ich kann mich an niemanden erinnern. Wissen Sie vielleicht etwas, Parker?»

«Verzeihung, Sir...?»

«War vorige Woche ein Fremder bei Mr. Ackroyd?»

«Mittwoch war ein junger Mann da», sagte er überlegend. «Er kam von Curtis & Troute, wenn ich richtig verstand.»

«O ja, ich entsinne mich», rief Raymond, «aber die Herren suchen nicht nach einem Fremden dieser Art.»

Er wandte sich an Poirot. «Mr. Ackroyd hatte die Absicht, ein Diktaphon anzuschaffen», erklärte er, «und die Fabrik sandte uns ihren Vertreter, doch wurde nichts daraus. Mr. Ackroyd konnte sich dann doch nicht gleich zu dem Kauf entschließen.»

Poirot wandte sich dem Butler zu.

«Können Sie mir jenen jungen Mann beschreiben, lieber Parker?»

«Er war blond, klein und hatte einen blauen Anzug an.»

«Der Mann, dem Sie vor dem Tor begegneten, Doktor, war groß, nicht wahr?» wandte sich Poirot jetzt an mich.

«Ja. Meiner Schätzung nach ungefähr sechs Fuß groß.»

«Das stimmt also nicht», erklärte der Belgier ruhig. «Danke, Parker.»

Der Butler trat zu Raymond. «Doktor Hammond ist eben gekommen, Sir. Er würde sich freuen, Sie einen Augenblick sprechen zu dürfen.»

«Ich komme sofort», sagte der junge Mann und eilte hinaus.

Poirot sah den Polizeichef fragend an.

«Der Anwalt der Familie, Mr. Poirot», erklärte dieser.
«Raymond scheint sehr beschäftigt», sagte Poirot leise.
«Ich glaube, Mr. Ackroyd hielt sehr viel von ihm.»
«Ist er schon lange hier?»
«Zwei Jahre, glaube ich.»
«Seine Pflichten scheint er sehr genau zu erfüllen. Davon bin ich überzeugt. Womit beschäftigt er sich in seiner Freizeit? Interessiert er sich für Sport?»
«Privatsekretären bleibt nicht viel Zeit für derlei Dinge», sagte Colonel Melrose lächelnd. «Ich glaube, er spielt Golf, ab und zu auch Tennis.»
Poirot nickte und schien das Thema fallenzulassen. Er sah sich langsam im Arbeitszimmer um.
«Ich hoffe nun alles gesehen zu haben, was es hier zu sehen gibt.»
«Wenn diese Mauern sprechen könnten!» flüsterte ich.
Poirot schüttelte den Kopf.
«Eine Zunge genügt da wohl nicht», orakelte er. «Sie müßten auch Augen und Ohren haben. Doch verlassen Sie sich nicht zu sehr darauf, daß diese toten Dinge immer stumm sind.» Er berührte den Bücherschrank. «Tische, Stühle, alles spricht manchmal zu mir, Sie haben alle ihre Botschaft an mich!»
Er wandte sich der Tür zu.
«Was für eine Botschaft?» rief ich. «Was sagten sie Ihnen heute?»
Mit spöttisch hochgezogenen Brauen blickte er zu mir zurück. «Ein geöffnetes Fenster», sagte er. «Eine versperrte Tür. Ein Stuhl, der sich anscheinend von selbst bewegt. Alle drei rufen mir ‹warum› zu, und ich finde keine Antwort.»
Er schüttelte den Kopf und blinzelte uns zu. Er sah lächerlich eingebildet aus.
Ich glaube, der gleiche Gedanke beschäftigte Colonel Melrose, denn er runzelte die Stirn.
«Wünschen Sie noch irgend etwas zu sehen, Mr. Poirot?» fragte er schroff.
«Vielleicht würden Sie die Güte haben, mir die Vitrine zu zeigen, der die Waffe entnommen wurde. Dann will ich Ihre Freundlichkeit nicht länger in Anspruch nehmen.»

Poirot schien die Gereiztheit nicht zu bemerken.

Wir gingen in den Salon, doch unterwegs rief der Polizist den Colonel beiseite, und nach einem kurzen, leise geführten Gespräch entschuldigte er sich und ließ uns allein. Ich zeigte Poirot die Vitrine. Er hob und schloß einige Male den Deckel, öffnete dann die Flügeltür und trat auf die Terrasse hinaus. Ich folgte ihm.

Inspektor Raglan bog soeben um die Ecke des Hauses und kam auf uns zu.

«Da sind Sie ja, Mr. Poirot», sagte er. «Nun, aus dem Fall wird nicht viel werden. Es tut mir eigentlich leid um den netten jungen Menschen.»

Poirots Miene verdüsterte sich, aber er erwiderte sehr freundlich: «Dann werde ich Ihnen wohl nicht mehr viel helfen können?»

«Vielleicht das nächste Mal», entgegnete der Inspektor. «Obwohl in diesem abgelegenen Dorf nicht gerade jeden Tag ein Mord geschieht.»

Poirots Blicke drückten Verwunderung aus.

«Sie haben eine erstaunliche Schnelligkeit bewiesen», bemerkte er. «Wie gingen Sie ans Werk, wenn ich fragen darf?»

«Vor allem – mit Methode!» sagte der Inspektor. «Was ich immer sage... Methode!»

«Ah! Das ist auch mein Losungswort, Methode, Ordnung und die kleinen grauen Zellen.»

«Die Zellen?» wiederholte der Inspektor verständnislos.

«Die kleinen grauen Gehirnzellen», erklärte der Belgier.

«Oh, natürlich, die wenden wir ja alle an, denke ich.»

«In größerem oder geringerem Maße», murmelte Poirot. «Und es gibt auch Qualitätsunterschiede. Dann haben wir noch die Psychologie des Verbrechers. Das will gelernt sein.»

«Ach so», sagte der Inspektor. «Sie haben sich durch all diesen psychologischen Unsinn durchgebissen? Nein, ich bin ein einfacher Mann. – Also, vor allem Methode. Mr. Ackroyd wurde lebend zuletzt um dreiviertel zehn von seiner Nichte, Miss Flora Ackroyd, gesehen. Das ist Tatsache Nr. 1, nicht wahr?»

«Wenn Sie es sagen.»

«Gewiß, so ist es. Um halb elf Uhr erklärte Dr. Sheppard, daß Mr. Ackroyd vor mindestens einer halben Stunde verschieden sei. Halten Sie daran fest, Doktor?»

Der Inspektor warf mir einen prüfenden Blick zu.

«Gewiß», sagte ich. «Vor einer halben Stunde oder noch früher.»

«Sehr gut. Das gibt uns genau die Viertelstunde, in der das Verbrechen verübt worden sein muß. Ich habe eine Liste aller Hausbewohner in der Art zusammengestellt, daß neben jedem Namen zu sehen ist, wo die betreffenden Personen sich zwischen 9.45 und 10 Uhr abends aufhielten und womit sie sich in dieser kritischen Zeit beschäftigten.»

Er reichte Poirot ein Blatt Papier. Ich blickte ihm über die Schulter und las mit. Es enthielt folgende Aufzeichnungen:

Major Blunt
Im Billardzimmer mit Mr. Raymond, von letzterem bestätigt.

Mr. Raymond
Billardzimmer (siehe oben).

Mrs. Ackroyd
Sieht um 9.45 den Billardspielern zu, begibt sich um 9.55 zu Bett (Raymond und Blunt sehen sie die Treppe hinaufgehen).

Miss Ackroyd
Geht von dem Arbeitszimmer ihres Oheims sofort in ihr Zimmer hinauf (was sowohl von Parker als auch von dem Stubenmädchen Elise Dale bestätigt wird).

Parker
Ging direkt in den Speiseraum der Dienerschaft (wird von der Haushälterin Miss Russell bestätigt, die um 9.47 herunterkam, um etwas mit ihm zu besprechen, was mindestens zehn Minuten in Anspruch nahm).

Miss Russell
Sprach um 9.45 im oberen Stock mit dem Stubenmädchen Elise Dale.

Ursula Bourne
(Zofe) Bis 8.45 in ihrem Zimmer, dann im Raum der Dienerschaft.

Mrs. Cooper
(Köchin) Im Raum der Dienerschaft.

Gladys Jones
(Zweites Stubenmädchen) Im Raum der Dienerschaft.

Elise Dale

Oben im Schlafzimmer. Wurde dort von Miss Russell und Miss Flora Ackroyd gesehen.
Mary Thripp
(Küchenmädchen) Im Raum der Dienerschaft.

Die Köchin ist seit sieben Jahren im Haus, die Zofe seit achtzehn Monaten, Parker ungefähr seit einem Jahr. Die anderen sind neu. Sie alle scheinen, von Parker abgesehen, einwandfrei zu sein.

«Eine recht vollständige Liste», sagte Poirot. «Ich bin übrigens überzeugt, daß Parker den Mord nicht verübt hat.»

«Das sagt auch meine Schwester», warf ich ein.

«Das betrifft die Hausbewohner», fuhr der Inspektor fort. «Nun folgt aber ein sehr gewichtiger Punkt. Mary Black, die Frau des Pförtners, sagt aus, sie habe gestern abend, als sie die Vorhänge zuzog, Ralph Paton durch die Gartenpforte auf das Haus zukommen sehen.»

«Weiß sie das auch sicher?» fragte ich hastig.

«Vollkommen sicher. Er lief eilig vorbei und dann seitlich rechts auf jenem Pfad weiter, der den Weg zur Terrasse abkürzt.»

«Um welche Zeit war das?» fragte Poirot, der mit unbewegtem Antlitz lauschte.

«Genau fünfundzwanzig Minuten nach neun Uhr», sagte der Inspektor ernst.

Alle schwiegen.

Der Inspektor fuhr fort: «Alles fügt sich lückenlos ineinander. Um 9.25 wird beobachtet, wie Captain Paton an dem Pförtnerhaus vorbeigeht, gegen 9.30 hört Geoffrey Raymond, wie jemand Geld verlangt, was von Mr. Ackroyd abgeschlagen wird. Was geschah nun? Captain Paton entfernt sich heimlich durch das Fenster, läuft zornig und enttäuscht die Terrasse entlang. Er kommt zur offenen Flügeltür des Wohnzimmers. Sagen wir, es ist jetzt zehn Minuten vor zehn. Miss Flora wünscht ihrem Onkel gute Nacht. Major Blunt, Mr. Raymond und Mrs. Ackroyd befinden sich im Billardzimmer. Der Salon ist leer. Ralph stiehlt sich hinein, nimmt den Dolch aus der Vitrine, kehrt zum Fenster des Arbeitszimmers zurück und steigt ein... Die weiteren Einzelheiten kann ich mir wohl ersparen. Dann schlüpft er wieder hinaus und eilt davon.

Hatte nicht mehr den Mut, zum Gasthof zurückzukehren, stürzt zum Bahnhof, telefoniert von dort...»

«Weshalb?» fragte Poirot sanft.

Ich fuhr in die Höhe. Der kleine Mann neigte sich vor. Unheimlich grün leuchteten seine Augen.

Einen Augenblick lang brachte die Frage Inspektor Raglan aus der Fassung.

«Weshalb? – Schwer zu sagen!» brummte er endlich. «Auch die klügsten Mörder machen oft die tollsten Fehler. Aber kommen Sie mit, ich will Ihnen die Fußstapfen zeigen.»

Wir folgten ihm um die Ecke der Terrasse bis zum Fenster des Arbeitszimmers. Auf einen Wink von Raglan brachte ein Polizist die Schuhe herbei, die aus dem Dorfgasthof geholt worden waren.

Der Inspektor hielt sie über die Spuren.

«Es sind die gleichen», sagte er zuversichtlich. «Das heißt, dies ist nicht das Paar, von dem die Abdrücke herrühren. Die hat Paton an. Aber es ist ein ganz ähnliches Paar, nur älter – sehen Sie nur, wie abgetreten die Sohlen sind.»

«Es tragen doch sicher viele Leute Schuhe mit Gummisohlen?» fragte Poirot.

«Gewiß, natürlich», gab der Inspektor zurück. «Ich würde den Fußspuren auch nicht soviel Gewicht beimessen, wenn nicht alles andere so genau stimmte.»

«Wie töricht von Captain Ralph Paton», sagte Poirot nachdenklich, «so viele Beweise seiner Anwesenheit zurückzulassen.»

«Ja», fuhr der Inspektor fort, «es war eine schöne, trockene Nacht. Weder auf der Terrasse noch auf dem Kiesweg hat er Fußspuren hinterlassen. Aber zu seinem Unglück scheint kürzlich am Ende des Pfades eine kleine Quelle entsprungen zu sein. Sehen Sie selbst.»

Ein schmaler, kiesbedeckter Pfad mündete unweit von uns auf die Terrasse. Einige Meter davon entfernt gab es eine Stelle, an der die Erde naß und sumpfig war. Durch diese feuchte Stelle liefen Fußspuren, darunter auch die von Schuhen mit Gummisohlen.

Poirot schritt den Pfad entlang, der Inspektor neben ihm. «Haben Sie die weiblichen Fußspuren bemerkt?» fragte er plötzlich.

Der Inspektor lachte.

«Ja. Es ist ein allgemein begangener Abkürzungsweg zum Haus. Es wäre ein Ding der Unmöglichkeit, alle Fußspuren auszusondern. Schließlich geben doch jene auf dem Fensterbrett den Ausschlag.»

Poirot nickte.

«Es wäre zwecklos, weiterzugehen», konstatierte der Inspektor, als wir die Auffahrt sehen konnten. «Hier ist wieder alles mit Kies bestreut und so trocken wie nur irgend möglich.»

Wieder nickte Poirot, doch seine Augen blieben an einem kleinen Sommerhäuschen haften. Es lag links vom Weg vor uns, und zu ihm führte ein Kiespfad.

Poirot blieb so lange stehen, bis der Inspektor zum Haus zurückgekehrt war. Dann sah er mich an.

«Der Himmel scheint Sie mir als Ersatz für meinen Freund Hastings geschickt zu haben», sagte er augenzwinkernd. «Ich bemerke, daß Sie mich keinen Augenblick verlassen. Was halten Sie davon, Doktor Sheppard, wenn wir dieses Gartenhaus durchsuchen? Es interessiert mich.»

Er ging zur Tür und schloß auf. Drinnen war es beinahe finster. Ein oder zwei Sitzgelegenheiten, ein Kricketspiel und einige zusammenklappbare Liegestühle. Der Anblick meines Gefährten überraschte mich. Er hatte sich auf die Knie fallen lassen und kroch auf allen vieren umher. Von Zeit zu Zeit schüttelte er den Kopf.

«Nichts», sprach er leise vor sich hin. «Nun, vielleicht war nichts zu erhoffen. Doch hätte es viel bedeutet, wenn...»

Er brach plötzlich ab. Dann griff er mit der Hand nach einem der Bauernstühle und löste etwas von ihm.

«Was ist das?» rief ich. «Haben Sie etwas gefunden?»

Er lächelte und hielt mir die geöffnete Hand hin. Ein Stückchen steifen, weißen Batists lag auf seiner Handfläche.

Ich ergriff es, betrachtete es neugierig und gab es ihm zurück.

«Wofür halten Sie das, mein Freund?»

«Für das abgerissene Stück eines Taschentuchs», rief ich.

Da bückte er sich noch einmal und hob einen Federkiel, augenscheinlich eine Gänsefeder, vom Boden auf.

«Und das?» fragte er triumphierend.

Wortlos starrte ich ihn an.

Er ließ die Feder in seine Tasche gleiten und betrachtete das Stück Stoff noch einmal.

«Ein Bruchteil eines Taschentuches?» sann er. «Vielleicht haben Sie recht. Aber merken Sie sich folgendes: Eine gute Wäscherei stärkt kein Taschentuch.»

Er nickte mir siegessicher zu, dann verwahrte er das Stückchen Stoff sorgsam in seinem Notizbuch.

9

Wir kehrten zum Haus zurück. Poirot blieb auf der Terrasse stehen und ließ seinen Blick nach allen Richtungen schweifen.

«Ein schöner Besitz», sagte er schließlich bewundernd. «Wer erbt ihn?»

Ich erschrak über seine Worte. Es ist merkwürdig, aber bis zu diesem Augenblick war mir die Erbschaftsfrage noch gar nicht in den Sinn gekommen. Poirot beobachtete mich scharf.

«Das scheint Ihnen ein völlig neuer Gedanke zu sein», sagte er endlich. «Fiel Ihnen das nicht früher ein?»

«Nein», sagte ich wahrheitsgetreu. «Ich wollte, ich hätte daran gedacht.»

Er blickte mich wieder seltsam an.

«Ich wüßte gern, was Sie meinen», erwiderte er nachdenklich. «Ach nein», wehrte er ab, als ich antworten wollte. «Unnötig! Sie würden mir doch Ihre wahren Gedanken nicht verraten.»

«Jeder hat etwas zu verbergen», zitierte ich lächelnd.

«Sehr richtig.»

«Glauben Sie noch immer daran?»

«Mehr denn je, mein Freund. Aber es ist nicht leicht, vor Hercule Poirot etwas zu verbergen. Glauben Sie mir, er versteht es, alles herauszubringen.»

Während des Sprechens schritt er die Stufen des holländischen Gartens hinab.

«Gehen wir ein wenig spazieren», sagte er. «Die Luft ist heute so würzig.»

Ein Weg, zu beiden Seiten von gepflegten Blumenbeeten eingefaßt, führte zu einem Goldfischteich und einer runden, gepflasterten Nische mit einer Bank. Poirot wählte einen anderen Pfad, der sich an einem bewaldeten Hügel hinaufzog. An einer Stelle waren die Bäume ausgeholzt und Bänke aufgestellt worden. Von hier aus hatte man einen herrlichen Ausblick über das Land. Unmittelbar zu unseren Füßen lag die Nische mit dem Goldfischteich.

«Wie schön ist England», sagte Poirot. Dann lächelte er. «Und auch die englischen Mädchen», fügte er leiser hinzu. «Pst, mein Freund, betrachten Sie das hübsche Bild dort unten.»

Jetzt erblickte ich Flora. Sie kam den Pfad entlang, den wir eben verlassen hatten, und summte ein Liedchen vor sich hin.

Plötzlich trat ein Mann aus den Büschen. Hektor Blunt. Das Mädchen fuhr zusammen. Sein Gesichtsausdruck änderte sich ein wenig.

«Haben Sie mir einen Schreck eingejagt!»

Blunt erwiderte nichts und blickte sie schweigend an.

«Was ich an Ihnen so liebe», spöttelte Flora, «ist Ihre lebhafte Unterhaltungsgabe.»

Ich glaube, Blunt errötete unter seinem tiefen Braun.

Als er endlich sprach, klang seine Stimme fremd; sie war merkwürdig wehmütig geworden.

«War nie ein guter Gesellschafter. Nicht einmal, als ich noch jung war.»

«Das muß schon lange her sein.»

Mir entging das verhaltene Lachen in ihrer Stimme nicht. Aber ich glaube kaum, daß Blunt es bemerkte.

«Ja», sagte er schlicht. «Sie haben recht.»

«Wie fühlt man sich als Methusalem?» fragte Flora.

Diesmal war das Lachen nicht zu überhören. Doch Blunt hing seinen eigenen Gedanken nach.

«Nach Ihren Reden zu schließen, müßte man denken, daß Sie uralt sind», rief Flora halb ärgerlich, halb belustigt.

Blunt schwieg wieder ein Weilchen. Dann blickte er von Flora weg und bemerkte, daß es nun für ihn an der Zeit sei, nach Afrika zurückzukehren.

«Werden Sie wieder eine Expedition unternehmen, um allerhand zu schießen?»

«Ich hoffe es. Das tue ich gewöhnlich, wie Sie wissen – allerhand schießen, meine ich.»

«Sie haben auch die Tiere in der Halle erlegt, nicht wahr?»

Blunt nickte.

Dann fügte er plötzlich hinzu: «Höchste Zeit, daß ich wieder gehe. Tauge nicht zu solchem Leben. Habe nicht das Zeug dazu. Bin ein grober Geselle, der nicht unter gebildete Menschen paßt. Finde nie das richtige Wort zur richtigen Zeit. Ja, es ist Zeit, daß ich gehe.»

«Sie werden uns doch nicht sofort verlassen?» rief Flora. «Doch nicht jetzt – solange wir solche Unannehmlichkeiten haben? Oh, bitte, bleiben Sie doch noch...»

Sie blickte von ihm weg.

«Wünschen Sie es?»

«Wir alle.»

«Ich meinte Sie persönlich», sagte Blunt deutlich.

Flora wandte sich ihm langsam zu und blickte ihm in die Augen. «Ich möchte, daß Sie bleiben», sagte sie.

Dann schwiegen sie wieder. Sie ließen sich auf der steinernen Bank vor dem Goldfischteich nieder, und es hatte den Anschein, als wüßte keiner von beiden etwas zu sagen.

«Heute ist ein so wunderschöner Tag», begann Flora schließlich. «Trotz allem fühle ich mich glücklich. Entsetzlich, nicht?»

«Eigentlich ganz natürlich», sagte Blunt. «Sie hatten doch Ihren Onkel bis vor zwei Jahren nie gesehen... Kann daher nicht großen Kummer von Ihnen erwarten. Viel besser so, als aller Welt was vorzuschwindeln.»

«Es geht soviel Tröstliches von Ihnen aus», sagte Flora. «Durch Sie sehen die Dinge so einfach aus.»

«In der Regel sind sie es auch.»

«Nicht immer», meinte Flora.

Ihre Stimme war leiser geworden, und ich merkte, wie Blunt sich ihr zuwandte und sie ansah. Nach einer kleinen Pause sagte er in seiner unverwandten Art:

«Sie sollten sich wegen des jungen Mannes keine Sorgen machen, meine ich. Der Inspektor ist ein Dummkopf. Vollkommen albern, anzunehmen, daß Paton es getan haben könnte. War sicher ein Fremder. Ein Einbrecher. Das ist die einzig mögliche Lösung.»

Flora blickte ihm ins Gesicht.

«Glauben Sie das wirklich?»

«Sie nicht?» fragte Blunt schnell.

«Ich? O ja, natürlich. Und jetzt will ich Ihnen gestehen, weshalb ich heute so glücklich bin. Selbst, wenn Sie mich für herzlos halten! Nämlich, der Anwalt, Doktor Hammond, sprach von dem Testament. Onkel Roger hat mir zwanzigtausend Pfund hinterlassen. Denken Sie – zwanzigtausend Pfund!»

Erstaunt sah Blunt sie an.

«Bedeutet Ihnen das so viel?»

«Ob es mir viel bedeutet? Nun, alles: Freiheit – Leben – nicht mehr intrigieren und katzbuckeln müssen – nicht mehr lügen –»

«Lügen?» unterbrach Blunt schnell.

Flora schien einen Augenblick lang bestürzt.

«Sie wissen doch, was ich meine», sagte sie unsicher. «Immer Dankbarkeit heucheln müssen für all die abgelegten Dinge, die man von den reichen Verwandten bekommt. All die vorjährigen Mäntel, Kleider und Hüte.»

«Verstehe nicht viel von Frauenkleidung; hatte immer gedacht, Sie seien sehr gut angezogen.»

«Es kostet mich noch immer genug», sagte Flora leise. «Aber lassen wir das. Ich bin so glücklich. Ich bin frei, frei, um zu tun, was mir gefällt. Frei, um nicht...»

Plötzlich hielt sie inne.

«Um nicht was?» fragte Blunt eilig.

«Jetzt habe ich es vergessen. Es war wohl nicht wichtig.»

Blunt hatte einen Stock in der Hand. Er tauchte ihn in den Teich und stocherte nach etwas.

«Was machen Sie da, Major?»

«Dort unten glänzte etwas. Wollte wissen, was es war – sah wie eine goldene Nadel aus. Jetzt ist es fort.»

Er warf einen kleinen Kieselstein in den Goldfischteich und sagte dann in ganz verändertem Ton: «Miss Flora, kann ich etwas für Sie tun? Was Paton anbelangt, meine ich. Ich weiß, wie besorgt Sie sein müssen.»

Vielleicht war gerade der Ton falsch.

«Danke», erwiderte Flora kalt. «Ich habe mir den herrlichsten Detektiv der Welt gesichert, und er wird gewiß alles ermitteln.»

Schon seit einiger Zeit fühlte ich mich in unserer Stellung unbehaglich. Wir horchten nicht gerade, da die beiden unten im Garten nur die Köpfe zu heben brauchten, um uns zu sehen. Nichtsdestoweniger hätte ich ihre Aufmerksamkeit schon längst auf mich gelenkt, wenn nicht mein Gefährte durch einen warnenden Druck auf meinen Arm dies verhindert hätte.

Nun handelte er aber selbst.

Er erhob sich schnell und räusperte sich.

«Ich bitte um Verzeihung», rief er. «Ich kann nicht zulassen, daß Mademoiselle mich in so überschwenglicher Weise lobt, ohne zu wissen, daß ich anwesend bin. ‹Horcher an der Wand, hört seine eigene Schand›, sagt man, aber diesmal hat sich das Sprichwort nicht bewahrheitet. Um mir das Erröten zu ersparen, will ich zu Ihnen eilen und mich entschuldigen.»

Er lief eilig den Weg hinab, und ich folgte ihm.

«Dies ist Monsieur Poirot», stellte Flora vor. «Sie haben sicher schon von ihm gehört. – Major Blunt.»

Poirot verneigte sich.

«Ich kenne Major Blunt dem Namen nach», sagte er höflich. «Es freut mich, Sie getroffen zu haben, Monsieur. Ich brauche einige Auskünfte, die Sie mir geben könnten.»

Blunt sah ihn fragend an.

«Wann sahen Sie Mr. Ackroyd zum letztenmal?»

«Beim Abendessen.»

«Und nachher sahen und hörten Sie nichts mehr von ihm?»

«Ich sah ihn nicht mehr, aber ich hörte seine Stimme.»

«Wieso?»

«Ich war auf der Terrasse...»

«Verzeihen Sie, um wieviel Uhr kann das gewesen sein?»

«Ungefähr um halb zehn. Ich schlenderte vor den Türen des Salons auf und ab und rauchte. Da hörte ich Ackroyd in seinem Arbeitszimmer sprechen.»

Poirot beugte sich vor und entfernte ein mikroskopisch kleines Stäubchen Tabak vom Anzug des anderen.

«Wenn im Arbeitszimmer gesprochen wurde, konnten Sie das

von jenem Teil der Terrasse aus doch wohl kaum hören», sagte er halblaut.

Er blickte Blunt nicht an, aber ich tat es, und daher merkte ich zu meinem größten Erstaunen, daß jener errötete.

«Ging bis an die Ecke», erklärte er unwillig.

«Oh, wirklich», sagte Poirot.

«Dachte, ich sähe – eine Frau in den Büschen verschwinden. Gerade nur einen Schimmer von etwas Weißem. Muß mich geirrt haben. Als ich an der Ecke der Terrasse stand, hörte ich Ackroyd mit seinem Sekretär sprechen.»

«Mit Mr. Geoffrey Raymond?»

«Ja – so nahm ich an. Scheint, daß ich unrecht hatte.»

«Sprach Mr. Ackroyd ihn mit seinem Namen an?»

«Nein.»

«Warum, wenn ich fragen darf, dachten Sie dann...»

Blunt erklärte mühsam: «Hielt es für selbstverständlich, daß es Raymond war, da dieser, knapp bevor ich die Terrasse betrat, Ackroyd einige Papiere bringen wollte. Dachte nicht, daß es jemand anders sein könnte.»

«Können Sie sich an die Worte erinnern, die Sie hörten?»

«Ich fürchte, nein. Es war etwas ganz Gewöhnliches, Bangloses, erhaschte nur ein Bruchstück. Ich dachte gerade an etwas anderes.»

«Es ist nicht so wichtig», meinte Poirot. «Rückten Sie vielleicht einen Stuhl an die Wand zurück, als Sie nach der Auffindung des Leichnams das Arbeitszimmer betraten?»

«Stuhl? Nein – weshalb hätte ich das tun sollen?»

Poirot zuckte mit den Achseln und blieb die Antwort schuldig. Dann wandte er sich an Flora.

«Eines möchte ich von Ihnen hören, Mademoiselle. Als Sie mit Doktor Sheppard die Gegenstände der Vitrine betrachteten, war da der Dolch an seinem Platz oder nicht?»

«Inspektor Raglan hat mich das gleiche gefragt», gab sie verärgert zurück. «Ich sagte ihm und will es auch Ihnen sagen: Ich bin mir meiner Sache ganz sicher: Der Dolch war damals nicht drin. Raglan meinte, er sei dort gewesen und Ralph habe ihn später entwendet. Und – er glaubt mir nicht. Er denkt, ich sagte das nur, um – um Ralph zu schützen.»

«Und – ist es nicht so?» fragte ich ernst.

Flora stampfte mit dem Fuß.

«Auch Sie, Doktor Sheppard! Das ist häßlich!»

Poirot lenkte taktvoll ein.

«Sagten Sie nicht vorhin, Major Blunt, daß auf dem Grund des Teichs etwas glitzerte? Sehen wir, ob ich es finden kann!»

Er kniete am Ufer nieder, entblößte seinen Arm bis zum Ellbogen und tauchte ihn sehr langsam ins Wasser, um den Schlamm nicht aufzurühren. Aber trotz aller Vorsicht trübte sich das Wasser, und er sah sich gezwungen, seine Hand wieder zurückzuziehen.

Kläglich betrachtete er seinen beschmutzten Arm. Ich bot ihm mein Taschentuch, das er mit glühenden Dankesbezeigungen nahm. Blunt sah auf die Uhr.

«Nahezu Essenszeit», stellte er fest. «Sollten lieber ins Haus zurückkehren.»

«Sie essen doch mit uns, Monsieur Poirot?» fragte Flora. «Ich möchte Sie so gern meiner Mutter vorstellen. Sie – liebt Ralph sehr.»

«Sehr gütig, Mademoiselle, gern.»

«Und Sie bleiben auch zum Essen, nicht wahr, Doktor Sheppard?»

Ich zögerte.

«O bitte.»

Es paßte mir gut, und so nahm ich die Einladung ohne viel Umstände an.

Wir machten uns auf den Heimweg. Flora und Blunt gingen voraus.

«Welch herrliches Haar!» flüsterte Poirot mir zu und deutete auf Flora. «Wie flüssiges Gold! Sie werden ein prächtiges Paar abgeben, sie und der dunkelhaarige schöne Captain Paton. Meinen Sie nicht auch?»

Ich sah ihn forschend an. Doch er begann sich wegen einiger winzig kleiner Wassertröpfchen auf seinem Ärmel aufzuregen. Der Mann glich mit seinen grünen Augen und seinem geschleckten Wesen in mancher Hinsicht einer Katze.

«Ich wüßte gern, was in dem Teich liegt», sagte ich teilnahmsvoll.

«Wollen Sie es sehen?» fragte Poirot.

Ich starrte ihn an. Er nickte.

«Mein lieber Freund», sagte er höflich. «Hercule Poirot setzt sich nicht der Gefahr aus, seine Kleidung zu beschmutzen, wenn er sich des Erfolges nicht sicher ist. Anders zu handeln wäre albern und lächerlich. Und lächerlich mache ich mich nie.»

«Aber Sie zogen Ihre Hand doch leer heraus», warf ich ein.

«Zuweilen ist Verschwiegenheit am Platz. Sagen Sie Ihren Patienten immer alles – aber auch alles, lieber Doktor? Ich glaube nicht. Sie haben sicher auch Geheimnisse vor Ihrer ausgezeichneten Schwester, nicht wahr? Ehe ich die leere Hand zeigte, ließ ich ihren Inhalt in die andere fallen. Wollen Sie sehen, was es war?»

Er hielt mir seine linke Hand offen hin. Auf der Handfläche lag ein kleiner goldener Ring: der Ehering einer Frau. Ich ergriff ihn.

«Blicken Sie hinein», befahl Poirot.

Ich gehorchte. In feiner Schrift stand dort zu lesen:

R. 13. März

Ich blicke Poirot an, doch dieser war eifrig bemüht, sich in einem kleinen Taschenspiegel zu betrachten. Ich sah, er war im Moment weiteren Erörterungen abgeneigt.

10

Wir trafen Mrs. Ackroyd in der Halle. Ein kleiner, vertrockneter Mann mit vorstehendem Kinn und scharfblickenden grauen Augen war bei ihr. Man sah ihm von weitem den Rechtsanwalt an.

«Doktor Hammond bleibt auch zum Lunch bei uns», sagte Mrs. Ackroyd. «Sie kennen doch Major Blunt, Dr. Hammond, und unseren lieben Doktor Sheppard – auch ein guter Freund des armen Roger. Und – erlauben Sie...»

Sie hielt inne und blickte Poirot verblüfft an.

«Mama, das ist Monsieur Poirot», sagte Flora. «Ich habe dir heute früh von ihm erzählt.»

«O ja», entgegnete Mrs. Ackroyd unsicher, «gewiß, mein Kind, gewiß. Er will Ralph suchen, nicht wahr?»

«Er soll herausfinden, wer Onkel Roger umgebracht hat», sagte Flora.

«Oh, Flora», rief die Mutter. «Bitte! Meine armen Nerven. Daß so Furchtbares geschehen konnte! Es war irgendein unglückseliger Zufall. Roger befaßte sich so gern mit verdächtigen Kuriositäten. Seine Hand muß ausgeglitten sein oder...»

Ihre Theorie wurde mit höflichem Schweigen aufgenommen.

Ich sah, wie Poirot den Anwalt beiseite nahm, sah, wie er leise auf ihn einsprach. Sie zogen sich in eine Fensternische zurück. Ich ging ihnen nach, dann zögerte ich.

«Ich möchte nicht lästig fallen.»

«Nicht doch», rief Poirot herzlich. «Sie und ich, mein lieber Doktor, wir führen die Untersuchung gemeinsam. Ohne Sie wäre ich verloren. Ich möchte von Dr. Hammond eine kleine Auskunft.»

«Sie vertreten die Interessen Ralph Patons, wenn ich richtig verstehe», fragte der Anwalt vorsichtig.

Poirot schüttelte den Kopf.

«So nicht. Ich wirke im Interesse der Gerechtigkeit. Miss Ackroyd hat mich mit der Aufgabe betraut, den Tod ihres Onkels aufzuklären.»

Dr. Hammond schien ein wenig bestürzt.

«Ich kann nicht eigentlich glauben, daß Captain Paton in das Verbrechen verwickelt ist», sagte er, «so sehr auch die Indizien dafür sprechen. Die Tatsache allein, daß er in großer finazieller Bedrängnis war...»

«War er in großer finanzieller Bedrängnis?» schob Poirot schnell ein.

Der Anwalt zuckte die Achseln.

«Das war bei Ralph Paton ein chronischer Zustand», erwiderte er. «Unaufhörlich ging er seinen Stiefvater an.»

«Hat er dies auch kürzlich getan? Zum Beispiel im Lauf des letzten Jahres?»

«Das kann ich nicht sagen. Mr. Ackroyd hat mir davon jedenfalls nichts gesagt.»

«Ich verstehe. Dr. Hammond, ich nehme an, daß Ihnen Mr. Ackroyds letztwillige Verfügungen bekannt sind?»

«Selbstverständlich. Das ist ja die Veranlassung meines heutigen Besuches.»

«Nun, da Sie sehen, daß ich im Interesse von Miss Ackroyd arbeite, werden Sie mir doch hoffentlich eine Auskunft über jene Vermächtnisse nicht verweigern?»

«Sie sind außerordentlich einfach. Nach Ausbezahlung gewisser Legate und Vermächtnisse –»

«Wie zum Beispiel –?» unterbrach Poirot.

Dr. Hammond schien etwas überrascht.

«Tausend Pfund der Haushälterin Miss Russell; fünfzig Pfund der Köchin Emma Cooper; fünfhundert seinem Sekretär Geoffrey Raymond. Spenden an verschiedene Krankenhäuser...»

Poirot hob abwehrend die Hand.

«Oh, die Wohltätigkeitslegate interessieren mich nicht.»

«Ganz recht. Die Zinsen von Anteilsscheinen im Wert von zehntausend Pfund erhält Mrs. Cecily Ackroyd auf Lebenszeit. Miss Flora Ackroyd erbt zwanzigtausend Pfund in bar. Der verbleibende Rest – das Besitztum und die Anteile der Firma Ackroyd & Sohn – fällt an Ralph Paton.»

«Besaß Mr. Ackroyd ein großes Vermögen?»

«Ein sehr großes. Captain Paton wird ein außerordentlich wohlhabender junger Mann sein.»

Es entstand eine Pause. Poirot und der Rechtsanwalt sahen einander an.

«Dr. Hammond», tönte Mrs. Ackroyds Stimme vom Kamin her.

Der Anwalt folgte dem Ruf. Poirot nahm mich am Arm und zog mich in die Fensternische.

«Sehen Sie die Schwertlilien an», bemerkte er überlaut. «Sind sie nicht wundervoll? So starke, gefällige Farben!»

Zugleich fühlte ich den Druck seiner Hand auf meinem Arm, und er fuhr mit leiser Stimme fort: «Wollen Sie mir wirklich beistehen? An der Untersuchung teilnehmen?»

«Ja, sehr gern.»

«Gut, dann wollen wir Verbündete sein. In kurzer Zeit wird sich Major Blunt zu uns gesellen. Er fühlt sich in der Nähe der guten Mama nicht wohl. Nun möchte ich verschiedenes erfahren, ohne ihn die Absicht merken zu lassen. Verstehen Sie? Daher sollen Sie einige Fragen an ihn richten.»

«Und was soll ich fragen?»

«Ich möchte, daß Sie im Gespräch Mrs. Ferrars erwähnen.»

«Und?»

«Sprechen Sie ganz ungezwungen. Fragen Sie ihn, ob er hier war, als ihr Gatte starb. Sie verstehen doch, wie ich das meine! Und beobachten Sie den Ausdruck seines Gesichtes. Verstanden?»

Genau wie Poirot es vorausgesagt hatte, verließ Blunt in seiner plötzlichen Art die anderen und kam zu uns herüber.

Ich schlug ihm einen Spaziergang auf der Terrasse vor.

Poirot blieb zurück.

«Wie sich im Laufe weniger Tage die Dinge ändern», begann ich. «Am letzten Mittwoch war ich hier. Auch damals ging ich auf der Terrasse auf und ab. Neben mir schritt in bester Stimmung Roger Ackroyd. Und nun, drei Tage später, Ackroyd tot, der arme Kerl – Mrs. Ferrars tot – Sie kannten sie, nicht wahr?»

Blunt nickte.

«Hatten Sie sie kürzlich wieder gesehen?»

«Sprach einmal mit Ackroyd dort vor. Glaube, es war am letzten Dienstag. Bezauberndes Weib, doch irgendwie verdächtig. Und verschlossen, man wußte nie, wie sie es wirklich meinte.»

Ich blickte in seine ruhigen grauen Augen. Da war sicher nichts dahinter. Er fuhr fort: «Als ich das letzte Mal herkam, hatten sie und ihr Gatte eben ihre Zelte aufgeschlagen.» Er hielt einen Augenblick inne und fügte hinzu: «Seltsam, wie sehr sie sich seitdem verändert hatte.»

«In welcher Hinsicht?» fragte ich.

«Um zehn Jahre gealtert.»

«Waren Sie hier, als ihr Gatte starb?»

Ich bemühte mich, die Frage so harmlos wie möglich zu stellen.

«Nein. Nach allem, was ich hörte, war es ein Glück, daß sie ihn los wurde. Lieblos vielleicht, aber wahr!»

«Ashley Ferrars war kein Mustergatte», stimmte ich vorsichtig bei.

«Ein Schuft, glaube ich», meinte Blunt.

«Nein, nur ein Mann, der mehr Geld besaß, als ihm guttat.»

«Oh, Geld! Alles Unglück auf der Welt kann auf Geld zurückgeführt werden oder auf dessen Mangel.»

«Welches von beiden ist Ihr persönliches Unglück?»

«Ich habe so viel, wie ich brauche. Ich bin einer jener Glücklichen.»

«Wirklich?»

«Tatsächlich bin ich momentan nicht bei Kasse. Machte vor einem Jahr eine Erbschaft, und ich Narr ließ mich überreden, mich auf eine ganz verwegene Spekulation einzulassen.»

Sympathisch berührt, erzählte ich ihm mein eigenes, ähnliches Unglück.

Dann ertönte der Gong, und wir gingen zum Lunch.

Poirot hielt mich einen Augenblick zurück.

«Nun?»

«Er ist nicht verdächtig», sagte ich. «Ganz sicher nicht.»

«Nichts?»

«Er hat vor einem Jahr eine Erbschaft gemacht», sagte ich. «Ich möchte schwören, daß der Mann einwandfrei und über alle Zweifel erhaben ist.»

«Gewiß, gewiß», sagte Poirot besänftigend. «Regen Sie sich nur nicht auf.»

Er sprach wie mit einem widerspenstigen Kind.

Später zog Mrs. Ackroyd mich beiseite, und wir setzten uns auf ein Sofa.

«Ich fühle mich etwas verletzt», flüsterte sie und förderte ein Taschentuch zutage, das seiner Winzigkeit nach offensichtlich nicht zum Trocknen von Tränenbächen taugte. «Ja, verletzt durch Rogers Mangel an Vertrauen. Jene zwanzigtausend Pfund hätte er mir hinterlassen müssen – nicht Flora. Einer Mutter könnte wohl die Verantwortung für die Interessen ihres Kindes übertragen werden. Ich nenne das Mangel an Vertrauen.»

«Sie vergessen», wandte ich ein, «daß Flora Roger Ackroyds eigene Nichte, seine Blutsverwandte war. Die Dinge lägen ganz anders, wenn Sie seine Schwester und nicht seine Schwägerin wären.»

«Ich bin der Ansicht, er hätte auf meine Gefühle Rücksicht nehmen müssen», jammerte sie, indem sie ihre Augenlider mit dem Taschentuch betupfte. «Aber Roger war stets eigen – um nicht zu sagen kleinlich –, wenn es sich um Geldsachen handelte. Wir beide, Flora und ich, hatten immer einen schweren Stand.

Nicht einmal Taschengeld gab er dem armen Kind. Er bezahlte ihre Rechnungen, aber auch das nur widerstrebend und nie ohne zu fragen, wozu sie alles benötigte – wie eben nur ein Mann fragen kann. Aber nun vergesse ich, was ich eigentlich sagen wollte! Ja, richtig, nicht einen Penny hatten wir. Flora litt darunter – jawohl, ich muß sagen, sie litt sogar sehr. Obwohl sie ihrem Onkel natürlich sehr zugetan war. Doch jedes Mädchen hätte dies bitter empfunden. Und dann», fuhr Mrs. Ackroyd mit einem plötzlichen Gedankensprung fort, «all dieses Geld – tausend Pfund – denken Sie, tausend Pfund, jenem Weib zu hinterlassen!»

«Welchem Weib?»

«Der Russell. Sie ist sehr eigentümlich, aber Roger wollte nichts über sie hören. Sagte, sie sei eine Frau von ungewöhnlicher Charakterstärke, und hörte nicht auf, sie zu loben. Ich glaube, etwas stimmt bei ihr nicht. Sie tat sicher ihr möglichstes, um von Roger geheiratet zu werden, aber das habe ich denn doch verhindert. Sie hat mich immer gehaßt. Natürlich. Ich durchschaute sie.»

Ich dachte nach, ob es irgendein Mittel gab, um Mrs. Ackroyds Redeschwall einzudämmen und ihr zu entschlüpfen. Dr. Hammond führte die nötige Ablenkung herbei, indem er sich verabschiedete. Ich benutzte die Gelegenheit und erhob mich gleichfalls.

«Und die gerichtliche Untersuchung? Wo soll sie abgehalten werden? Hier oder in den ‹Three Boars›?»

Mrs. Ackroyd starrte mich mit offenem Mund an.

«Gerichtliche Untersuchung?» fragte sie bestürzt. «Geht es nicht ohne gerichtliche Untersuchung?»

Dr. Hammond ließ ein trockenes Hüsteln hören und flüsterte: «Unvermeidlich. Unter diesen Umständen.»

«Aber Doktor Sheppard kann doch sicher...»

«Auch meinem Können sind Grenzen gesetzt», sagte ich trocken.

«Wenn der Tod einem unglücklichen Zufall zugeschrieben würde...»

«Er ist ermordet worden», sagte ich brutal.

Sie schrie leise auf.

«Die Behauptung, daß es ein Unfall war, würde sich keinen Augenblick halten lassen.»

Mrs. Ackroyd blickte mich verzweifelt an.

«Wenn eine gerichtliche Untersuchung stattfinden sollte, werde ich dann Fragen beantworten müssen?» fragte sie ängstlich.

«Ich weiß nicht, was erforderlich sein wird», antwortete ich. «Ich glaube aber, daß Mr. Raymond Ihnen das Schwerste abnehmen wird. Er kennt alle näheren Umstände und kann auch einen einwandfreien Identitätsnachweis erbringen.»

Der Anwalt nickte zustimmend.

«Ich glaube wirklich nicht, daß Sie etwas zu befürchten haben», sagte er. «Alle Unannehmlichkeiten werden Ihnen erspart bleiben. Doch nun zur Geldfrage: haben Sie so viel, wie Sie im Augenblick benötigen? Ich meine», fügte er hinzu, als sie ihn fragend ansah, «verfügbares Geld. Bargeld. Sonst könnte ich Ihnen den Betrag, den Sie brauchen, zur Verfügung stellen lassen.»

«Das dürfte nicht nötig sein», sagte Raymond, der dabeistand, «Mr. Ackroyd hat erst gestern einen Scheck über hundert Pfund eingelöst.»

«Ja. Um Löhne und andere Ausgaben zu bestreiten. Bis jetzt ist der Betrag noch unangetastet.»

«Wo ist das Geld? In seinem Schreibtisch?»

«Nein, er verwahrte sein Bargeld immer in seinem Schlafzimmer. In einer alten Kragenschachtel, um genau zu sein. Tolle Sache, nicht?»

«Ich denke», erwiderte der Anwalt, «bevor ich gehe, sollten wir uns vergewissern, ob das Geld wirklich dort ist.»

«Natürlich», pflichtete der Sekretär bei. «Ich will Sie gleich hinaufführen ... Oh, ich vergaß. Die Tür ist versperrt.»

Erkundigungen bei Parker ergaben, daß der Inspektor sich zur Zeit im Zimmer der Haushälterin aufhielt, um einige ergänzende Fragen zu stellen. Wenige Minuten später schloß er sich der Gesellschaft an. Er selbst sperrte auf. Die Tür zu Ackroyds Schlafzimmer stand offen; es war dunkel, genau wie am vergangenen Abend.

Der Inspektor zog die Vorhänge zurück und ließ das Sonnenlicht hereinfluten, während Geoffrey Raymond die oberste Lade eines Rosenholzschreibtisches öffnete.

«Denken Sie! Er verwahrte sein Geld in einer unversperrten Lade», bemerkte der Inspektor.

Der Sekretär errötete leicht.

«Mr. Ackroyd hatte unbedingtes Vertrauen in die Ehrlichkeit aller seiner Angestellten», sagte er heftig.

«O gewiß», erwiderte der Inspektor schnell.

Raymond zog die Lade heraus und brachte eine runde lederne Kragenkassette ans Licht, der er eine gut gefüllte Brieftasche entnahm.

«Hier ist das Geld», konstatierte er und ergriff ein dickes Bündel Banknoten. «Sie werden die hundert Pfund vollzählig finden, das weiß ich, denn Mr. Ackroyd hat sie gestern abend in meiner Gegenwart in diese Kragenschachtel gelegt, ehe er sich zum Essen umzog, und natürlich ist das Geld seither nicht berührt worden.»

Dr. Hammond nahm die Banknoten und zählte sie. Erschrocken blickte er auf.

«Hundert Pfund sagten sie? Hier sind nur sechzig.»

Raymond starrte ihn an.

«Unmöglich!» rief er und sprang hinzu. Er nahm ihm die Banknoten aus der Hand und zählte sie laut.

Dr. Hammond behielt recht. Die Gesamtsumme ergab sechzig Pfund.

«Aber – das kann ich nicht verstehen», rief Raymond verwirrt.

«Sie sahen, wie Mr. Ackroyd gestern abend vor dem Umkleiden das Geld versorgte?» fragte Poirot. «Wissen Sie bestimmt, daß er nicht schon etwas damit bezahlt hatte?»

«Ich weiß ganz genau, daß dies nicht der Fall war. Er sagte sogar, er wolle die hundert Pfund nicht mit in den Speisesaal nehmen.»

«Dann ist die Sache sehr einfach», bemerkte Poirot stirnrunzelnd. «Entweder er gab die vierzig Pfund noch gestern abend aus, oder sie wurden gestohlen.»

«So ist es», stimmte der Inspektor bei. Er wandte sich an Mrs. Ackroyd. «Welches Mädchen hatte in diesem Zimmer zu tun?»

«Das Stubenmädchen, als es das Bett aufdeckte», sagte Mrs. Ackroyd.

«Sie ist noch nicht lange im Haus.»

«Ich denke, wir sollten der Sache auf den Grund gehen», meinte der Inspektor. «Falls Mr. Ackroyd selbst etwas ausbezahlt hat, kann das vielleicht mit dem Verbrechen zusammenhängen. Die andere Dienerschaft ist verläßlich, soweit Ihnen bekannt ist?»

«Oh, ich glaube schon.»

«Hat früher nie etwas gefehlt?»

«Nein.»

«Verläßt irgend jemand in absehbarer Zeit den Dienst?»

«Die Zofe geht.»

«Wann?»

«Ich glaube, sie hat gestern gekündigt!»

«Ihnen?»

«O nein. Ich habe mit der Dienerschaft nichts zu schaffen. Miss Russell befaßt sich mit den häuslichen Angelegenheiten.»

Der Inspektor versank in Nachdenken. Dann nickte er und bemerkte: «Ich werde mich lieber an Miss Russell wenden. Und dann möchte ich mir auch die kleine Dale ansehen.»

Poirot und ich begleiteten ihn ins Zimmer der Haushälterin. Miss Russell empfing uns mit gewohnter Kaltblütigkeit.

«Elise Dale ist seit fünf Monaten in Fernly. Ein nettes Mädchen, flink bei der Arbeit und äußerst anständig. Gute Zeugnisse. Sie wäre die letzte, die sich etwas aneignen würde, was ihr nicht gehört.»

«Und die Zofe?»

«Auch ein ganz vortreffliches Mädchen. So still und damenhaft. Eine hervorragende Arbeitskraft.»

«Weshalb geht sie dann?» fragte der Inspektor.

Miss Russell warf die Lippen auf.

«Nicht auf meine Veranlassung. Ich nehme an, Mr. Ackroyd fand gestern nachmittag etwas an ihr auszusetzen. Sie hatte das Arbeitszimmer aufzuräumen und brachte dabei einige Schriftstücke auf seinem Schreibtisch in Unordnung. Er war darüber sehr ungehalten, und sie kündigte. Wenigstens glaube ich so verstanden zu haben. Aber vielleicht wollen Sie mit ihr selbst sprechen?»

Der Inspektor nickte. Mir war das Mädchen schon aufgefallen, als es uns beim Lunch bediente. Hochgewachsen, mit schönem braunem Haar, das im Nacken zu einem festen Knoten gewunden war, und mit ruhigen, grauen Augen. Auf Miss Russells Ruf eilte sie herbei und sah uns ruhig an.

«Sind Sie Ursula Bourne?» fragte der Inspektor.

«Ja, Sir.»

«Ich hörte, daß Sie gehen?»

«Ja, Sir.»

«Weshalb?»

«Ach, ich hatte einige Schriftstücke auf Mr. Ackroyds Schreibtisch durcheinandergebracht. Er war sehr wütend darüber, und ich sagte, dann wolle ich lieber gehen. Er antwortete, ich solle so bald als möglich das Haus verlassen.»

«Waren Sie gestern auch im Schlafzimmer Ihres Herrn? Um Ordnung zu machen, oder aus sonst einem Grund?»

«Nein, Sir. Das ist Elises Sache. Ich habe diesen Teil des Hauses nie betreten.»

«Ich muß Ihnen mitteilen, daß aus Mr. Ackroyds Zimmer eine große Geldsumme verschwunden ist.»

Jetzt sah ich sie heftig auffahren. Eine Blutwelle schoß ihr ins Gesicht. «Ich weiß nichts von diesem Geld. Wenn Sie glauben, daß ich es genommen habe und deshalb von Mr. Ackroyd entlassen wurde, so irren Sie sich. Sie können in meinen Sachen suchen, wenn Sie wollen, aber Sie werden nichts finden.»

Poirot schaltete sich ein.

«Gestern nachmittag hat Mr. Ackroyd Ihnen gekündigt, oder Sie ihm. Nicht wahr?» fragte er.

Das Mädchen nickte.

«Wie lange hat die Unterredung gedauert?»

«Die Unterredung?»

«Ja, die Unterredung im Arbeitszimmer, zwischen Ihnen und Mr. Ackroyd.»

«Ich – ich weiß es nicht.»

«Zwanzig Minuten? Eine halbe Stunde?»

«Ungefähr so lange.»

«Nicht länger?»

«Nein, länger als eine halbe Stunde bestimmt nicht.»

«Danke, Mademoiselle.»

Ich blickte ihn neugierig an. Er stellte einige Gegenstände auf dem Tisch zurecht. Seine Augen funkelten. «Das genügt», sagte er schließlich.

Ursula Bourne verschwand. Der Inspektor wandte sich an Miss Russell.

«Seit wann ist sie im Haus? Haben Sie vielleicht eine Abschrift ihrer Zeugnisse?»

Ohne die erste Frage zu beantworten, trat Miss Russell an einen Schreibtisch, öffnete eines der Fächer und entnahm ihm eine Handvoll Briefe, die von einer Klammer zusammengehalten wurden. Sie wählte einen aus und reichte ihn dem Inspektor.

«Hm», sagte dieser, «sehr schön. Mr. Folliot, Marby Grange, Marby. Wer sind die Leute?»

«Gutsbesitzerfamilie», erwiderte Miss Russell.

«Gut.» Der Inspektor gab ihr das Schreiben zurück, «Nun wollen wir uns das andere Mädchen, Elise Dale, ansehen.»

Elise Dale war eine große blonde Person mit angenehmem, wenn auch etwas einfältigem Gesicht. Auch sie zeigte sich über das verschwundene Geld bestürzt.

«Ich glaube nicht, daß an der etwas Falsches ist», bemerkte der Inspektor, nachdem er sie entlassen hatte.

«Wie steht es mit Parker?»

Miss Russell kniff die Lippen zusammen und antwortete nicht.

«Ich habe immer das Gefühl, daß dieser Mensch in den Fall verwickelt ist», fuhr der Inspektor nachdenklich fort. «Das Unglück ist nur, daß ich mir nicht vorstellen kann, wann er dazu Gelegenheit fand. Gleich nach dem Abendessen mußte er seinen Pflichten nachkommen, und für den übrigen Teil des Abends hat er ein ausgezeichnetes Alibi. Nun, ich danke Ihnen, Miss Russell. Wir wollen bis auf weiteres die Dinge auf sich beruhen lassen. Wahrscheinlich hat Mr. Ackroyd die Summe selbst ausgegeben.»

Die Haushälterin grüßte kühl, und wir empfahlen uns.

Ich verließ mit Poirot das Haus.

«Was halten Sie von dem Mädchen?» fragte der kleine Belgier.

«Welchem Mädchen? Der Zofe?»

«Ja, der Zofe – Ursula Bourne.»

«Sie machte einen ganz guten Eindruck», sagte ich zögernd.

Langsam wiederholte Poirot meine Worte.

Dann, nach minutenlangem Schweigen, griff er in die Tasche und reichte mir etwas.

«Hier, mein Freund, will ich Ihnen etwas zeigen.»

Das Papier, das er mir gab, war das vom Inspektor verfaßte Verzeichnis, das er Poirot heute früh gegeben hatte. Dort, wo

Poirots Finger hinwies, sah ich ein kleines Kreuz. Es stand neben dem Namen Ursula Bourne. «Es mag Ihnen vielleicht nicht aufgefallen sein, aber es gibt auf dieser Liste eine Person, deren Alibi in keiner Weise nachgewiesen ist: Ursula Bourne.»

«Sie denken doch nicht...»

«Doktor Sheppard, ich wage alles zu denken. Ursula Bourne könnte Mr. Ackroyd ermordet haben, doch ich gestehe, ich finde bei ihr kein Motiv für eine solche Tat. Sie vielleicht?»

Er blickte mir prüfend ins Gesicht – so prüfend, daß mir unbehaglich wurde.

«Nicht ein einziges», sagte ich fest.

Seine Blicke entspannten sich. Er runzelte die Stirn und sprach vor sich hin: «Aus dem Umstand, daß der Erpresser ein Mann war, folgt, daß sie nicht der Erpresser sein kann, dann...»

Ich hüstelte.

«Was? Was wollten Sie sagen?»

«Nichts. Nichts. Nur, daß Mrs. Ferrars in ihrem Brief ausdrücklich von einer Person sprach – sie bezeichnete diese nicht als Mann. Ackroyd und ich setzten allerdings als selbstverständlich voraus, daß es ein Mann war.»

Poirot schien mir nicht zuzuhören. Er sprach wieder vor sich hin.

«Dann wäre es schließlich doch möglich – ja, natürlich ist es möglich – aber dann – oh, ich muß meine Gedanken umstellen. Methode, Ordnung – nie bedurfte ich ihrer mehr! Alles muß sich ineinanderfügen, sonst bin ich auf der falschen Fährte.»

Er brach ab und wandte sich mir wieder zu.

«Wo liegt Marby?»

«Auf der anderen Seite von Cranchester.»

«Wie weit von hier?»

«Oh – ungefähr vierzehn Meilen.»

«Könnten Sie hinfahren? Vielleicht gleich morgen?»

«Morgen? Warten Sie, morgen ist Sonntag. Ja, das ließe sich einrichten. Was soll ich dort?»

«Mrs. Folliot aufsuchen und Informationen über Ursula Bourne beschaffen.»

«Gut. Aber angenehm ist mir die Sache nicht.»

«Es ist jetzt nicht an der Zeit, Schwierigkeiten zu machen. Ein Menschenleben kann davon abhängen.»

«Armer Ralph», sagte ich, «glauben Sie doch an seine Unschuld?»
Poirot sah mich ernst an.
«Wollen Sie die Wahrheit hören?»
«Natürlich.»
«Dann will ich sie Ihnen sagen. Mein Freund, alles spricht für die Annahme, daß er schuldig ist.»
«Was?» rief ich.
Poirot nickte. «Ja, der einfältige Inspektor – denn einfältig ist er – weist bei allem auf ihn hin. Ich suche die Wahrheit – und die Wahrheit führt mich jedesmal zu Ralph Paton. Doch ich will nichts unversucht lassen. Ich versprach es Mademoiselle Flora. Und sie war ihrer Sache sehr sicher. Wirklich sehr sicher.»

11

Als ich am nächsten Tag an der Haustür von Marby Grange auf die Klingel drückte, befiel mich leichte Nervosität. Ich zerbrach mir den Kopf, was Poirot herauszufinden hoffte. Er hatte mich mit der Aufgabe betraut. Warum? Wollte er, wie bei Major Blunt, im Hintergrund bleiben?

Meine Betrachtungen wurden durch das Erscheinen eines adretten Stubenmädchens unterbrochen.

Ja, Mrs. Folliot sei daheim. Ich wurde in einen großen Salon geführt, und während ich die Dame des Hauses erwartete, blickte ich neugierig um mich. Einige gute alte Porzellanstücke, ein paar sehr schöne Radierungen...

Ich hatte eben die Betrachtung eines Bartolozzi beendet, als Mrs. Folliot eintrat. Sie war groß, hatte braunes Haar und ein äußerst gewinnendes Lächeln.

«Doktor Sheppard?» fragte sie zögernd.

«So heiße ich», erwiderte ich. «Ich muß wegen dieses Überfalles um Verzeihung bitten, aber ich möchte eine Auskunft über ein Stubenmädchen erbitten, das früher in Ihren Diensten stand – Ursula Bourne.»

Kaum war der Name gefallen, als das Lächeln aus ihrem Antlitz schwand und alle Herzlichkeit ihres Wesens zu Eis erstarrte.

«Ursula Bourne?» wiederholte sie zögernd.

«Ja», sagte ich, «vielleicht können Sie sich an diesen Namen erinnern?»

«O ja, gewiß. Ich ... ich erinnere mich des Namens sehr genau.»

«Wenn ich nicht irre, verließ sie vor etwa einem Jahr Ihr Haus?»

«Ja, ja, das stimmt.»

«Und waren Sie mit ihr zufrieden? Wie lange war sie übrigens in Ihrem Haus?»

«Oh, vielleicht zwei Jahre. Ich erinnere mich nicht genau, wie lange es war. Sie ... sie ist sehr tüchtig. Ich bin überzeugt, Sie werden mit ihr zufrieden sein.»

«Könnten Sie mir nicht irgend etwas Näheres über sie mitteilen?» fragte ich.

«Irgend etwas über sie?»

«Ja. Woher sie kommt, wer ihre Familie ist – und dergleichen.»

Mrs. Folliots Gesichtsausdruck wurde immer kälter.

«Ich weiß gar nichts.»

«Wo war sie, ehe sie bei Ihnen eintrat?»

«Leider kann ich mich nicht daran erinnern.»

Nun gesellte sich Ärger zu ihrer Nervosität. Sie warf den Kopf zurück, und diese Geste war mir irgendwie vertraut.

«Müssen Sie wirklich all diese Fragen stellen?»

«Durchaus nicht», sagte ich erstaunt. «Ich hatte keine Ahnung, daß es Ihnen peinlich ist, sie zu beantworten. Ich bitte vielmals um Verzeihung.»

Ihr Unwille schien nachzulassen.

«Oh, peinlich? Davon kann keine Rede sein. Es ... es schien mir nur etwas merkwürdig. Sonst nichts.»

Die Erfahrung als Arzt bringt es mit sich, daß man gewöhnlich merkt, wenn man belogen wird. Ich hatte sofort erkannt, daß ihr viel, sogar sehr viel daran lag, meine Fragen nicht zu beantworten. Sie fühlte sich außerordentlich unbehaglich, hatte die Fassung verloren, und es war klar, daß irgend etwas dahintersteckte. Ein Kind hätte sie durchschauen können. Es war mir ebenso klar, daß sie nicht geneigt war, mir sonst noch etwas zu erzählen. Was für ein Geheimnis Ursula Bourne auch umgeben mochte, Mrs. Folliot würde es mir bestimmt nicht offenbaren.

Ich bat nochmals wegen der Störung um Entschuldigung, nahm meinen Hut und ging.

«Ich hatte heute einen sehr interessanten Nachmittag», begrüßte mich Caroline, als ich mich in meinem Lehnstuhl niedergelassen hatte und die Füße wohlig am Kaminfeuer wärmte

«So? Kam vielleicht Miss Ganett zum Tee?»

«Rat weiter», sagte Caroline mit ungeheurem Behagen.

Ich riet weiter und ging sämtliche Mitglieder von Carolines Nachrichtentruppen durch, aber jedesmal schüttelte Caroline triumphierend den Kopf. Schließlich gab sie freiwillig selbst Auskunft.

«Mr. Poirot!» sagte sie. «Nun, was sagst du dazu?»

Ich dachte allerhand darüber, doch hütete ich mich, es Caroline anzuvertrauen.

«Mich besuchen! Er sagte sehr höflich, da er meinen Bruder gut kenne, würde es ihm wohl erlaubt sein, die Bekanntschaft seiner reizenden Schwester, deiner reizenden Schwester, zu machen. Ich bringe jetzt alles durcheinander – aber du weißt schon, was ich meine.»

«Worüber habt ihr euch unterhalten?»

«Er hat mir allerlei von sich und seinen Fällen erzählt. Hast du von jenem Prinzen gehört, der kürzlich eine Tänzerin heiratete?»

«Ja.»

«Nun, es scheint, daß Mr. Poirot eine rätselhafte Affäre aufdeckte, in die beide verwickelt waren. Der Prinz war außer sich vor Dankbarkeit.»

«Verlieh er ihm dafür eine Krawattennadel mit einem Smaragd in der Größe eines Kiebitzeies?» erkundigte ich mich spöttisch.

«Davon hat er nichts erzählt. Warum fragst du?»

«Nur so. Ich dachte, dies sei so der Brauch.»

«Es ist sehr interessant, diese Dinge einmal von der anderen Seite zu hören», sagte meine Schwester.

Für Caroline wohl. Ich konnte nur das Geschick bewundern, mit dem Poirot aus seinen vielen Fällen unfehlbar jenen auszuwählen verstanden hatte, der bei einer alternden, in einem kleinen Dorf lebenden ledigen Frau am meisten Anklang finden mußte.

Ich hätte gern gewußt, wieweit Poirot bei der Wahrheit geblieben war, während er mit Caroline plauderte. Vermutlich überhaupt nicht. Er hatte wahrscheinlich seine Andeutungen mit Bewegungen der Augenbrauen und Schultern unterstrichen.

«Und nach alldem», bemerkte ich, «warst du vermutlich bereit, ihm aus der Hand zu fressen?»

«Sei nicht gewöhnlich, James. Ich weiß gar nicht, woher du diese vulgären Ausdrücke nimmst.»

«Wahrscheinlich von meinem einzigen Bindeglied mit der Außenwelt – von meinen Patienten. Unglücklicherweise besteht meine Praxis nicht aus königlichen Prinzen und Tänzerinnen.»

Caroline schob ihre Brille in die Höhe und sah mich an.

«Du bist so mürrisch, James. Das muß von der Leber kommen. Nimm abends eine blaue Pille.»

Wer mich zu Hause sieht, würde niemals auf den Gedanken kommen, ich sei Arzt. Caroline bestimmt für sich und für mich.

«Verwünschte Leber», sagte ich gereizt. «Habt ihr auch über den Mord gesprochen?»

«Natürlich, James. Worüber sollte man sonst hier sprechen! Ich war in der Lage, Poirot über verschiedene Punkte aufzuklären. Er war mir sehr dankbar und sagte, ich hätte das Zeug zu einem echten Detektiv – und ein wunderbares psychologisches Verständnis für die menschliche Natur.»

Caroline glich einer Katze, die sich bis an den Rand mit dicker Schlagsahne vollgegessen hatte. Sie schnurrte.

«Er sprach viel über die kleinen grauen Gehirnzellen und deren Funktionen. Seine, meinte er, seien erstklassig.»

«Das sieht ihm ähnlich», warf ich ein. «Bescheidenheit ist nicht seine hervorragendste Tugend!»

«Ich wollte, du wärst nicht so bissig, James. Mr. Poirot meinte, es sei sehr wichtig, daß Ralph so bald wie möglich gefunden würde. Sein Verschwinden wird bei der gerichtlichen Untersuchung sehr unangenehm beurteilt werden.»

«Und was hast du darauf erwidert?»

«Ich gab ihm recht», sagte Caroline wichtig. «Und ich konnte ihm auch verraten, wie die Leute jetzt darüber reden und denken.»

«Caroline, hast du Poirot erzählt, was du damals im Wald hörtest?»

«Gewiß», antwortete sie behaglich.

Ich sprang auf und begann auf und ab zu wandern.

«Ich hoffe, du weißt, was du tust?» schleuderte ich ihr entgegen. «Du legst die Schlinge um Ralphs Hals, so wahr du hier sitzt.»

«Durchaus nicht», bemerkte Caroline gelassen. »Ich war nur erstaunt, daß du es ihm nicht erzählt hast.»

«Ich hätte mich gehütet, das zu tun», sagte ich. «Ich habe den Jungen gern.»

«Ich auch. Und deshalb sage ich, daß du Unsinn redest. Ich glaube nicht an Ralphs Schuld, und so kann ihm die Wahrheit auch nichts schaden, und wir sollten Poirot helfen, soweit es in unserer Macht steht. Denk doch, höchstwahrscheinlich war Ralph in der Mordnacht mit jenem Mädchen zusammen und hat in diesem Fall ein perfektes Alibi.»

«Wenn er ein perfektes Alibi hat», erwiderte ich, «weshalb tritt er dann nicht hervor, um es nachzuweisen?»

«Vielleicht um dem Mädchen keine Unannehmlichkeiten zu bereiten», bemerkte Caroline weise. «Wenn aber Mr. Poirot sie findet und ihr nahelegt, was ihre Pflicht ist, wird sie sich freiwillig melden und Ralph entlasten.»

«Du scheinst dir ein romantisches Märchen zurechtgelegt zu haben. Du liest zu viele kitschige Romane, Caroline. Ich habe dir das schon immer gesagt.»

Wieder sank ich in meinen Lehnstuhl.

«Hat Poirot noch nach anderem gefragt?» erkundigte ich mich.

«Nur nach den Patienten, die an jenem Tag bei dir waren.»

«Nach den Patienten?» fragte ich ungläubig.

Sie blieb von meinem Unglauben ganz unberührt.

«Ja, nach deinen regelmäßigen Patienten. Wie viele kamen, und wer sie waren.»

«Willst du vielleicht behaupten, daß du ihm darüber Auskunft geben konntest?» fragte ich.

Caroline ist wirklich verblüffend.

«Weshalb nicht?» fragte sie. «Ich kann den Weg, der zur Tür des Sprechzimmers führt, von meinem Fenster aus überblicken. Und ich habe ein ausgezeichnetes Gedächtnis, James. Weit besser als deins.»

«Davon bin ich überzeugt», murmelte ich mechanisch.

Meine Schwester zählte die Namen an den Fingern her.

«Da war die alte Mrs. Bennet und der Junge mit dem bösen Finger von der Farm, dann Dolly Grice, der du eine Nadel aus dem Finger zogst, dann der amerikanische Steward von dem Dampfer. Warte – das sind vier. Ja, und der alte George Evans mit dem Geschwür. Und zum Schluß...»

Bedeutungsvoll hielt sie inne.

«Nun?»

Triumphierend bereitete sie die Steigerung vor. Sie zischte es in erprobter Art heraus.

«Miss Russell!»

Dann lehnte sie sich in ihrem Stuhl zurück und blickte mich vielsagend an; und wenn Caroline jemand vielsagend anblickt, so ist das unmöglich zu übersehen.

«Ich weiß nicht, was du meinst», fragte ich unaufrichtig. «Weshalb sollte Miss Russell wegen ihres kranken Knies nicht meinen Rat einholen?»

«Ein krankes Knie?» wiederholte Caroline. «Unsinn! Nicht kränker als deines und meines. Sie hatte ganz andere Absichten.»

«Und die wären?»

Caroline mußte zugeben, daß sie das nicht wußte.

«Aber verlaß dich darauf – dahin wollte er gelangen. Mr. Poirot meine ich. Es stimmt etwas nicht mit dieser Frau, und er weiß es.»

«Genau die gleichen Worte gebrauchte Mrs. Ackroyd gestern, als ich mit ihr sprach.»

«Ah», sagte Caroline düster. «Mrs. Ackroyd ist auch so!»

«Wie?»

Caroline lehnte es ab, ihre Bemerkungen zu erläutern. Sie nickte nur mehrmals mit dem Kopf, rollte ihr Strickzeug zusammen und ging in ihr Zimmer, um ihre grell-lila Seidenbluse und das Medaillon anzulegen. Sie nannte das «zum Dinner umkleiden».

Ich blieb sitzen, starrte in die Glut und überdachte Carolines

Worte. War Poirot wirklich mit der Absicht gekommen, etwas über Miss Russell in Erfahrung zu bringen, oder entsprang dies nur Carolines grübelndem Verstand, der alles nach seiner eigenen Auffasung auslegte?

In Miss Russells Benehmen war an jenem Morgen nichts Verdächtiges gewesen.

Ausgenommen...

Ich entsann mich ihrer wiederholten Erwähnung von Betäubungsmitteln, von Giften und Vergiftungen. Aber da steckte nichts dahinter. Ackroyd war nicht vergiftet worden. Dennoch war es seltsam.

Ich hörte Carolines Stimme ziemlich scharf von oben nach mir rufen.

«James, du wirst zu spät zum Dinner kommen.»

Ich legte Kohlen auf das Feuer und ging dann gehorsam hinauf. Es ist immer gut, Frieden im Hause zu haben.

12

Für den Montag war eine nichtöffentliche Untersuchung angesetzt. Ich beabsichtige nicht, ihren Verlauf in allen Einzelheiten zu schildern. Ich wurde über die Todesursache vernommen und über den mutmaßlichen Zeitpunkt der Tat. Die Abwesenheit Ralph Patons blieb nicht unerwähnt, doch wurde sie nicht übermäßig hervorgehoben.

Nachher hatten Poirot und ich eine kurze Unterredung mit Inspektor Raglan. Der Inspektor war sehr ernst. «Es sieht bös aus, Mr. Poirot», meinte er. «Ich bemühe mich, die Dinge unbefangen zu beurteilen. Ich lebe hier, habe Captain Paton oft in Cranchester gesehen und möchte lieber nicht den Schuldigen in ihm vermuten – aber weshalb wagt er sich nicht hervor, wenn er unschuldig ist? Wir haben Beweismaterial, das gegen ihn spricht, doch könnten diese Beweise widerlegt werden. Weshalb gibt er keine Erklärung?»

Hinter den Worten des Inspektors verbarg sich viel mehr, als ich damals wußte. Ralphs Personenbeschreibung war an alle Häfen und Bahnstationen Englands telegrafiert worden. Überall suchte die Polizei nach ihm. Es schien unmöglich, einem solchen Netz zu entschlüpfen. Ralph hatte kein Gepäck und, soviel bekannt war, auch kein Geld.

«Ich kann niemanden ausfindig machen, der ihn in jener Nacht auf dem Bahnhof gesehen hätte», fuhr der Inspektor fort. «Und doch ist er hier gut bekannt, und man sollte annehmen, daß ihn irgend jemand bemerkt haben müßte. Auch aus Liverpool ist nichts zu hören.»

«Sie denken, er ist nach Liverpool gefahren?» fragte Poirot.

«Das liegt doch auf der Hand. Die telefonische Nachricht vom Bahnhof, drei Minuten vor Abgang des Zuges nach Liverpool, muß doch ewas bedeuten.»

«Vielleicht sollte sie uns nur von der richtigen Spur ablenken.»

«Das ist eine Idee», sagte der Inspektor lebhaft. «Glauben Sie wirklich, daß der Anruf so zu erklären ist?»

«Mein Freund», entgegnete Poirot ernst, «ich weiß es nicht. Aber ich will Ihnen folgendes sagen: Ich glaube, sobald wir den Anruf geklärt haben, ist auch das Geheimnis des Mordes gelöst.»

«Mir fällt ein, daß Sie schon einmal etwas Ähnliches andeuteten», bemerkte ich und sah ihn neugierig an.

Poirot nickte.

«Ich komme immer wieder darauf zurück», sagte er ernst.

«Mir scheint es äußerst belanglos», erklärte ich.

«Ich möchte das nicht behaupten», wandte der Inspektor ein, «doch muß ich gestehen, daß meiner Ansicht nach Mr. Poirot zu viel Wert darauf legt. Wir haben bessere Anhaltspunkte. Die Fingerabdrücke auf dem Dolch zum Beispiel!»

«Fingerabdrücke!» rief Poirot. «Vorsicht, Monsieur l'Inspecteur. Vielleicht führen sie zu nichts!»

«Ich verstehe nicht, wie das möglich sein sollte», entgegnete der Beamte. «Vermutlich wollen Sie andeuten, daß es Fälschungen seien? Ich habe zwar gelesen, daß solche Dinge vorkommen, aber mir ist in meiner Praxis dergleichen noch nicht begegnet. Ob nun Fälschungen oder nicht – irgendwohin müssen sie doch führen.»

Poirot zuckte die Achseln.

Nun zeigte uns der Inspektor einige vergrößerte Aufnahmen jener Fingerabdrücke und flocht technische Wendungen wie «Schlingen» und «Windungen» in das Gespräch ein.

«Sehen Sie», sagte er schließlich, durch Poirots gleichgültiges Verhalten gereizt. «Sie müssen doch zugeben, daß diese Abdrücke von jemandem herrühren, der in jener Nacht im Haus war?»

«Selbstverständlich», sagte Poirot und nickte.

«Und ich habe die Fingerabdrücke aller Haushaltsmitglieder, aller, verstehen Sie, von der alten Dame angefangen bis hinunter zum Küchenmädchen.»

«Ich glaube nicht, daß Mrs. Ackroyd sehr erfreut wäre, wenn sie wüßte, daß man sie eine ‹alte Dame› nennt. Sie scheint erhebliche Summen für Schönheitsmittel auszugeben.»

«Und keiner der Abdrücke stimmt mit denen auf dem Dolch überein. Das läßt zwei Möglichkeiten zu: entweder Ralph Paton oder der geheimnisvolle Fremde, von dem der Doktor uns erzählte! Bis wir diese beiden haben...»

«...wird viel kostbare Zeit verlorengegangen sein», fiel ihm Poirot ins Wort.

«Ich verstehe Sie nicht ganz, Mr. Poirot!»

«Sie haben von allen im Haus Fingerabdrücke genommen, sagen Sie», flüsterte Poirot. «Sprechen Sie die volle Wahrheit, Monsieur?»

«Gewiß.»

«Ohne jemanden zu übersehen?»

«Ohne jemanden zu übersehen.»

«Die Lebenden wie die Toten?»

Einen Augenblick sah ihn der Inspektor verblüfft an.

«Sie meinen...»

«Den Toten, Monsieur l'Inspecteur.»

Es dauerte immer noch einige Zeit, bis der Inspektor begriff.

«Ich wollte andeuten», meinte Poirot gelassen, «daß die Fingerabdrücke auf dem Dolchgriff vielleicht von Mr. Ackroyd selbst stammen. Es ist nicht schwer dies festzustellen. Sein Leichnam ist noch in Reichweite.»

«Warum aber? Was sollte das der Sache nützen? Sie wollen doch damit nicht etwa sagen, daß es Selbstmord war, Mr. Poirot?»

«O nein! Meiner Ansicht nach trug der Mörder Handschuhe oder hatte etwas um die Hand gewickelt. Nach dem Stoß ergriff er dann die Hand seines Opfers und schloß sie um den Dolchgriff.»

«Weshalb aber?»

«Um einen verworrenen Fall noch verworrener zu machen.»

«Nun», sagte der Inspektor, «ich will das untersuchen. Wann sind Sie denn auf den Gedanken gekommen?»

«Als Sie so gütig waren, mir den Dolch zu zeigen und meine Aufmerksamkeit auf die Fingerabdrücke zu lenken. Ich weiß nicht viel von Schlingen und Windungen – Sie sehen, ich gestehe meine Unwissenheit offen ein. Aber es fiel mir auf, daß die Lage der Abdrücke etwas merkwürdig war. Ich würde einen Dolch nicht so halten, um zuzustoßen. Wenn aber die rechte Hand über die Schulter nach hinten hochgezogen wird, dann natürlich kann die richtige Lage unschwer hergestellt werden.»

Inspektor Raglan starrte den kleinen Mann an. Gleichmütig entfernte Poirot ein Stäubchen von seinem Rockärmel.

«Nun», schloß der Inspektor, «dies ist auch ein Standpunkt. Ich will der Sache nachgehen, aber seien Sie nicht enttäuscht, wenn nichts dabei herauskommt.»

Er bemühte sich, etwas gönnerhaft zu sprechen. Poirot wartete, bis er weg war. Dann zwinkerte er mir zu.

«Ein andermal», bemerkte er, «muß ich seine Eigenliebe mehr berücksichtigen. Und nun, da wir unter uns sind: Was halten Sie von einer kleinen Familienversammlung?»

Die «kleine Versammlung», wie Poirot sie nannte, fand eine halbe Stunde später statt. Wir saßen rund um den Tisch des Eßzimmers von Fernly. Mr. Poirot obenan wie der Vorsitzende eines Beratungsausschusses. Die Dienerschaft war nicht zugegen, daher waren wir sechs. Mrs. Ackroyd, Flora, Major Blunt, der junge Raymond, Poirot und ich.

Poirot stand auf und verneigte sich.

«Meine Damen und Herren, ich habe Sie aus einem bestimmten Grund hergebeten.» Er hielt inne. «Vor allem möchte ich an Mademoiselle eine besondere Bitte richten.»

«An mich?» fragte Flora.

«Mademoiselle. Sie sind mit Captain Paton verlobt. Wenn irgend jemand sein Vertrauen genießt, so sind Sie es. Ich bitte Sie, falls Sie seinen Aufenthalt kennen, ihn zu überreden, sich hier zu zeigen. Einen kleinen Augenblick» – da Flora den Kopf hob, um zu sprechen –, «sagen Sie nichts, ehe Sie nicht gut überlegt haben, Mademoiselle. Seine Lage wird täglich gefährlicher. Hätte er sich sofort gemeldet, gleichgültig, wie belastend die Tatsachen auch schienen, so hätte er die Möglichkeit gehabt, sie zu widerlegen. Aber dieses Schweigen – die Flucht – was kann das bedeuten? Sicher nur eines – Schuldbewußtsein, Mademoiselle! Wenn Sie wirklich an seine Unschuld glauben, so überreden Sie ihn, zurückzukehren, bevor es zu spät ist.»

Poirot neigte sich vor. «Sehen Sie, Mademoiselle, Papa Poirot bittet Sie darum. Der alte Papa Poirot, der viel weiß und viel Erfahrung hat. Ich würde Sie nie in eine Falle locken, Mademoiselle. Wollen Sie mir nicht vertrauen und mir sagen, wo Ralph Paton sich versteckt?»

«Monsieur Poirot», antwortete sie mit klarer Stimme. «Ich schwöre Ihnen, ich schwöre feierlichst, daß ich keine Ahnung habe, wo Ralph ist, und daß ich weder am Tag des Mordes noch nachher etwas von ihm gehört oder gesehen habe.»

Sie setzte sich wieder. Poirot blickte sie lange schweigend an, dann ließ er seine Hand mit schwerem Schlag den Tisch fallen.

«Gut also», sagte er. «Nun appelliere ich an alle anderen an diesem Tisch. Mrs. Ackroyd, Major Blunt, Doktor Sheppard, Mr. Raymond. Sie alle sind Freunde und Vertraute des Vermißten. Wenn Sie wissen, wo Ralph Paton sich befindet, so sagen Sie es.»

Langes Schweigen. Poirot sah von einem zum anderen. «Ich bitte nochmals», wiederholte er leise, «sagen Sie es.»

Das Schweigen dauerte an, bis endlich Mrs. Ackroyd die Stille brach.

«Ich muß sagen», bemerkte sie klagend, «daß Ralphs Abwesenheit höchst sonderbar ist. Wirklich höchst sonderbar, sich in einem solchen Augenblick zu verstecken. Wirklich, liebe Flora, ein sehr glücklicher Zufall, daß deine Verlobung noch nicht publik gemacht wurde.»

«Mutter!» rief Flora aufgebracht.

«Vorsehung», erklärte Mrs. Ackroyd. «Ich glaube an die Vorsehung – an eine göttliche Macht, die unsere Schicksale bestimmt, wie Shakespeare es so schön sagt.»

«Sie machen doch hoffentlich den Allmächtigen nicht für allzuviel verantwortlich?» fragte Geoffrey Raymond und lachte leicht auf.

Es schien seine Absicht zu sein, die Spannung zu lösen, doch Mrs. Ackroyd warf ihm einen vorwurfsvollen Blick zu und zog ihr Taschentuch.

«Eine Unmenge Unannehmlichkeiten blieb Flora erspart. Nicht, daß ich einen Augenblick lang glaube, daß unser lieber Ralph mit dem Tod des armen Roger etwas zu tun hat. Ich glaube nicht daran. Ich habe ein vertrauensvolles Herz – ich hatte es immer, seit meiner Kindheit. Wir dürfen aber nicht vergessen, daß Ralph als junger Mensch eine Gehirnerschütterung hatte. Die Folgen solcher Erkrankungen zeigen sich oft viel später, sagt man. Solche Leute sind für ihre Handlungen nicht verantwortlich zu machen. Sie verlieren die Beherrschung, ohne etwas dafür zu können.»

«Mutter!» rief Flora noch einmal. «Du glaubst doch nicht, daß Ralph es getan hat?»

«Ich weiß nicht, was ich denken soll», erwiderte Mrs. Ackroyd weinerlich. «Es ist alles so aufwühlend. Was wohl mit dem Besitz geschieht, wenn Ralph für schuldig befunden wird?»

Raymond stieß heftig seinen Stuhl zurück. Major Blunt blieb still und sah sie an.

«Hören Sie», fuhr Mrs. Ackroyd hartnäckig fort, «ich muß sagen, Roger hielt ihn sehr knapp, was Geld anbetrifft – in den besten Absichten natürlich. Ich sehe, ihr seid alle gegen mich, aber ich finde es nun einmal seltsam, daß Ralph sich nicht zeigt, und ich muß sagen, ich bin glücklich, daß Floras Verlobung nicht veröffentlicht worden ist.»

«Das wird morgen geschehen», sagte Flora mit klarer Stimme.

«Flora!» rief ihre Mutter entsetzt.

Flora wandte sich an den Sekretär.

«Bitte, wollen Sie so freundlich sein, die Anzeige in der *Morning Post* und *Times* erscheinen zu lassen, Mr. Raymond?»

«Wenn Sie davon überzeugt sind, daß es klug ist, Miss Ackroyd», antwortete er ernst.

Sie wandte sich plötzlich Blunt zu. «Sie verstehen mich. Was kann ich sonst tun? Wie die Dinge liegen, muß ich zu Ralph stehen. Sehen Sie das nicht ein?»

Sie sah ihn forschend an. Er nickte nach langer Pause.

Mrs. Ackroyd erhob heftigen Einspruch, aber Flora blieb unerschütterlich. Dann sprach Raymond.

«Ich weiß Ihre Gründe zu schätzen, Miss Ackroyd. Aber glauben Sie nicht, daß Sie ein wenig übereilt handeln? Warten Sie noch ein bis zwei Tage!»

«Morgen», wiederholte Flora bestimmt. «Aller Widerspruch ist zwecklos, Mama. Wie ich auch sein mag, meinen Freunden halte ich die Treue!»

«Mr. Poirot!» Mrs. Ackroyd rief ihn weinend zu Hilfe. «Können Sie ihr nicht zureden?»

«Mademoiselle», sagte Poirot, «erlauben Sie einem alten Mann, Sie zu Ihrem Mut und zu Ihrer Überzeugungstreue zu beglückwünschen. Und mißverstehen Sie es nicht, wenn ich Sie bitte – dringend bitte –, die beabsichtigte Ankündigung wenigstens um zwei Tage zu verschieben.»

Flora zögerte.

«Ich bitte Sie in Ralphs Interesse genauso wie in Ihrem eigenen, Mademoiselle. Sie blicken finster. Sie verstehen nicht, wieso das möglich ist. Aber ich versichere Ihnen, daß es sich so verhält. Sie haben den Fall in meine Hände gelegt. Sie dürfen mich jetzt nicht hindern.»

Flora überlegte einige Minuten, ehe sie antwortete. «Ich tue es ungern», sagte sie endlich, «doch ich will mich Ihrem Wunsch fügen.»

«Und nun, meine Damen und Herren», sagte Poirot schnell, «will ich dort fortfahren, wo ich unterbrochen wurde. Verstehen Sie mich richtig, ich will die Wahrheit finden. Die Wahrheit, so häßlich sie auch sein mag, erscheint demjenigen immer schön und erstrebenswert, der auszieht, sie zu suchen. Ich bin schon sehr bejahrt, vielleicht haben meine Kräfte nachgelassen.» Hier erwartete er zweifellos Widerspruch. «Aller Wahrscheinlichkeit nach ist dies der letzte Fall, den ich jemals untersuchen werde. Aber Poirot beendet seine Laufbahn nicht mit einem Mißerfolg. Meine Damen und Herren, ich sage Ihnen, ich will und ich werde die Wahrheit wissen – Ihnen allen zum Trotz.»

Herausfordernd stieß er die letzten Worte hervor, er schleuderte sie uns förmlich ins Gesicht. Ich glaube, wir wichen alle ein wenig zurück. Geoffrey Raymond ausgenommen, der heiter und gelassen blieb wie immer.

«Wie meinen Sie das – uns allen zum Trotz?» fragte er mit leicht emporgezogenen Augenbrauen.

«Aber ganz einfach, Mr. Raymond. Jeder in diesem Raum verbirgt etwas vor mir.» Er hob seine Hand, als leiser Widerspruch vernehmbar wurde. «Jaja, ich weiß, was ich sage. Es mag etwas Unwesentliches sein, aber es ist so. Jeder von Ihnen hat etwas zu verbergen. Sagen Sie nun selbst: habe ich recht?»

Sein herausfordernder, anklagender Blick schweifte um den Tisch, und alle schlugen die Augen vor ihm nieder. Ja, ich tat es auch.

«Sie haben geantwortet», sagte Poirot mit einem eigentümlichen Lachen. Er erhob sich von seinem Stuhl. «Ich wende mich an alle. Sagen Sie mir die Wahrheit – die volle Wahrheit.»

Alle schwiegen. «Will niemand sprechen?»

Er lachte abermals.

«Sehr bedauerlich», sagte er dann und ging aus dem Zimmer.

13

Am gleichen Abend ging ich auf Poirots Aufforderung nach dem Essen zu ihm hinüber. Sichtlich widerstrebend ließ Caroline mich ziehen. Ich glaube, sie hätte mich gern begleitet.

Poirot begrüßte mich auf das freundlichste. Auf einem Tischchen standen eine Flasche irischer Whisky (den ich hasse), eine Flasche Sodawasser und ein Glas für mich.

Für sich braute er Schokolade. Das war sein Lieblingsgetränk, wie ich später merken sollte.

Er erkundigte sich höflich nach meiner Schwester, die er eine sehr interessante Frau nannte.

«Ich fürchte, Sie haben ihr allerhand in den Kopf gesetzt», sagte ich trocken. «Was war das eigentlich am Sonntag nachmittag?»

Er lachte und zwinkerte mit den Augen.

«Ich beschäftige Sachverständige immer gern», meinte er, doch lehnte er es ab, die Bemerkung zu erklären.

«Sie erfuhren jedenfalls den ganzen Lokalklatsch», bemerkte ich, «ob er nun wahr ist oder nicht.»

«Und eine Menge wertvoller Dinge», fügte er ruhig hinzu.

«Zum Beispiel?»

Er schüttelte den Kopf.

«Weshalb sagten Sie mir nicht die Wahrheit?» gab er zurück. «Es war vorauszusehen, daß an einem Orte wie diesem Ralph Patons Tun und Lassen nicht verborgen bleiben konnte. Hätte Ihre Schwester an jenem Tag nicht zufällig den Wald durchquert, so hätte es vielleicht ein anderer getan.»

«Vermutlich», sagte ich mürrisch. «Und was hat Ihr Interesse für meine Patienten zu bedeuten?»

Wieder blinzelte er.

«Nur eine Person interessiert mich, Doktor, nur eine.»

«Die letzte?» fragte ich zögernd.

«Ich finde Miss Russell sehr – interessant», wich er aus.

«Pflichten Sie meiner Schwester und Mrs. Ackroyd bei, daß mit der Frau irgend etwas nicht stimmt?» fragte ich.

«Behaupten die beiden das denn?»

«Ja, hat meine Schwester Ihnen das nicht erzählt?»

«Das ist möglich.»

«Ohne einen Grund hierfür zu haben», erklärte ich.

«Jaja, die Frauen», verallgemeinerte Poirot. «Erstaunlich, wie sie sind! Sie erfinden auf gut Glück, und wunderbarerweise behalten sie manchmal recht. Frauen beobachten, ohne es zu wissen, tausend kleine Einzelheiten; ihr Unterbewußtsein fügt die kleinen Dinge zusammen – und das Endresultat nennen sie Ahnungen. Ich habe große psychologische Erfahrung. Ich kenne das.»

Er blies sich derart auf und sah so komisch aus, daß es mir schwerfiel, mein Lachen zu verbergen. Dann nahm er einen kleinen Schluck Schokolade und wischte sorgfältig seinen Schnurrbart.

«Ich wollte, Sie sagten mir», rief ich, «was Sie wirklich von all dem halten.»

«Das wollen Sie?»

«Ja.»

«Sie sahen, was ich gesehen habe. Sollten wir nicht einer Ansicht sein?»

«Ich fürchte, Sie verspotten mich», antwortete ich förmlich. «Ich habe natürlich keinerlei Erfahrung auf diesem Gebiet.»

Poirot lächelte nachsichtig.

«So will ich Ihnen einen kleinen Vortrag halten. Vor allem muß ein klares Bild dessen geschaffen werden, was sich an jenem Abend ereignete, wobei Sie sich immer vor Augen halten müssen, daß die Person, die spricht, möglicherweise lügt.»

Ich zog die Brauen hoch.

«Ein etwas mißtrauischer Standpunkt.»

«Aber notwendig, versichere ich Ihnen, sehr notwendig. Beginnen wir: Doktor Sheppard verläßt das Haus zehn Minuten vor neun. Woher weiß ich das?»

«Weil ich es Ihnen sagte.»

«Sie sagten aber vielleicht nicht die Wahrheit, oder Ihre Uhr ist nicht richtig gegangen. Parker behauptet allerdings auch, daß Sie zehn Minuten vor neun das Haus verließen. Darum betrachten wir diese Angabe als richtig und fahren fort. Um neun Uhr stoßen Sie genau vor dem Parktor mit einem Mann zusammen – und hier kommen wir zu dem Märchen von dem geheimnisvollen Fremden. Ich sage Märchen. Woher weiß ich, daß es sich wirklich so verhielt?»

«Ich habe es Ihnen gesagt», begann ich wieder, doch Poirot unterbrach mich ungeduldig.

«Ach, wie einfältig sind Sie heute abend, mein Freund. Sie wissen, daß es so ist, doch woher soll ich es wissen? Eh bien, ich bin in der Lage, Ihnen sagen zu können, daß der geheimnisvolle Fremde nicht Ihrer Phantasie entstammt, da das Mädchen von Miss Ganett ihm wenige Minuten vorher begegnet und auch nach dem Weg nach Fernly Park gefragt worden war. Nun machte ich es mir zur Pflicht, mehr über diesen Mann in Erfahrung zu bringen. Er hatte sich kurze Zeit in den ‹Three Boars› aufgehalten, und die Kellnerin sagte, er habe mit amerikanischem Akzent gesprochen. Dann haben wir dies hier, das ich, wie Sie sich erinnern dürften, im Gartenhaus auflas.»

Er hielt mir einen kleinen Federkiel entgegen. Ich betrachtete ihn neugierig. Dann dämmerte in meiner Erinnerung etwas auf, was ich gelesen hatte. Ich glaubte mich zu entsinnen, daß solche Federkiele irgendwie mit Rauschgift zusammenhingen.

Poirot, der mich betrachtete, nickte.

«Ja, Kokain. – Manche Kokainsüchtigen benutzen solche Federn beim Schnupfen des Pulvers. Diese Art, Betäubungsmittel zu nehmen ist jenseits des großen Teiches sehr beliebt. Also noch ein Beweis, falls nötig, daß der Mann aus Kanada oder den Staaten kam.»

«Wie wurde eigentlich Ihre Aufmerksamkeit auf das Gartenhaus gelenkt?» fragte ich neugierig.

«Mein Freund, der Inspektor, nahm es als selbstverständlich an, daß jeder, der zum Haus ging, diesen Pfad als den kürzeren gewählt hätte. Aber auch jeder, der vom Haus zum Gartenhaus wollte, würde sicher diesen Weg eingeschlagen haben. Da nun der Fremde weder am Haupt- noch am Hintereingang gesehen wurde, kann man beinahe mit Sicherheit annehmen, daß er von irgend jemand im Hause erwartet wurde, der ihm entgegengegangen sein muß. Welcher Platz eignet sich aber besser für ein heimliches Zusammentreffen als jenes kleine Gartenhaus? Aus dieser Überlegung heraus durchsuchte ich das Innere und – fand dort eine Feder und ein Stückchen Batist.»

«Und was besagt das Stückchen Stoff?»

Poirot zog die Brauen in die Höhe.

«Sie strengen Ihre kleinen grauen Zellen nicht an», bemerkte er trocken. «Das Stückchen Batist sagt doch viel...»

«Aber mir nicht», rief ich ungeduldig und wechselte das Thema. «Also, Ihrer Meinung nach begab sich der Unbekannte zum Gartenhaus, um dort mit jemandem zusammenzutreffen... Mit wem aber?»

«Das ist die Frage. Sie werden sich erinnern, daß Mrs. Ackroyd und ihre Tochter aus Kanada herüberkamen...»

«Darauf spielten Sie wohl heute an, als Sie mit uns allen auch die beiden bezichtigten, die Wahrheit zu verheimlichen?»

«Vielleicht. Aber jetzt noch etwas anderes. Was halten Sie von der Erzählung der Zofe?»

«Welcher Erzählung?»

«Der Geschichte von ihrer Kündigung. Ist eine halbstündige Auseinandersetzung nötig, um ein Dienstmädchen zu entlassen?

War die Geschichte jener wichtigen Papiere glaubhaft? Und erinnern Sie sich: Obwohl sie angibt, die Zeit von halb zehn Uhr an in ihrem Zimmer verbracht zu haben, gab es niemanden, der diese Behauptung bestätigt hätte.»

«Die Sache wird immer verwickelter.»

«Für mich immer klarer. Aber verraten Sie mir jetzt Ihre Gedanken und Ansichten.»

Ich zog ein Papier aus meiner Tasche.

«Ich habe nur Vermutungen notiert», sagte ich entschuldigend.

«Ausgezeichnet! Sie haben Methode. Lassen Sie hören.»

Ich las ein wenig verlegen vor.

«Vor allem muß man die Dinge logisch betrachten...»

«Genau wie mein armer Hastings immer sagte», unterbrach Poirot.

«Erstens: Um halb zehn Uhr hörte man Mr. Ackroyd mit jemandem sprechen.

Zweitens: Zu irgendeiner Zeit an jenem Abend muß Ralph Paton durch jenes Fenster eingestiegen sein, was durch seine Fußspuren erwiesen scheint.

Drittens: Mr. Ackroyd war an jenem Abend unruhig und würde nur jemand eingelassen haben, den er kannte.

Viertens: Die Person, die um 9.30 Uhr bei Mr. Ackroyd war, bat um Geld. Und wir wissen, daß Ralph Paton sich in Geldverlegenheit befand.

Diese vier Punkte beweisen, daß Ralph Paton mit dem Mann identisch ist, der um halb zehn bei Mr. Ackroyd war. Da wir aber auch wissen, daß Mr. Ackroyd noch um dreiviertel zehn lebte, hat nicht Ralph ihn getötet. Ralph ließ das Fenster offen. Der Mörder stieg dann auf diesem Wege ein.»

«Und wer war der Mörder?» fragte Poirot.

«Der Amerikaner. Er war vielleicht mit Parker im Bunde, und möglicherweise haben wir in Parker den Mann gefunden, der die Erpressung an Mrs. Ferrars verübte. War es so, so mußte Parker genug gehört haben, und der Amerikaner verübte dann das Verbrechen mit dem Dolch, den ihm Parker ausgehändigt hatte.»

«Auch eine Möglichkeit», gab Poirot zu. «Ihre grauen Zellen haben zweifellos Qualität. Doch vieles bleibt noch ungelöst.»

«Was zum Beispiel?»

«Der Anruf, der vorgerückte Lehnstuhl...»

«Scheint Ihnen wirklich dieser letzte Punkt so wichtig?»

«Vielleicht nicht», gab mein Freund zu. «Er mag zufällig vorgezogen worden sein, und Raymond oder Blunt haben ihn vielleicht unbewußt, in der Erregung des Augenblicks, zurückgerückt. Und dann die fehlenden vierzig Pfund...»

«Die dürfte Ackroyd Ralph gegeben haben», warf ich ein.

«Ja, er mag seine ablehnende Haltung revidiert haben. Aber eins bleibt immer noch ungeklärt.»

«Was?»

«Wie konnte Blunt mit solcher Sicherheit behaupten, daß Raymond um neun Uhr dreißig bei Ackroyd gewesen sei?»

«Das hat er uns doch erklärt.»

«Finden Sie? Lassen wir das beiseite. Geben Sie mir statt dessen irgendeinen Grund an, der Patons Verschwinden erklären könnte.»

«Das ist schon etwas schwieriger», versetzte ich langsam. «Aber vielleicht läßt sich vom Standpunkt des Arztes eine Erklärung finden. Ralph muß die Nerven verloren haben. Vielleicht ist er nach einer stürmischen Unterredung mit Mr. Ackroyd noch einmal zurückgekommen, um ihn zu besänftigen, sich zu entschuldigen – was weiß ich –, und findet seinen Onkel ermordet vor. Kühle Überlegung kann man in einem solchen Augenblick nicht erwarten. Flucht ist der erste Gedanke, und so versteckt er sich. Wie oft handeln Menschen so, gebärden sich trotz ihrer Unschuld wie Schuldige!»

«Ja, das ist richtig.» Poirot nickte. «Aber einen sehr wichtigen Punkt dürfen wir nicht unbeachtet lassen.»

«Ich weiß schon, was Sie sagen wollen. Das Motiv! Geld! Der Tod seines Stiefvaters bringt Ralph Paton ein großes Vermögen.»

«*Ein* Grund...?»

«Finden Sie noch mehr?»

«Aber ja. Drei sogar. Erkennen Sie diese denn nicht? Irgend jemand stahl den blauen Briefumschlag mit Inhalt. War es Ralph Paton? Hatte er vielleicht Mrs. Ferrars erpreßt? Wie der Anwalt uns mitteilte, hat der junge Mann in letzter Zeit niemals von seinem Onkel Geld erbeten. Er muß also andere – Einkünfte gehabt haben. Jetzt aber war er wieder in Geldverlegenheit, fürchtete, daß sein Onkel davon erfuhr – der zweite Grund, und schließlich der, den Sie selbst soeben erwähnten.»

«Mein Gott», sagte ich bestürzt, «der Fall sieht sehr bös für ihn aus.»

«Finden Sie?» fragte Poirot. «Darüber sind wir beide nicht gleicher Ansicht. Drei Motive – das ist beinahe zuviel. Ich bin geneigt anzunehmen, daß Ralph Paton schließlich doch unschuldig ist.»

14

Nach dem abendlichen Gespräch, das ich soeben wiedergegeben habe, schien die Angelegenheit in ein neues Stadium zu treten. Das Ganze zerfällt deutlich in zwei grundverschiedene Teile. Der erste erstreckt sich von dem Freitag nacht erfolgten Tode Ackroyds bis zu dem darauffolgenden Montag abend. Er umfaßt den Bericht der Ereignisse, wie er Poirot geboten worden war. Ich wich die ganze Zeit über nicht von seiner Seite. Ich sah, was er sah. Ich versuchte nach Kräften seine Gedanken zu erraten. Wie ich heute weiß, war ich dieser Aufgabe nicht gewachsen. Obwohl Poirot mir alle seine Entdeckungen zeigte, zum Beispiel den goldenen Ehering, behielt er die wesentlichen und doch logischen Anhaltspunkte, die er daraus gewann, für sich.

Wie gesagt, bis Montag abend könnte mein Bericht ebensogut von Poirot stammen. Aber nach diesem Montag trennten sich unsere Wege. Poirot arbeitete auf eigene Faust. Ich erfuhr zwar, was er tat, da man in King's Abbot alles erfährt, aber er zog mich nicht im voraus ins Vertrauen.

Und auch ich ging meinen eigenen Beschäftigungen nach.

Einige Zwischenfälle schienen zu der Zeit unwesentlich und bedeutungslos. So zum Beispiel die Frage der schwarzen Stiefel. Doch davon später... Um aber streng in chronologischer Reihenfolge vorzugehen, muß ich mit Mrs. Ackroyd beginnen.

Sie ließ mich Dienstag am frühen Morgen holen, und da es sehr dringlich zu sein schien, erwartete ich, eine Schwerkranke zu finden.

Die Dame lag zu Bett; dies war das Zugeständnis, das sie der bestehenden Situation machte. Sie reichte mir ihre Hand und bat mich, auf einem Stuhl neben dem Bett Platz zu nehmen.

«Nun, Mrs. Ackroyd», fragte ich, «was fehlt Ihnen?»

«Ich bin erschöpft», sagte Mrs. Ackroyd mit schwacher Stimme, «vollkommen fertig. Das kommt vom Schreck über den Tod des armen Roger. Sofort spürt man das nicht. Die Reaktion kommt erst später.»

Es ist ein Jammer, daß der Arzt aus Berufsrücksichten sehr oft nicht sagen darf, was er denkt. Statt dessen schlug ich ein Beruhigungsmittel vor. Mrs. Ackroyd schien damit einverstanden. Ich glaubte nicht einen Augenblick an ihre sogenannte Krankheit oder Erschöpfung.

«Und dann die gestrige Szene», fuhr meine Patientin fort. Sie hielt inne, als erwarte sie von mir ein Stichwort.

«Welche Szene?»

«Doktor, wie können Sie nur? Haben Sie vergessen? Dieser schreckliche kleine Franzose oder Belgier oder was er sonst sein mag. Uns so etwas zu sagen! Er brachte mich ganz aus der Fassung.»

«Das tut mir leid», sagte ich.

«Ich weiß nicht, was er sich dabei dachte. Ich glaube meine Pflicht so genau zu kennen, daß ich auch nicht im Traum daran dächte, etwas zu verheimlichen. Überdies habe ich der Polizei jede Unterstützung gewährt, die in meiner Macht stand.»

Mrs. Ackroyd hielt inne, und ich sagte: «Gewiß.» Mir stieg eine Ahnung auf, was kommen würde.

«Niemand kann sagen, daß ich mich meiner Pflicht entzogen habe», fuhr sie fort. «Ich bin überzeugt, daß Inspektor Raglan vollkommen zufrieden ist. Warum muß dann der kleine Gernegroß soviel Lärm schlagen? Ein ganz lächerlich aussehender Mensch – genau so, wie die Franzosen in Revuen dargestellt werden. Ich kann nicht verstehen, weshalb Flora darauf bestand, ihn mit dem Fall zu betrauen. Sie hat mir nichts davon gesagt, sie ging einfach hin und handelte auf eigene Faust. Flora ist zu selbständig. Sie hätte mich um Rat fragen sollen.»

Ich hörte mir dies alles schweigend an.

«Was denkt er nun? Das möchte ich wissen. Bildet er sich wirklich ein, daß ich etwas verheimliche? Er – er hat mich gestern geradezu verdächtigt!»

«Das hat sicher keine Bedeutung», entgegnete ich. «Da Sie nichts zu verheimlichen haben, bezog sich, was immer er gesagt haben mag, nicht auf Sie.»

Mrs. Ackroyd suchte nach einem anderen Wege.

«Dienstboten sind so unangenehm. Sie klatschen und tratschen untereinander. Und das wird alles herumgetragen – und meistens ist gar nichts dahinter.»

«Hat die Dienerschaft geklatscht?» fragte ich. «Und worüber?»

Mrs. Ackroyd sah mich scharf an. Es brachte mich beinahe aus dem Gleichgewicht.

«Ich war überzeugt, Doktor, daß Sie es wissen müßten, falls überhaupt jemand es weiß. Sie waren doch immer mit Poirot zusammen, nicht wahr?»

«Ja», gab ich zu.

Sie warf mir einen triumphierenden Blick zu.

«Dann haben Sie auch von jenem Mädchen gehört, Ursula Bourne? Natürlich – sie geht. Sie wird uns aber vorher noch soviel Unannehmlichkeiten bereiten wie möglich. Gehässig, wie sie alle sind. Nun, wenn Sie schon hier sind, Doktor: Sie müssen doch genau wissen, was sie gesagt hat? Schließlich geben Sie doch nicht jede Kleinigkeit an die Polizei weiter, nicht wahr? Manchmal gibt es Familienangelegenheiten ... Aber wenn das Mädchen boshaft ist, kann sie allerhand daraus gemacht haben.»

Ich war scharfsinnig genug, um zu merken, daß sich hinter diesen Ergüssen wirkliche Angst verbarg. Poirots Annahmen erwiesen sich als gerechtfertigt. Von den sechs Leuten, die gestern am Tisch saßen, hatte wenigstens Mrs. Ackroyd etwas zu verbergen. Mir war es vorbehalten, herauszufinden, was dieses «Etwas» war.

«Wenn ich an Ihrer Stelle wäre, würde ich nun reinen Tisch machen.»

Sie schrie leise auf.

«Oh, Doktor, wie können Sie so schroff sein. Es klingt, als ob – und ich kann alles so einfach aufklären.»

«Warum tun Sie es denn nicht?»

Mrs. Ackroyd ergriff ein gefaltetes Taschentuch und wurde rührselig.

«Ich dachte, Doktor, Sie könnten es Mr. Poirot beibringen, es ihm erklären. Ein Fremder kann unseren Standpunkt so schwer verstehen. Niemand kann sich vorstellen, womit ich mich begnügen mußte. Ein Martyrium, ein langes Martyrium ist mein Leben gewesen. Ich sage Toten nicht gern Übles nach, aber es war so. Nicht die kleinste Rechnung ohne genaueste Kontrolle – als hätte Roger nur einige lumpige hundert im Jahr zur Verfügung...»

Mrs. Ackroyd hielt inne, um ihre Augen mit dem gefalteten Taschentuch zu betupfen.

«Ja», sagte ich ermutigend, «Sie sprachen von Rechnungen?»

«Die schrecklichen Rechnungen! Anfangs zeigte ich sie Roger lieber gar nicht. Sie waren für Dinge, die ein Mann niemals versteht. Er würde diese Dinge als unnötig betrachtet haben. Und natürlich wuchsen sie an und kamen immer wieder...»

«Das pflegt bei Rechnungen vorzukommen», pflichtete ich bei.

Ihr Ton änderte sich – wurde zänkisch.

«Ich versichere Ihnen, Doktor, ich wurde zum nervösen Wrack. Ich konnte nicht schlafen. Hatte Herzklopfen. Und dann...»

Ich sah, daß wir jetzt auf schlüpfrigen Boden kamen.

Sie suchte mühsam nach Worten.

«Sehen Sie», fuhr sie leise fort, «das Ganze war eine Frage der testamentarischen Aussichten, nicht wahr? Und obwohl ich natürlich hoffte, daß Roger für mich sorgen würde, wußte ich es doch nicht sicher. Ich dachte, wenn ich nur einen Blick auf eine Abschrift seines Testamentes werfen könnte – nicht, um zu spionieren, sondern nur, um zu wissen, wie ich... hm... disponieren könnte.»

Sie sah zur Seite.

«Nur Ihnen konnte ich das alles erzählen, lieber Doktor», sagte sie hastig. «Ich kann mich darauf verlassen, daß Sie mich nicht falsch beurteilen und die Angelegenheit Mr. Poirot im richtigen Licht darstellen werden. Es war am Freitag nachmittag...» Sie hielt inne und schluckte unsicher.

«Ja», wiederholte ich ermutigend. «Am Freitag nachmittag. Und?»

«Alle waren ausgegangen; wenigstens nahm ich das an. Und ich ging in Rogers Zimmer – ich hatte auch einen wirklichen Grund hinzugehen –, ich meine, es war nichts Heimliches dabei. Als ich die aufgehäuften Papiere auf dem Schreibtisch erblickte, schoß es mir plötzlich wie ein Blitz durch den Kopf: Wer weiß, ob Roger nicht in seiner Schreibtischschublade sein Testament aufbewahrt! Ich bin immer so rasch entschlossen, war auch als Kind schon so. Er hatte seinen Schlüssel unvorsichtigerweise an der obersten Lade steckenlassen.»

«Ich verstehe», half ich weiter. «So durchsuchten Sie den Schreibtisch. Fanden Sie das Testament?»

Mrs. Ackroyd schrie abermals auf, und ich merkte, daß ich nicht diplomatisch genug gesprochen hatte.

«Wie furchtbar das klingt! Aber in Wirklichkeit war es gar nicht so.»

«Oh, gewiß nicht», versicherte ich eilig. «Sie müssen verzeihen, wenn ich mich nicht richtig ausgedrückt habe.»

«Natürlich, Männer sind so geradeheraus. Ich an Rogers Stelle hätte gegen das Bekanntwerden meiner letzten Verfügungen nichts einzuwenden gehabt. Aber Männer haben immer Heimlichkeiten und zwingen uns dadurch, zur Selbstverteidigung nach kleinen Auswegen zu suchen.»

«Und das Ergebnis dieser kleinen Auswege?» fragte ich.

«Das will ich Ihnen eben erzählen. Als ich gerade beim letzten Schubfach war, trat Ursula Bourne ein. Es war äußerst peinlich. Natürlich schloß ich die Lade, stand auf und lenkte ihre Aufmerksamkeit auf ein wenig Staub, der auf der glatten Fläche lag. Doch mir gefiel ihr Blick nicht. Beinahe geringschätzig, wenn Sie wissen, was ich meine. Das Mädchen hat mir nie gefallen. Noch mehr als das. Sie ist mir unangenehm. Sie ist anders als die anderen. Zu gut erzogen, das ist meine Ansicht. Man kann heutzutage nicht mehr unterscheiden, wer eine Dame ist und wer nicht.»

«Und was geschah dann?»

«Nichts. Schließlich kam Roger herein. Er fragte, was los sei, und ich antwortete: ‹Nichts, ich wollte mir nur den *Punch* holen.› Und ich nahm den *Punch* und ging hinaus. Ursula blieb. Ich hörte noch, wie sie Roger fragte, ob sie ihn einen Augenblick sprechen könne. Ich ging sofort auf mein Zimmer, um zu Bett zu gehen. Ich war sehr aufgeregt.»

«Ist das alles?» fragte ich. «Haben Sie mir alles gesagt?»

«J-a», sagte Mrs. Ackroyd. «O ja!»

Mir war ihr sekundenlanges Zögern nicht entgangen, und ich wußte, daß sie noch immer etwas verheimlichte. Ein guter Geist muß mir wohl die Frage eingegeben haben, die ich nun stellte.

«Mr. Ackroyd, ließen Sie den Deckel der Vitrine offen?»

Ihr schuldbewußtes Erröten, das weder Schminke noch Puder verbergen konnte, genügte mir.

«Woher wissen Sie...?» flüsterte sie.

«Sie hatten also vergessen, ihn zu schließen?»

«Ja, ich... es gab dort zwei alte, sehr interessante Silbermünzen. Ich hatte über derlei Dinge gelesen und die Abbildung einer kleinen Münze gesehen, die bei Christie einen ungeheuren Preis erzielt hatte. Sie glich der einen aus der Vitrine. Ich wollte sie nach London mitnehmen, wenn ich hinfahre, und... sie schätzen lassen. Denken Sie nur, welch reizende Überraschung für Roger, wenn sie wirklich so wertvoll wäre!»

Ich enthielt mich jeglichen Kommentars und nahm Mrs. Ackroyds Geschichte hin, wie sie sie darstellte.

«Weshalb ließen Sie den Deckel offen?»

«Ich erschrak», entgegnete sie. «Ich hörte auf der Terrasse Schritte, eilte aus dem Zimmer und erreichte eben das obere Stockwerk, als Parker Ihnen das Haupttor öffnete.»

«Das muß Miss Russell gewesen sein», sagte ich nachdenklich.

Mrs. Ackroyd hatte mir eine äußerst interessante Einzelheit mitgeteilt. Ob ihre Absichten bezüglich Ackroyds Silbermünzen ehrenhaft gewesen waren oder nicht, kümmerte mich nicht. Was mich jedoch interessierte, war die Tatsache, daß Miss Russell den Salon durch die Balkontür betreten haben mußte und daß ich mich also nicht getäuscht hatte, als ich vermutete, sie sei vom schnellen Gehen außer Atem gewesen. Woher war sie aber gekommen? Ich dachte an das Gartenhaus und das weiße Batiststückchen.

«Glauben Sie, daß Sie dies Mr. Poirot verständlich machen können?» fragte sie besorgt.

«O gewiß, vollkommen.»

Endlich gelang es mir fortzukommen. Das Stubenmädchen war

in der Halle und half mir in den Mantel. Ich sah sie diesmal genauer an. Sie hatte offensichtlich geweint.

«Warum haben Sie uns erzählt, daß Mr. Ackroyd Sie am Freitag in sein Arbeitszimmer holen ließ? Eben habe ich erfahren, daß *Sie* ihn um eine Unterredung baten!»

Einen Augenblick lang schlug sie die Augen nieder.

«Ich hatte jedenfalls vor, das Haus zu verlassen», war die leise Antwort.

Ich erwiderte nichts. Sie öffnete mir die Haustür. Als ich hinaustrat, sagte sie plötzlich:

«Verzeihen Sie, Sir, gibt es irgendwelche Nachrichten von Captain Paton?»

Ich schüttelte den Kopf und sah sie prüfend an.

«Er sollte zurückkehren», fuhr sie leise fort. «Wirklich – wirklich, er sollte zurückkommen. Weiß denn niemand, wo er sich aufhält?»

«Wissen Sie es?» fragte ich zurück.

Sie schüttelte den Kopf.

«Nein, wirklich nicht. Ich weiß nichts. Aber irgend jemand, der ihm freundlich gesinnt ist, sollte ihm sagen, daß er zurückkommen müßte.»

Ich zögerte, in der Hoffnung, sie würde vielleicht weitersprechen. Ihre nächste Frage überraschte mich.

«Wann, glaubt man, wurde der Mord verübt? Knapp vor zehn?»

«Das ist Ansichtssache», entgegnete ich. «Zwischen dreiviertel zehn und zehn Uhr.»

«Nicht früher? Nicht vor dreiviertel zehn?»

Ich sah sie sehr aufmerksam an.

«Das steht außer Frage», sagte ich. «Miss Ackroyd hat um dreiviertel zehn ihren Onkel noch lebend gesehen.»

Sie wandte sich ab, und ihre ganze Gestalt schien zusammenzusinken.

Ein hübsches Mädchen, sagte ich mir, als ich heimfuhr. Ein sehr hübsches Mädchen!

Caroline war daheim. Poirot hatte sie besucht; sie war bester Laune und machte sich sehr wichtig.

«Ich helfe ihm bei seinen Nachforschungen», erklärte sie. Mir war ein wenig unbehaglich. Caroline ist jetzt schon ein schwieriger Fall. Wie wird es aber sein, wenn ihre Neigung, Detektiv zu spielen, gefördert wird?

«Suchst du die ganze Nachbarschaft nach Patons geheimnisvollem Mädchen ab?» fragte ich.

«Das tue ich vielleicht aus eigenem Antrieb. Nein, für Mr. Poirot soll ich etwas ganz Besonderes auskundschaften.»

«Was denn?»

«Er will wissen, ob Ralphs Stiefel braun oder schwarz waren», sagte Caroline ungeheuer wichtig.

Ich starrte sie an. Jetzt allerdings sehe ich ein, daß ich hinsichtlich dieser Stiefel unglaublich dumm war.

«Die Schuhe waren braun», sagte ich. «Ich habe sie gesehen.»

«Nicht Schuhe, James, Stiefel. Mr. Poirot möchte wissen, ob ein Paar Stiefel, das Ralph im Hotel hatte, braun oder schwarz war. Es hängt viel davon ab.»

Mag mich beschränkt nennen, wer will: ich verstand das nicht. Caroline meinte, das werde ihr keine Schwierigkeiten bereiten. Die beste Freundin unserer Annie sei Clara, das Mädchen von Miss Ganett. Und Clara war mit dem Stiefelputzer von den «Three Boars» liiert. Die Sache sei die Einfachheit selbst. Und mit Hilfe von Miss Ganett, die bereitwilligst mitwirkte, indem sie Clara Ausgang gewährte, wurde die Angelegenheit mit fliegender Eile durchgeführt.

Als wir uns zum Lunch setzten, bemerkte Caroline mit geheuchelter Gleichgültigkeit:

«Was die Stiefel von Ralph Paton anbelangt...»

«Ja», sagte ich, «was ist damit?»

«Mr. Poirot dachte, sie seien wahrscheinlich braun gewesen. Er hatte unrecht. Sie sind schwarz.»

Und Caroline nickte einige Male. Sie hatte tatsächlich das Gefühl, Poirot übertrumpft zu haben.

Ich antwortete nicht. Ich zerbrach mir den Kopf darüber, was die Farbe eines Stiefelpaares von Ralph Paton für einen Einfluß auf den ganzen Fall haben könnte.

15

An diesem Tage sollte noch ein weiterer Erfolg die Richtigkeit von Poirots Taktik beweisen. Seine Herausforderung war ein geschickter Zug gewesen, welcher der Kenntnis der menschlichen Natur entsprungen war. Angst und Schuldbewußtsein zusammen hatten Mrs. Ackroyd die Wahrheit abgerungen.

Als ich am Nachmittag von einigen Krankenbesuchen heimkam, teilte mir Caroline mit, daß Geoffrey Raymond eben weggegangen sei.

«Wollte er mich nicht sprechen?» fragte ich, während ich in der Halle meinen Mantel ablegte.

Caroline strich um mich herum.

«Er wollte Poirot sprechen», sagte sie. «Er kam hierher, weil Mr. Poirot nicht zu Hause war. Raymond dachte, er sei vielleicht hier oder du könntest ihm sagen, wo er steckt.»

«Ich habe keine Ahnung.»

«Ich versuchte, ihn zum Bleiben zu bewegen», fuhr Caroline fort, «er sagte aber, er wolle es in einer halben Stunde noch einmal versuchen, und ging dann ins Dorf. Sehr schade, denn Mr. Poirot kam wenige Minuten später zurück.»

«Hierher?»

«Nein, nach Hause.»

«Woher weißt du das?»

«Durch das Seitenfenster», sagte Caroline kurz.

Ich dachte, wir hätten den Gegenstand nun erschöpft, doch Caroline war anderer Meinung.

«Gehst du nicht hinüber?»

«Wohin?»

«Zu Poirot natürlich.»

«Wozu, liebe Caroline?» fragte ich.

«Mr. Raymond wollte ihn sehr dringend sprechen», sagte sie. «Du könntest erfahren, worum es sich handelt.»

«Neugier ist nicht meine Gewohnheit», bemerkte ich kühl. «Ich kann sehr angenehm leben, ohne genau zu wissen, was meine Nachbarn tun und denken.»

«Unsinn, James», erwiderte sie. «Du möchtest es ebenso gern

wissen wie ich. Du bist nur nicht so aufrichtig, das ist der Unterschied. Du bist ein Heuchler.»

«Wahrscheinlich, Caroline», gab ich zu und zog mich in mein Arbeitszimmer zurück.

Zehn Minuten später klopfte Caroline an die Tür und trat ein. In ihren Händen hielt sie einen Topf mit Marmelade.

«James», bat sie, «möchtest du nicht dieses Mispelgelee zu Mr. Poirot hinübertragen?»

«Kann Annie das nicht besorgen?»

«Sie bessert Wäsche aus. Ich kann sie nicht entbehren.»

Wir sahen einander an.

«Gut, gut.» Ich erhob mich. «Wenn ich aber dieses scheußliche Ding hinübertrage, gebe ich es nur an der Tür ab. Verstehst du?»

Meine Schwester runzelte die Brauen.

«Natürlich», sagte sie. «Wer hat etwas anderes von dir verlangt? Falls du aber zufällig Mr. Poirot sehen solltest, könntest du ihm über die Stiefel berichten.»

Das war ein überaus geschickter Abschiedsgruß. Ich brannte darauf, das Rätsel der Stiefel zu erfassen. Als die alte Frau mit der bretonischen Haube mir die Tür öffnete, hörte ich mich automatisch fragen, ob Mr. Poirot zu Hause sei.

Der kleine Mann sprang auf und begrüßte mich lebhaft.

«Setzen Sie sich, lieber Freund», sagte er. «In den Lehnstuhl? Dort? Es ist doch nicht zu warm im Zimmer?»

Ich fand, es sei zum Umkommen, doch bezwang ich mich, das nicht zu sagen. Die Fenster waren geschlossen, und im Kamin prasselte ein lustiges Feuer.

«Engländer haben eine Sucht nach frischer Luft», bemerkte Poirot. «Luft ist eine schöne Sache, doch nur im Freien, wo sie hingehört. Was soll sie hier im Haus? Aber lassen wir diese banalen Erörterungen. Sie haben etwas für mich, nicht wahr?»

«Zweierlei», sagte ich. «Erstens: dies – von meiner Schwester.» Ich reichte ihm den Topf mit dem Mispelgelee.

«Wie gütig von Miss Caroline, an ihr Versprechen zu denken! Und zweitens...?»

«Eine nicht unwesentliche Nachricht.»

Und ich berichtete über mein Gespräch mit Mrs. Ackroyd. Er hörte interessiert, aber ohne besondere Erregung zu.

«Es fängt an, sich zu klären», meinte er nachdenklich. «Und dies hat einen gewissen Wert, da es die Aussage der Haushälterin bestätigt. Sie sagte, wie Sie sich erinnern werden, daß sie den Deckel der Vitrine offen vorfand und ihn im Vorübergehen schloß.»

«Was halten Sie von ihrer Behauptung, daß sie in den Salon ging, um nach den Blumen zu sehen?»

«Oh, das haben wir nie sehr ernst genommen, nicht wahr? Es war offenbar nichts als eine in Eile ersonnene Ausrede einer Frau, die es für dringend nötig hielt, ihre Anwesenheit zu rechtfertigen, eine Anwesenheit, die – nebenbei bemerkt – Ihnen wahrscheinlich sonst nie aufgefallen wäre. Ich hielt es nicht für ausgeschlossen, daß ihre Erregung vielleicht mit der Vitrine zu tun hatte; jetzt aber, glaube ich, müssen wir eine andere Ursache dafür finden.»

«Ja», sagte ich. «Wen wollte sie treffen, als sie ausging? Und weshalb?»

«Glauben Sie, daß sie mit jemand zusammentreffen wollte?»

«Ja.»

«Auch ich glaube es», gab er nachdenklich zu.

«Übrigens», begann ich wieder, «soll ich Ihnen eine Nachricht meiner Schwester überbringen. Ralph Patons Stiefel waren schwarz, nicht braun.»

Ich beobachtete ihn scharf, während ich das sagte, und mir schien, als wäre er einen Augenblick lang verwirrt. Doch nur einen Augenblick!

«Weiß sie bestimmt, daß sie nicht braun waren?»

«Bestimmt.»

«Ach!» äußerte Poirot bedauernd. «Das ist aber schade.»

Und er schien ganz niedergeschlagen.

Er gab keine weiteren Erklärungen, sondern wechselte sofort das Thema.

«Wäre es indiskret, zu fragen, wovon an jenem Freitag morgen die Rede war – von medizinischen Einzelheiten abgesehen –, als Miss Russell zu Ihnen kam?»

«Durchaus nicht», sagte ich. «Als der berufliche Teil erledigt war, plauderten wir einige Minuten lang über Gifte, ob sie leicht oder schwer im Körper zu entdecken seien, dann über Rauschgifte...»

«Mit besonderer Erwähnung von Kokain?» unterbrach mich Poirot.

«Woher wissen Sie das?» gab ich einigermaßen überrascht zurück.

Anstatt zu antworten, erhob sich der kleine Mann und durchschritt das Zimmer bis zu einem Tisch, wo Zeitungen aufgestapelt lagen. Er brachte mir ein Exemplar des *Daily Budget* vom letzten Freitag und zeigte mir einen Artikel, der sich mit Kokainschmuggel befaßte.

«Das dürfte Miss Russell auf Kokain gebracht haben, mein Freund», sagte er.

Ich hätte ihn gern weiter befragt, da ich nicht recht verstand, was er meinte, doch öffnete sich in diesem Augenblick die Tür, und Geoffrey Raymond wurde gemeldet.

Frisch und munter wie immer trat er ein.

«Guten Tag, meine Herren! Monsieur Poirot, ich bin heute schon zum zweitenmal hier. Es lag mir viel daran, Sie zu treffen.»

«Wenn ich vielleicht störe...» Ich stand auf.

«Aber gar nicht, Doktor. Ich komme nur, um ein Geständnis zu machen.»

«Wirklich?» fragte Poirot mit höflichem Interesse.

«Eigentlich ohne jede Bedeutung. Aber mein Gewissen drückt mich nun schon seit gestern nachmittag. Sie beschuldigten uns alle, etwas zu verheimlichen, Monsieur Poirot. Ich bekenne mich schuldig. Ich habe etwas auf dem Herzen.»

«Und das wäre?»

«Wie ich schon sagte, ist es recht belanglos. Ich war verschuldet – sehr sogar, und das Legat kam gerade zur rechten Zeit. Fünfhundert Pfund stellen mich wieder auf die Beine, und es bleibt auch noch etwas übrig. Sie wissen, wie es ist. Mißtrauischen Polizisten gegenüber gibt man nicht gern zu, daß man etwa in Geldverlegenheit ist – das erscheint ihnen gleich verdächtig. Da ich aber mit Blunt von dreiviertel zehn an im Billardzimmer war und also ein einwandfreies Alibi besitze, habe ich nichts zu befürchten. Durch Ihre gestrigen Vorwürfe fühlte ich mich aber doch etwas getroffen, und nun bin ich gekommen, um mein Herz zu erleichtern.»

Er stand lächelnd auf.

«Sie sind ein kluger junger Mann», sagte Poirot und nickte ihm lächelnd zu. «Sehen Sie, wenn jemand etwas vor mir geheimhält, vermute ich natürlich etwas – Schlimmes. Sie haben richtig gehandelt.»

«Ich bin sehr froh, daß der Verdacht von mir genommen ist», lachte Raymond. «Ich muß jetzt gehen.»

«So, das war es also?» bemerkte ich, als sich die Tür hinter dem jungen Sekretär geschlossen hatte.

«Ja», sagte Poirot, «eine reine Lappalie – doch wäre er nicht im Billardzimmer gewesen, wer weiß? Schließlich sind schon viele Verbrechen wegen weniger als fünfhundert Pfund verübt worden. Haben Sie einmal darüber nachgedacht, mein Freund, wie viele Menschen aus Ackroyds Tod Vorteil ziehen? Mrs. Ackroyd, Miss Flora, der junge Raymond, Miss Russell, die Haushälterin. Nur einer nicht, nämlich Major Blunt.»

Seine Stimme klang so seltsam, als er diesen Namen nannte, daß ich überrascht aufblickte.

«Ich verstehe Sie nicht recht», warf ich ein.

«Zwei der Leute, die ich anklagte, haben die Wahrheit eingestanden.»

«Sie denken, daß auch Major Blunt etwas zu verbergen hat?»

«Gibt es nicht so eine Art Sprichwörter», bemerkte Poirot gleichgültig, «daß Engländer nur eines geheimhalten – nämlich ihre Liebe? Major Blunt aber – das muß ich sagen – versteht sich schlecht aufs Verheimlichen.»

«Manchmal», begann ich wieder, «frage ich mich, ob wir nicht nach einer Richtung etwas übereilte Schlüsse zogen.»

«Nach welcher?»

«Wir nahmen an, daß Mrs. Ferrars' Erpresser notwendigerweise auch Ackroyds Mörder sein müsse. Könnte dies nicht ein Irrtum sein?»

Poirot nickte energisch.

«Sehr gut, wirklich ausgezeichnet. Ich war neugierig, ob Ihnen dieser Gedanke kommen würde. Aber wir müssen einen Punkt im Auge behalten. Der Brief verschwand. Was, wie Sie sagen, noch immer nicht bedeuten muß, daß der Mörder ihn entwendet hat. Als Sie die Leiche fanden, hat Parker ihn vielleicht entfernt, ohne daß Sie es merkten.»

«Parker?»

«Ja, Parker. Immer wieder komme ich auf Parker zurück. Er hat den Mord nicht begangen. Wie steht es aber mit den Erpressungen an Mrs. Ferrars? Parker kann sehr leicht direkt oder indirekt daran beteiligt gewesen sein.»

«Er könnte den Brief entwendet haben», gab ich zu. «Das Fehlen des Briefes fiel mir erst später auf.»

«Wann ungefähr? Erst nachdem Raymond und Blunt im Zimmer gewesen waren oder vorher?»

«Daran erinnere ich mich nicht», sagte ich langsam. «Ich denke, es war vorher – nein, doch nachher. Ja, ich bin beinahe sicher, daß es nachher war.»

«Das erweitert den Kreis der Verdächtigen auf drei Personen», murmelte Poirot nachdenklich. «Aber Parker ist der wahrscheinlichste. Ich habe vor, ihn auf eine kleine Probe zu stellen. Was meinen Sie, mein Freund, wollen Sie mich nach Fernly begleiten?»

Ich willigte ein, und wir machten uns auf den Weg.

Poirot verlangte Miss Ackroyd zu sprechen, und Flora erschien sofort.

«Miss Flora», begann Poirot, «ich muß Ihnen ein kleines Geheimnis anvertrauen. Ich bin noch nicht ganz von Parkers Unschuld überzeugt. Ich schlage vor, mit Ihrer Hilfe einen kleinen Versuch zu machen. Ich möchte einiges, was er an jenem Abend tat, von ihm wiederholen lassen. Aber wir müssen gut überlegen, was wir verlangen. Halt, ich hab's. Ich möchte mich davon überzeugen, ob Stimmen im Flur von der Terrasse aus zu hören sind. Bitte läuten Sie jetzt nach Parker, wenn Sie so freundlich sein wollen.»

Ich tat es, und sofort erschien der Butler, zuvorkommend wie immer.

«Haben Sie geläutet, Sir?»

«Ja, Parker. Ich möchte einen Versuch machen. Ich habe Major Blunt auf die Terrasse vor das Fenster des Arbeitszimmers geschickt. Ich möchte erproben, ob es von dort aus möglich war, Ihre und Miss Ackroyds Stimme zu hören, während Sie an jenem Abend im Flur miteinander sprachen. Vielleicht holen Sie die Tasse oder was Sie gerade trugen.»

Parker verschwand, und wir traten in den Flur hinaus. Bald darauf hörten wir in der Halle ein feines Klirren, und Parker erschien auf der Schwelle. Er trug ein Servierbrett, auf dem ein Siphon, eine Whiskyflasche und zwei Gläser standen.

«Einen Augenblick», rief Poirot und hob sichtlich erregt die Hand. «Wir müssen alles der Reihe nach machen. Genau wie es sich zutrug. Das ist eine meiner Methoden.»

«Rekonstruktion des Verbrechens nennt man das, nicht wahr, Sir?»

«Ach, er weiß etwas, der gute Parker!» rief Poirot. «Er hat über diese Dinge gelesen. Bitte, wollen wir es jetzt möglichst genau wiederholen. Sie kamen aus der Halle. Mademoiselle standen – wo?»

«Hier», sagte Flora und stellte sich vor die Tür des Arbeitszimmers.

«Ganz richtig, Sir», bestätigte Parker.

«Ich hatte eben die Tür geschlossen», fuhr Flora fort.

«Ja», stimmte Parker bei. «Ihre Hand lag noch auf der Türklinke.»

«Dann los», befahl Poirot, «spielen Sie mir eine kleine Szene vor.»

Flora stand, die Hand auf der Türklinke, während Parker mit seinem Tablett durch die Hallentür trat.

Flora sprach: «Ach, Parker, Mr. Ackroyd wünscht heute nacht nicht mehr gestört zu werden.»

«Ist das so recht?» fragte sie leise.

«Soweit ich mich erinnern kann, ja, Miss», antwortete Parker, «aber ich glaube, Sie sagten damals ‹heute abend› und nicht ‹heute nacht›.» Dann wieder sehr laut und nachdrücklich: «Sehr wohl, Miss. Soll ich jetzt wie gewöhnlich abschließen?»

«Ja, bitte.»

Parker ging durch die Tür. Flora folgte und begann dann die Stufen der Haupttreppe hinaufzusteigen.

«Genügt das?» fragte sie nach rückwärts.

«Ausgezeichnet», rief der kleine Mann und rieb sich die Hände.

«Übrigens, Parker, wissen Sie bestimmt, daß an jenem Abend zwei Gläser auf dem Tablett standen? Für wen war das zweite bestimmt?»

«Ich brachte immer zwei Gläser, Sir», war die Antwort. «Wünschen Sie noch etwas, Sir?»

«Nein, danke sehr.»

Parker zog sich zurück. Er war bis zuletzt würdevoll geblieben.

Flora trat wieder zu uns.

«War Ihr Versuch erfolgreich?» fragte sie. «Ich verstehe nicht ganz...»

Poirot lächelte ihr bewundernd zu.

«Das ist auch nicht nötig», sagte er. «Sagen Sie mir aber bitte, standen an jenem Abend wirklich zwei Gläser auf dem Serviertablett?»

Flora runzelte nachdenklich die Brauen.

«Ich kann mich nicht erinnern», gestand sie. «Ich glaube, es waren zwei. War... war das der Zweck Ihrer Übung?»

Poirot ergriff ihre Hand und streichelte sie.

«Fassen Sie es so auf. Ich interessiere mich immer sehr dafür, ob die Menschen die Wahrheit sagen.»

«Und hat Parker die Wahrheit gesagt?»

«Ich glaube es», sagte Poirot langsam.

Einige Augenblicke später lenkten wir unsere Schritte dem Dorf zu.

«Was meinten Sie mit der Frage nach den zwei Gläsern?» erkundigte ich mich.

Poirot zuckte die Achseln.

«Man muß etwas sagen», bemerkte er, «diese Frage erfüllte ebenso ihren Zweck wie jede andere.»

Ich starrte ihn an.

«Jedenfalls, mein Freund», sagte er ernster, «weiß ich nun etwas, was ich erfahren wollte. Und dabei wollen wir es bewenden lassen.»

16

Am gleichen Abend hatten wir eine kleine Mah-Jongg-Party. Diese besondere Art, Gastfreundschaft zu üben, ist in King's Abbot sehr beliebt. Die Gäste kommen nach dem Abendessen und werden mit schwarzem Kaffee bewirtet, später auch mit Tee, Brötchen und Gebäck. Unsere Gäste waren Miss Ganett und Colonel Carter, der in der Nähe der Kirche wohnt. Bei derartigen Gelegenheiten wird sehr viel geklatscht, und ich war der festen Überzeugung, daß diese Mah-Jongg-Party nur ein Vorwand für Caroline war, die aufregenden Ereignisse der letzten Tage in Ruhe zu behandeln.

«Unfreundliches Wetter», begann der Colonel, der am Kamin lehnte, während meine Schwester Miss Ganett half, sich ihrer vielen Hüllen zu entledigen. «Sehr geheimnisvolle Geschichte mit dem armen Ackroyd... finden Sie nicht auch, Sheppard? Ich habe von Erpressungen munkeln hören... Zweifellos steckt eine Frau dahinter. Verlassen Sie sich darauf, eine Frau hat hier die Hand im Spiel.»

In diesem Augenblick kamen die beiden Damen herein und nahmen Platz.

Miss Ganett sprach dem Kaffee zu, während Caroline das Mah-Jongg-Kästchen auf den Tisch stellte.

«Wollen wir anfangen?» fragte sie.

Wir setzten uns, und ganze fünf Minuten wurde schweigend gespielt.

«Heute vormittag habe ich Flora Ackroyd gesehen», sagte Miss Ganett.

«So?» fragte Caroline. «Wo denn?»

«Mich sah sie nicht.» Miss Ganett sprach mit jenem ungeheuren Nachdruck, wie er nur in kleinen Orten gedeiht.

«Ah...» Caroline war interessiert. «War Flora allein?»

«Aber, liebste Caroline...!» Miss Ganett schüttelte den Kopf.

Die Blicke der beiden Damen trafen sich und schienen einander ausgezeichnet zu verstehen.

«Wirklich?» flüsterte Caroline. «Das stimmt also doch? Nun, mich überrascht es nicht im geringsten.»

«Wir warten auf Sie, Miss Sheppard, Sie sind an der Reihe», brummte Colonel Carter. Er gefällt sich manchmal in der Rolle des Mannes, der nur auf das Spiel erpicht ist und nichts auf Klatsch gibt – allerdings läßt sich niemand dadurch täuschen.

«Was ich noch sagen wollte», fuhr Miss Ganett fort, ohne den nicht unberechtigten Einwurf zu beachten, «Flora hatte Glück, wirklich viel Glück...»

‹Inwiefern?› fragte Carter. «Warum soll Miss Flora Glück gehabt haben?»

«Ich verstehe vielleicht nicht viel von Verbrechen», fuhr sie mit der Miene eines Menschen fort, der alles weiß, was es nur zu wissen gibt, «aber das eine kann ich euch sagen: die erste Frage, die gewöhnlich gestellt wird, lautet: ‹Wer hat den Verstorbenen zuletzt am Leben gesehen?›... Und derjenige wird dann meistens argwöhnisch betrachtet. Flora war die letzte, die ihren Onkel sprach. Das hätte schlimm für sie aussehen können, sehr schlimm sogar; ich glaube, daß Ralph nur ihretwegen verschwunden ist – um den Verdacht von ihr abzulenken...»

«Aber, aber», widersprach ich. «Sie wollen doch nicht andeuten, daß ein junges Mädchen wie Flora ihren Onkel...»

«Na... ich weiß nicht. Kürzlich las ich in einem Buch über die Pariser Unterwelt, daß junge Mädchen mit engelhaften Gesichtern sehr oft Schwerverbrecherinnen sind...»

«Unsinn», bemerkte Caroline sofort, «vielleicht ist dies in Frankreich der Fall, aber nicht bei uns. Ich habe übrigens meine eigene Meinung über Captain Ralph Paton, behalte sie aber vorläufig für mich.»

Um so besser, dachte ich und machte dann den Vorschlag, mit dem Spiel aufzuhören; es war ja doch nur ein Vorwand, um die lieben Dorfbewohner mehr oder weniger liebenswürdig zu kritisieren. Mein Vorschlag wurde denn auch mit nur schwachen Einwendungen angenommen.

«Wir zerbrechen uns hier den Kopf», sagte Miss Ganett, «und ich bin sicher, daß der Doktor, der ja immer mit Mr. Poirot zusammensitzt, genau Bescheid weiß...»

«Keine Rede davon», widersprach ich.

Ich war überzeugt, daß ich wirklich nichts wußte.

«James ist so zurückhaltend», beklagte sich meine Schwester.

«Und ist Poirot wirklich so ein großer Detektiv?» Dies kam von Colonel Carter.

«Der größte, den die Welt jemals sah», behauptete Caroline nachdrücklich. «Er mußte inkognito hierherkommen, um der Öffentlichkeit zu entgehen.»

«Welch eine Ehre für unser kleines Dorf!» rief Miss Ganett. «Wissen Sie übrigens, was Elise, das Küchenmädchen in Fernly, meiner Clara erzählt hat? Eine ganze Menge Geld soll dort gestohlen worden sein, und die Zofe ist in die Sache verwickelt. Sie soll nächtelang weinen und geht Ende des Monats. Das Mädchen war mir immer schon verdächtig, verkehrte mit niemandem, ging immer allein aus. Ich habe sie mal zu unserem Mädchentreffen eingeladen, aber sie lehnte ab... Können Sie sich das denken? Dann fragte ich sie nach ihrer Heimat, ihrer Familie und so weiter, und ich muß gestehen, ihr Benehmen war äußerst ungezogen. Sehr ehrerbietig, aber direkt beleidigend zurückhaltend.»

Miss Ganett schöpfte Atem, Caroline ließ diese Gelegenheit nicht ungenutzt vorübergehen.

«Miss Russell hat an jenem Freitagvormittag James unter irgendeinem Vorwand konsultiert. Meiner Meinung nach wollte sie nur Ausschau halten, wo die Gifte aufbewahrt werden...»

«Aber, aber...», sagte diesmal Miss Ganett.

Caroline antwortete nur mit einem bedeutungsvollen Achselzucken.

«Sie erwähnten vorhin Ralph Paton», fuhr Miss Ganett fort. «Haben Sie eine Ahnung, wo er stecken könnte?»

«Ich glaube, ja.»

Wir alle starrten sie ungläubig an.

«Sehr interessant, Miss Caroline», bemerkte Carter.

Miss Ganett ließ nicht locker.

«Ihr... hm... eigener Gedanke?»

«Nicht ganz. Aber Mr. Poirot blieb neulich vor der großen Karte in der Halle stehen, brummte etwas vor sich hin und erwähnte dann, daß Cranchester die einzige größere Stadt der Umgebung sei. Und da ging mir auf einmal ein Licht auf: Ralph ist in Cranchester!»

«Kann ich mir nicht vorstellen», rief der Colonel. «Liegt zu sehr in der Nähe!»

«Gerade deshalb», beharrte sie. «Man hat festgestellt, daß er nicht mit dem Zug abgereist ist. Er wird ganz einfach zu Fuß nach Cranchester gelaufen sein. Keiner wird auf den Gedanken kommen, daß er sich so nahe von hier aufhält.»

«Merkwürdig», sagte Miss Ganett nachdenklich. «Mr. Poirot fuhr heute nachmittag an mir vorbei. Er kam aus der Richtung von Cranchester.»

«Sehen Sie...» Caroline triumphierte.

«Sie tragen aber wirklich nicht viel zur Bereicherung unseres Wissens bei, Doktor», bemerkte der Colonel gemütlich. «Ein Herz und eine Seele mit dem großen Detektiv – und nicht die geringste Andeutung für uns, was eigentlich vorgeht...»

«Colonel Carter hat recht», fiel meine Schwester ein.

«Du sitzt da wie ein steinerner Gast und sagst nichts.»

«Aber Caroline», verteidigte ich mich, «ich habe tatsächlich nichts zu berichten. Oder vielleicht doch...», fuhr ich leichtsinnig fort. «Was haltet ihr von einem gefundenen Trauring mit dem Buchstaben ‹R› und einem Datum?»

Es war sehr unvorsichtig von mir, das zu sagen.

Ich übergehe die nun folgende Szene. Ich mußte genau beschreiben, wo der Schatz gehoben worden war, und wurde gezwungen, auch das eingravierte Datum anzugeben.

«13. März?» fragte Caroline. «Genau vor sechs Monaten! Aha!»

Aus dem Gewirr erregter Vorschläge und Vermutungen gingen drei Annahmen hervor.

1. Colonel Carter: Ralph ist heimlich mit Flora verheiratet.

2. Miss Ganett: Roger Ackroyd war heimlich mit Mrs. Ferrars verheiratet.

3. Meine Schwester: Roger Ackroyd war heimlich mit Miss Russell verheiratet.

Eine vierte Möglichkeit wurde später noch von Caroline angedeutet, bevor wir zu Bett gingen.

«Mich würde es nicht wundern, wenn Flora und Geoffrey Raymond miteinander verheiratet wären...»

«Dann müßte im Ring wohl ‹G› statt ‹R› stehen», wandte ich ein. «Wie denkst du aber über Hektor Blunt?»

«Unsinn! Ich gebe zu, er bewundert sie und ist vielleicht sogar in sie verliebt. Aber verlaß dich darauf: Ein Mädchen wird sich niemals in einen Mann verlieben, der dem Alter nach ihr Vater sein könnte, wenn ein hübscher, junger Sekretär in der Nähe ist. Vielleicht spielt sie etwas mit dem Feuer. Die jungen Mädchen von heute machen das alle so. Aber eins sage ich dir, James: Flora Ackroyd macht sich nicht das geringste aus Ralph Paton, hat sich nie etwas aus ihm gemacht. Das kannst du mir glauben!»

Und ich glaubte es.

17

Am nächsten Morgen fiel mir ein, daß ich vielleicht ein wenig unbesonnen gewesen war. Allerdings hatte Poirot nicht verlangt, daß ich die Entdeckung des Ringes für mich behalten sollte; andererseits aber hatte er über den Ring nie mehr gesprochen, und soviel ich wußte, war ich der einzige Mensch, der eingeweiht war. Ich fühlte mich schuldig. Wie ein Lauffeuer verbreitete sich die Kunde durch King's Abbot. Ich erwartete jeden Augenblick berechtigte Vorwürfe von Poirot.

Das gemeinsame Begräbnis von Mrs. Ferrars und Roger Ackroyd war für elf Uhr festgesetzt worden. Es war eine traurige und eindrucksvolle Feier. Alle Bewohner von Fernly waren anwesend. Nachher nahm Poirot mich am Arm und lud mich ein, ihn zu begleiten.

«Sehen Sie», sagte er, «wir müssen handeln. Ich möchte mit Ihrer Hilfe einen Zeugen verhören. Wir wollen ihn befragen, wollen ihn derart in die Enge treiben, daß die Wahrheit herauskommen muß.»

«Welchen Zeugen meinen Sie?» fragte ich erstaunt.

«Parker», erwiderte Poirot. «Ich bat ihn heute vormittag, um zwölf Uhr zu mir zu kommen. Er dürfte in diesem Augenblick bereits zu Hause warten.»

«Glauben Sie, daß er Mrs. Ferrars erpreßt hat?»

«Mein Freund, ich will Ihnen nur soviel sagen – ich hoffe, daß er es war.»

Als wir eintraten, erhob sich der Butler ehrerbietig.

«Guten Morgen, Parker», begrüßte ihn Poirot. «Einen Augenblick, bitte.»

Er legte Mantel und Handschuhe ab.

«Erlauben Sie», sagte Parker und sprang hinzu, um ihm behilflich zu sein. Er legte die Kleidungsstücke ordentlich auf einen Sessel neben der Tür. Poirot beobachtete ihn beifällig.

«Danke, lieber Parker», sagte er. «Wollen Sie nicht Platz nehmen? Was ich zu sagen habe, wird vielleicht länger dauern.»

Parker setzte sich.

«Weshalb, glauben Sie, habe ich Sie hierherbitten lassen?»

Parker hüstelte.

«Ich dachte, daß Sie mich privatim einiges fragen wollten, was meinen verstorbenen Herrn betrifft.»

«Sehr richtig», bestätigte Poirot. «Haben Sie Erfahrung in Erpressungen?»

Parker sprang auf.

«Regen Sie sich nicht auf», fuhr Poirot gelassen fort. «Spielen Sie hier nicht die Posse eines ehrlichen, verleumdeten Mannes. Sie wissen doch alles, was es über Erpressung zu wissen gibt, oder nicht?»

«Aber ich verstehe nicht...»

«Warum, mein bester Parker, waren Sie an jenem Abend so darauf erpicht, Mr. Ackroyds Gespräch zu belauschen, nachdem Sie das Wort Erpressung aufgefangen hatten?»

«Ich war ja gar nicht...»

«Wer war Ihr letzter Herr?» fuhr Poirot ihn plötzlich an.

«Mein letzter Herr?»

«Ja, der Herr, bei dem Sie vor Mr. Ackroyd in Diensten standen.»

«Ein Major Ellerby...»

Poirot nahm ihm das Wort aus dem Mund.

«Sehr richtig, Major Ellerby. Der Major nahm gewohnheitsmäßig Betäubungsmittel, nicht? Sie reisten mit ihm. Auf den Bermudas gab es einen Zwischenfall – ein Mann wurde getötet. Major Ellerby war teilweise dafür verantwortlich. Es wurde vertuscht. Aber Sie wußten es. Wie teuer hat Major Ellerby Ihr Stillschweigen erkauft?»

Parker starrte ihn mit offenem Mund an. Er war völlig zusammengebrochen, seine Wangen zitterten.

«Wie Sie sehen, habe ich Erkundigungen eingezogen», sagte Poirot freundlich. «Es ist so, wie ich sage. Sie bekamen als Schweigegeld eine hübsche Summe, und Major Ellerby zahlte weiter, bis er starb. Nun möchte ich von Ihrem letzten Versuch hören.»

Parker starrte ihn noch immer an.

«Leugnen ist zwecklos. Hercule Poirot weiß alles. Es stimmt, was ich über Major Ellerby erzählte, nicht wahr?»

Parker nickte. Sein Gesicht war aschfahl geworden.

«Ich habe aber nichts mit Mr. Ackroyds Tod zu tun!» rief er. «Gott ist mein Zeuge, ich habe es nicht getan – ich habe ihn nicht ermordet!» Er schrie beinahe.

«Mein Freund, ich will Ihnen gern glauben», erwiderte Poirot. «Sie haben nicht die Nerven, nicht den Mut dazu. Aber ich muß die Wahrheit erfahren.»

«Ich will Ihnen die Wahrheit sagen, Sir, alles, was Sie wissen wollen. Es ist wahr, daß ich an jenem Abend zu lauschen versuchte. Ein oder zwei Worte, die ich auffing, erregten meine Neugier. Und daß Mr. Ackroyd ungestört bleiben wollte und sich in so auffallender Weise mit dem Doktor einschloß. Gott weiß, daß alles wahr ist, was ich vor der Polizei ausgesagt habe. Ich hörte das Wort Erpressung, Sir, und...»

«Sie dachten, da könnte auch für Sie etwas abfallen?» fiel Poirot ruhig ein. Er verstand sich wirklich darauf, den Köder auszuwerfen.

«Nun, ja, so war es, Sir. Ich dachte, wenn an Mr. Ackroyd schon Erpressungen verübt wurden, weshalb sollte ich da nicht auch...»

Ein sonderbarer Ausdruck huschte über Poirots Antlitz.

«Hatten Sie schon vor diesem Abend einen Grund, anzunehmen, daß Mr. Ackroyd erpreßt wurde?»

«Nein, wirklich nicht. Es überraschte mich sehr. Ein Gentleman, der in so geordneten Verhältnissen lebte!»

«Was haben Sie gehört?»

«Nicht viel, denn natürlich hatte ich auch meine Pflichten in der Anrichte zu erfüllen. Sooft ich dann zum Arbeitszimmer schlich, war es immer umsonst. Das erstemal kam Herr Doktor Sheppard heraus und hätte mich beinahe auf frischer Tat ertappt, ein andermal ging Mr. Raymond in der gleichen Richtung durch die Halle, und als ich mit dem Tablett kam, befahl mir Miss Flora, wieder fortzugehen.»

Poirot starrte den Mann lange an, und Parker hielt seinem Blick stand.

«Ich hoffe, Sie glauben mir, Sir. Ich habe schon die ganze Zeit gefürchtet, daß die Polizei jene alte Geschichte mit Major Ellerby aufrühren und mich infolgedessen verdächtigen würde.»

«*Eh bien*», sagte Poirot endlich. «Ich bin geneigt, Ihnen zu glauben, doch ich muß Sie um eines bitten – mir Ihr Sparkassenbuch zu zeigen. Sie haben doch eines?»

«Ja, Sir, und ich habe es sogar bei mir.»

Ohne das geringste Zeichen von Bestürzung zog er es aus der Tasche. Poirot ergriff das dünne, grüngebundene Büchlein und überflog die Eintragungen.

«Ach, Sie haben in diesem Jahr für 500 Pfund Schatzanweisungen gekauft?»

«Ja, Sir. Ich habe schon über 1000 Pfund gespart – das Ergebnis meiner Beziehungen zu ... hm ... zu meinem letzten Herrn, Major Ellerby.»

Poirot gab ihm das Buch zurück.

«Es ist gut, Parker. – Ich will annehmen, daß Sie mir die Wahrheit gesagt haben. Wenn nicht – um so schlimmer für Sie, mein Freund.»

Als Parker gegangen war, griff Poirot nochmals nach seinem Mantel.

«Gehen Sie wieder aus?» fragte ich.

«Ja, ich möchte dem guten Dr. Hammond einen kleinen Besuch machen.»

«Glauben Sie Parkers Erzählung?»

«Dem Anschein nach ist sie vollkommen glaubhaft. Falls er nicht ein besonders guter Schauspieler ist, glaubt er wirklich, daß Mr. Ackroyd Erpressern in die Hände gefallen ist.»

«Ja – aber wer...?»

«Ja – wer? Vielleicht erreichen wir durch den Besuch bei Mr. Hammond unser Ziel. Entweder wird Parker vollkommen reingewaschen oder...»

«Oder?»

«Heute vormittag verfalle ich unaufhörlich in die Gewohnheit, meine Sätze unvollendet zu lassen», entgegnete Poirot. «Ich bitte um Nachsicht.»

«Übrigens», stotterte ich verlegen, «muß ich Ihnen ein Geständnis machen. Leider habe ich unachtsamerweise etwas über den Ring ausgeplaudert.»

«Über welchen Ring?»

«Über den Ring, den Sie im Goldfischteich fanden.»

«Ach ja», sagte Poirot und lächelte zufrieden.

«Ich hoffe, Sie sind mir nicht böse? Es war unvorsichtig von mir.»

«Aber nicht im geringsten, lieber Freund, nicht im geringsten. Ich hatte Ihnen keine Verhaltensmaßregeln gegeben. Es stand Ihnen frei, nach Belieben darüber zu sprechen. Ihre Schwester hat das wohl sehr interessiert?»

«Das will ich meinen. Allerlei Vermutungen flatterten auf.»

«Und dabei ist es doch so einfach. Die richtige Erklärung lag doch auf der Hand, nicht?»

«Wirklich?» fragte ich trocken.

Poirot lachte.

«Ein weiser Mann verpflichtet sich zu nichts», bemerkte er. «Nicht wahr? Doch hier sind wir bei Dr. Hammond.»

Der Anwalt war in seinem Büro, und wir wurden sofort vorgelassen. Er erhob sich und begrüßte uns in seiner trockenen, steifen Art.

Poirot steuerte sofort auf unser Ziel los.

«Monsieur, ich brauche gewisse Auskünfte, das heißt, wenn Sie so gut sein wollen, sie mir zu geben. Sie haben, wenn mich nicht alles täuscht, die verstorbene Mrs. Ferrars in King's Paddock vertreten?»

Ich sah, wie die Augen des Anwalts erstaunt aufflammten, ehe sich seine berufliche Reserviertheit wie eine Maske wieder über sein Antlitz legte.

«Gewiß, alle ihre Angelegenheiten gingen durch meine Hände.»

«Ausgezeichnet. Nun, ehe ich überhaupt etwas frage, möchte ich, daß Sie sich die Geschichte anhören, die Doktor Sheppard

Ihnen erzählen wird. Sie haben doch nichts dagegen, das Gespräch wiederzugeben, das Sie am vergangenen Freitag abend mit Mr. Ackroyd führten?»

«Nicht im entferntesten», erwiderte ich und fing sofort mit dem Bericht über jenen seltsamen Abend an.

«Das ist alles», sagte ich, als ich geendet hatte.

«Erpressung», meinte der Anwalt nachdenklich.

«Überrascht Sie das?» fragte Poirot.

Der Anwalt nahm seinen Kneifer ab und polierte ihn sorgfältig.

«Nein», erwiderte er, «ich könnte nicht behaupten, daß ich erstaunt bin. Ich hatte derartiges schon seit längerer Zeit vermutet.»

«Das führt uns zu der Auskunft, um die ich Sie bitten möchte. Wenn irgend jemand uns einen Begriff von den tatsächlich ausbezahlten Summen geben kann, so sind Sie es, Monsieur.»

«Ich sehe keinen Grund, Ihnen diese Auskunft vorzuenthalten», entgegnete Hammond nach einer Weile. «Im Laufe des vergangenen Jahres hat Mrs. Ferrars gewisse Obligationen verkauft, und der hierdurch erzielte Betrag wurde ihrem Konto gutgeschrieben, aber doch nicht wieder angelegt. Da sie über ein großes Einkommen verfügt und seit dem Ableben ihres Gatten sehr zurückgezogen gelebt hat, scheint es fast sicher, daß diese Summen einem bestimmten Zweck zugeführt worden sind. Ich habe sie einmal über diesen Punkt um Auskunft gebeten und erhielt die Antwort, sie sei gezwungen, etliche arme Verwandte ihres Mannes zu unterstützen, worauf ich das Thema fallenließ. Bis heute war ich immer der Meinung, daß das Geld in die Taschen irgendeiner Frau geflossen ist, die Ansprüche an Ashley Ferrars hatte. Nicht im Traum wäre ich darauf gekommen, daß Mrs. Ferrars selbst hineinverwickelt war.»

«Und die Höhe des Betrages?»

«Alles in allem, möchte ich sagen, belief sich die Summe auf zwanzigtausend Pfund!»

«Zwanzigtausend Pfund!» rief ich. «In einem Jahr!»

«Mrs. Ferrars war eine sehr wohlhabende Frau», sagte Poirot trocken. «Und die Strafe, die auf Mord steht, ist nicht gerade erfreulich.»

«Kann ich Ihnen sonst noch dienen?» fragte Dr. Hammond.

«Nein, danke bestens.» Poirot erhob sich. «Verzeihen Sie, daß wir Sie gestört haben.»

Wir gingen, und Poirot begann sofort: «*Eh bien*, wie verhält es sich mit Freund Parker? Wäre er im Besitz von zwanzigtausend Pfund weiter Butler geblieben? Glaube ich nicht. Es ist natürlich möglich, daß er das Geld unter falschem Namen bei einer Bank deponiert hat, doch ich neige eher zu der Ansicht, daß er uns die Wahrheit gesagt hat. Daher bleiben nur Raymond oder – oder Major Blunt.»

«Raymond bestimmt nicht», widersprach ich. «Er hat uns doch reinen Wein eingeschenkt.»

«Ja, er tat wenigstens so.»

«Und was Hektor Blunt betrifft...»

«Ich will Ihnen etwas sagen, was den guten Blunt betrifft», unterbrach Poirot. «Es ist meine Pflicht, Erkundigungen einzuholen, und ich hole sie ein. *Eh bien* – jene Erbschaft, von der er sprach, beläuft sich, wie ich festgestellt habe, auf genau zwanzigtausend Pfund. Was sagen Sie dazu?»

Ich war so bestürzt, daß ich kaum sprechen konnte.

«Das ist unmöglich», stieß ich hervor. «Ein so angesehener Mann wie Blunt...»

Poirot zuckte die Achseln.

«Wer weiß? Zum mindesten ist er ein Mann mit hochfliegenden Plänen. Ich gestehe, ich kann mir ihn kaum als Erpresser vorstellen. Aber es gibt noch eine Möglichkeit, die Sie noch gar nicht in Betracht gezogen haben.»

«Welche?»

«Das Feuer, mein Freund. Ackroyd hat jenen Brief mit Umschlag vielleicht selbst vernichtet, nachdem Sie ihn verlassen hatten.»

«Das scheint mir kaum wahrscheinlich», sagte ich langsam. «Und doch – gewiß, es könnte so gewesen sein. Vielleicht hat er es sich anders überlegt.»

Inzwischen waren wir bei meinem Haus angelangt. Einem plötzlichen Impuls folgend, lud ich Poirot ein, an unserem bescheidenen Mahl teilzunehmen.

Ich dachte, Caroline werde sich freuen, aber Frauen sind nicht so leicht zufriedenzustellen. Es erwies sich nämlich, daß wir

Lammkoteletts zum Lunch hatten, und zwei Koteletts drei Personen vorsetzen zu müssen ist für eine Hausfrau überaus peinlich.

Doch Caroline läßt sich nicht so leicht einschüchtern. Mit bewundernswerter Verlogenheit erklärte sie Poirot, daß sie strenge Vegetarierin sei. Sie erging sich in begeisterten Lobeshymnen über die Vorzüge von Nußkoteletts (die sie, wie ich bestimmt annehme, niemals gekostet hat) und aß mit viel Appetit geröstete Käseschnitten, nicht ohne einige bissige Bemerkungen über den Genuß von Fleisch. Dann, als wir rauchend vor dem Kamin saßen, ging Caroline zum Angriff über.

«Ist Ralph Paton noch immer nicht gefunden?» fragte sie.

Poirot lächelte nachsichtig.

«Ich dachte, Sie hätten ihn vielleicht in Cranchester entdeckt?» sagte Caroline mit nachdrücklicher Betonung.

Poirot sah erstaunt auf.

«In Cranchester? Weshalb gerade in Cranchester?»

«Eines der zahlreichen Mitglieder unseres Detektivkorps sah Sie gestern zufällig in einem Wagen aus Cranchester kommen», bemerkte ich lächelnd.

«Ach so! Nur ein Besuch bei einem Zahnarzt. Ich habe einen bösen Zahn. Ich fahre hin. Gleich schmerzt er weniger. Ich will sofort umkehren. Der Zahnarzt will nicht. Meint, es sei besser, den Zahn zu ziehen. Ich widerspreche. Er besteht darauf. Setzt seinen Willen durch! Und dieser Zahn wird mir nie wieder weh tun.»

Caroline sank zusammen wie ein durchstochener Luftballon. Wir stürzten uns in ein Gespräch über Ralph Paton.

«Ein schwacher Charakter», meinte ich, «aber kein schlechter.»

«Vielleicht», sagte Poirot, «aber wo endet Schwachheit?»

«Sehr richtig», erklärte Caroline. «Nehmen Sie zum Beispiel meinen Bruder James – weich wie Wachs, wenn ich nicht hinter ihm stünde!»

«Meine liebe Caroline», sagte ich gereizt, «kannst du nicht sprechen, ohne anzüglich zu werden?»

«Du bist schwach, James», versetzte Caroline unerschütterlich. «Ich bin acht Jahre älter als du – und ich mache mir gar nichts daraus, daß Mr. Poirot es weiß.»

«Das hätte ich niemals vermutet, Mademoiselle», sagte Poirot und verneigte sich galant.

«Acht Jahre älter. Und ich habe es immer für meine Pflicht gehalten, mich deiner anzunehmen. Der Himmel weiß, in welche Ungelegenheit du sonst geraten wärest.»

«Ich hätte vielleicht eine schöne Abenteurerin geheiratet», sagte ich leise, blickte zur Decke und blies Rauchwolken vor mich hin.

«Abenteurerin!» schnaubte Caroline. «Wenn wir schon von Abenteurerinnen sprechen...»

Sie ließ den Satz unvollendet.

«Nun?» fragte ich etwas neugierig.

«Nichts, aber mir fällt gerade eine ein, die keine hundert Meilen von hier entfernt wohnt.»

Dann wandte sie sich plötzlich Poirot zu.

«James behauptet steif und fest, Sie seien der Ansicht, jemand aus dem Haus habe den Mord verübt. Ich kann nur sagen, Sie haben unrecht.»

«Ich möchte nicht gern unrecht haben», versicherte Poirot. «Das ist nicht – wie nennen Sie das? – mein Metier, mein Beruf.»

«Ich sehe die Tatsachen ziemlich deutlich vor mir», fuhr Caroline fort, ohne Poirots Einwurf zu beachten, «ich erfuhr sie von James und anderen. Soweit ich es beurteilen kann, hätten nur zwei Leute vom Haus Gelegenheit gehabt, den Mord auszuführen: Ralph Paton und Flora Ackroyd.»

«Meine liebe Caroline...»

«Aber James, unterbrich mich nicht immer. Ich weiß, was ich rede. Parker traf sie vor der Tür, nicht wahr? Er hat nicht gehört, wie ihr Onkel ihr gute Nacht sagte. Sie kann ihn also getötet haben.»

«Caroline!»

«Ich sage nicht, daß sie es getan hat, James, ich sage, sie könnte es getan haben. In Wirklichkeit glaube ich sogar, daß Flora nicht einmal einer Fliege etwas zuleide tun könnte. Aber so ist es nun einmal. Raymond und Blunt haben ihr Alibi. Mrs. Ackroyd hat auch eines. Sogar das Frauenzimmer, die Russell, scheint eines zu besitzen – und gut für sie, wenn es so ist. Wer bleibt also? Nur Ralph und Flora. Und Sie können sagen, was Sie wollen, ich glaube nicht, daß Ralph Paton ein Mörder ist. Ein Junge, den wir seit seiner Kindheit kennen!»

Poirot schwieg und blickte den Rauchringen nach, die er in die

Luft blies. Als er aber schließlich sprach, klang seine Stimme so sanft und fern, daß es einen merkwürdigen Eindruck machte. Es entsprach gar nicht seiner gewohnten Art.

«Nehmen wir einen Mann – einen ganz gewöhnlichen Mann. Einen Mann ohne Mordgedanken im Herzen. Doch irgendwo in ihm – tief unten – schlummert eine Art Schwäche. Bisher war sie noch nicht zutage getreten. Vielleicht wird es auch nie geschehen – dann wird er von jedermann geachtet und verehrt zur Grube gefahren. Aber nehmen wir an, daß irgend etwas sich ereignet. Er ist in Schwierigkeiten, oder nicht einmal das. Er mag durch Zufall auf ein Geheimnis stoßen – ein Geheimnis, das für jemanden Leben und Tod umschließt. Sein erster Impuls dürfte sein, es herauszuschreien, seine Pflicht als ehrlicher Bürger zu erfüllen. Da aber meldet sich die Schwäche. Hier gibt es eine Gelegenheit, Geld zu erwerben – viel Geld sogar. Er benötigt Geld, er ersehnt es, und es geht so leicht. Er hat nichts dafür zu leisten, als – zu schweigen. Das ist der Anfang. Das Verlangen nach Geld wächst. Er muß mehr bekommen – immer mehr! Er ist von der Goldgrube berauscht, die sich zu seinen Füßen auftat. Er wird gierig. Und in seiner Gier schießt er über das Ziel hinaus. Man kann einen Mann bedrängen, soviel man will, doch bei einer Frau darf man nicht zu weit gehen. Denn dem Herzen der Frau entspringt die Sehnsucht nach der Wahrheit. Wie viele Gatten, die ihre Frauen betrogen, werden zu Grabe getragen und nehmen ihr Geheimnis mit! Wie viele Frauen, die ihre Männer hintergingen, zerstören ihr Leben dadurch, daß sie diesen selben Männern die Wahrheit ins Gesicht schleudern. Sie waren zu stark bedrängt worden. In einem tollkühnen Augenblick (den sie nachher bereuen werden – das ist selbstverständlich) pfeifen sie auf alle Sicherheit, verlassen den Hafen und schreien die Wahrheit heraus. So, glaube ich, war es in diesem Fall. Der Druck war zu stark. Aber das ist noch nicht alles. Dem Mann, von dem wir sprachen, drohte Entlarvung. Und er ist nicht mehr der Mann, der er – sagen wir, vor einem Jahr – war. Seine sittliche Kraft ist gebrochen. Er ist tollkühn. Er kämpft einen verzweifelten Kampf und ist bereit, jedes Mittel, das ihm in die Hand kommt, zu ergreifen, da Enthüllung für ihn Vernichtung bedeutet. Und darum – hebt er den Dolch!»

Einen Augenblick lang schwieg er. Ich kann den Eindruck seiner Worte nicht beschreiben. Es war etwas an dieser unbarmherzigen Analyse, was uns mit Angst erfüllte.

«Dann», fuhr er sanft fort, «wenn die Gefahr vorüber ist, wird er wieder er selbst, normal und liebenswürdig. Würde es wieder nötig, würde er freilich noch einmal zustoßen.»

Schließlich fuhr Caroline auf: «Sie sprechen von Ralph Paton», sagte sie. «Vielleicht haben Sie recht, vielleicht auch nicht. Sie dürfen aber einen Mann nicht verurteilen, ohne ihn angehört zu haben.»

Laut klang das Telefon. Ich ging in die Halle und nahm den Hörer ab.

«Wie?» fragte ich. «Ja, hier Doktor Sheppard.»

Ich lauschte eine Minute, vielleicht auch zwei. Dann antwortete ich kurz. Nachdem ich den Hörer aufgelegt hatte, ging ich in den Salon zurück.

«Poirot», sagte ich, «in Liverpool ist ein Mann verhaftet worden. Er heißt Charles Kent, und man glaubt, daß er der Unbekannte ist, der am Freitag abend in Fernly vorsprach. Es wird gewünscht, daß ich sofort nach Liverpool komme, um ihn zu identifizieren.»

18

Eine halbe Stunde später saßen Poirot, Inspektor Raglan und ich in dem Zug, der nach Liverpool fuhr. Der Inspektor war sichtlich aufgeregt.

«Dies wird vielleicht etwas Licht in die Erpressungsangelegenheit bringen», sagte er frohlockend. «Nach allem, was ich am Telefon hörte, soll der Kerl ein übler Bursche sein. Nimmt Betäubungsmittel. Es dürfte uns nicht schwerfallen, alles, was wir wissen wollen, von ihm zu erfahren. Wahrscheinlich ist er auch in den Mord verwickelt. Aber weshalb hält sich Paton dann verborgen? Das Ganze ist ein Wirrwarr – weiter nichts. Übrigens, Mr. Poirot, bezüglich der Fingerabdrücke hatten Sie vollkommen recht. Sie stammen von Ackroyd selbst. Ich hatte ursprünglich den gleichen Gedanken, wies ihn aber von mir, da er mir zu unwahrscheinlich vorkam.»

Ich lächelte vor mich hin. Es war so augenfällig, wie Inspektor Raglan sich mühte, den Schein zu wahren.

«Was diesen Mann betrifft», sagte Poirot, «so ist er doch nicht verhaftet?»

«Nein, nur unter Verdacht festgehalten.»

«Und wie verteidigt er sich?»

«Sehr schwach», grinste der Inspektor. «Er ist ein schlauer Vogel.»

Bei unserer Ankunft in Liverpool sah ich überrascht, mit welcher Begeisterung Poirot empfangen wurde. Chefinspektor Hayes, der uns abholte, hatte offenbar eine übertrieben hohe Meinung von seinen Fähigkeiten.

«Nun, da Poirot hier ist, wird es nicht mehr lange dauern», sagte er vergnügt. «Ich dachte, Sie hätten sich zurückgezogen, Monsieur?»

«Das ist auch richtig, mein lieber Hayes, ich hatte mich zurückgezogen. Doch wie langweilig ist so ein Ruhestand! Sie können sich nicht vorstellen, wie einförmig ein Tag nach dem anderen verstreicht!»

«Möglich! Und so kamen Sie hierher, um einen Blick auf unsere neueste Entdeckung zu tun? Ist das Doktor Sheppard? Ich hoffe, Sie werden ihn identifizieren können, Doktor?»

«Das kann ich nicht sagen», versetzte ich unsicher.

«Wie wurden Sie seiner habhaft?» fragte Poirot.

«Wie Sie wissen, war seine Beschreibung bekanntgemacht worden. Allerdings nicht sehr genau, gebe ich zu. Dieser Bursche hat richtig die amerikanische Aussprache und leugnet nicht, an jenem Abend in der Nähe von King's Abbot gewesen zu sein. Erklärt nur immer, was zum Teufel das uns angehe und daß er uns alle in der Hölle schmoren sehen wolle, ehe er irgendeine Frage beantworte.»

«Würden Sie erlauben, daß auch ich ihn sehe?» fragte Poirot.

Der Chefinspektor kniff ein Auge zu.

«Wir sind entzückt, Sie hierzuhaben. Sie dürfen alles machen, was Sie wollen. Inspektor Japp von Scotland Yard fragte erst kürzlich nach Ihnen. Sagte, Sie seien inoffiziell an dem Fall beteiligt. Wo verbirgt sich Captain Paton, können Sie mir das nicht sagen?»

«Ich bezweifle, daß das zum jetzigen Zeitpunkt klug wäre», parierte Poirot großartig, und ich biß mir auf die Lippen, um ein Lächeln zu verbergen.

Der kleine Mann verstand sein Handwerk wirklich gut.

Kurz darauf wurden wir zu dem Gefangenen geführt. Es war ein junger Mann, nicht älter als zwei- oder dreiundzwanzig, groß, schlank, mit leicht schlenkernden Armen und allen Zeichen großer Körperkraft, wenn auch schon etwas verbraucht. Sein Haar war dunkel, und er hatte blaue, verschmitzte Augen, die selten jemandem ehrlich ins Gesicht blickten.

«Also, Kent», begann der Chefinspektor. «Stehen Sie auf. Da sind einige Herren, die Sie besuchen wollen. Kennen Sie einen von ihnen?»

Kent sah uns mürrisch an, antwortete aber nicht. Ich sah, wie seine Blicke über uns hinweggingen und dann zu mir zurückkehrten.

«Nun, Doktor, was sagen Sie?» fragte mich der Chefinspektor.

«Die Größe stimmt», antwortete ich. «Und nach dem allgemeinen Eindruck könnte es der betreffende Mann sein. Mehr kann ich nicht sagen.»

«Was zum Teufel hat dies alles zu bedeuten?» fragte Kent. «Was haben Sie gegen mich? Heraus damit! Was soll ich verbrochen haben?»

Ich nickte mit dem Kopf.

«Er ist es», sagte ich. «Ich erkenne die Stimme.»

«Sie erkennen meine Stimme? Wo glauben Sie die denn schon gehört zu haben?»

«Am letzten Freitag abend vor dem Gittertor von Fernly Park. Sie fragten mich nach dem Weg dahin.»

«So, habe ich das getan?»

«Geben Sie es zu?» fragte der Inspektor.

«Ich gebe gar nichts zu. Nicht eher, bis ich weiß, wessen Sie mich verdächtigen.»

«Haben Sie in den letzten Tagen keine Zeitung gelesen?» fragte Poirot. Er sprach zum erstenmal.

Die Augen des Mannes verengten sich.

«Das ist es also? Ich las, daß ein alter Mann in Fernly ermordet wurde. Wollt ihr mir jetzt diese Tat in die Schuhe schieben?»

«Sie waren an jenem Abend dort», sagte Poirot ruhig.

«Woher wissen Sie das?»

«Daher.» Poirot zog etwas aus der Tasche und hielt es ihm hin. Es war der Gänsekiel, den wir im Gartenhaus gefunden hatten. Bei diesem Anblick verwandelte sich der Ausdruck seines Gesichtes. Er streckte die Hand danach aus.

«Schnee», sagte Poirot nachdenklich. «Nein, nein, mein Freund, er ist leer. Der Federkiel lag genau da, wo Sie ihn an jenem Abend im Gartenhaus fallen ließen.»

Charles Kent blickte ihn unsicher an.

«Sie scheinen höllisch viel zu wissen, Sie kleiner ausländischer Grünschnabel. Vielleicht bedenken Sie aber folgendes: Die Zeitungen behaupten, der alte Herr sei zwischen dreiviertel zehn und zehn Uhr ermordet worden.»

«Ist mir bekannt», stimmte Poirot bei.

«Ja, aber war es wirklich so? Das möchte ich wissen.»

«Der Herr hier wird es Ihnen sagen», antwortete Poirot.

Er wies auf Inspektor Raglan. Dieser zögerte, blickte wie fragend zu Chefinspektor Hayes und dann zu Poirot hinüber und sagte endlich: «Es ist richtig. Zwischen dreiviertel zehn und zehn Uhr.»

«Dann haben Sie kein Recht, mich hier zurückzuhalten», begehrte Kent auf. «Zwanzig Minuten nach neun lag Fernly Park schon weit hinter mir. Sie können im ‹Dog & Whistler› nachfragen. Das ist eine Schenke auf dem Wege nach Cranchester, ungefähr eine Meile von Fernly Park entfernt: Ich schlug dort ein wenig Radau, soweit ich mich erinnere, und es fehlte nicht viel an dreiviertel zehn. Was sagen Sie dazu?»

Inspektor Raglan schrieb etwas in sein Notizbuch.

«Nun?» fragte Kent.

«Erkundigungen werden eingeholt», antwortete der Inspektor. «Wenn Sie die Wahrheit sagen, werden Sie es nicht zu bereuen haben. Was hatten Sie überhaupt in Fernly Park zu suchen?»

«Besuchte jemand.»

«Wen?»

«Das geht Sie nichts an.»

«Halten Sie Ihre Zunge besser im Zaum, mein Lieber», warnte der Chefinspektor.

«Zum Teufel mit der Zunge! Weshalb ich hinging, ist meine Sache. Das ist alles, was darüber zu sagen ist.»

«Sie heißen Charles Kent?» fragte Poirot. «Wo sind Sie geboren?»

Der Mann starrte ihn an, dann begann er zu grinsen.

«Ich bin vollwertiger Brite», sagte er.

«Ja», bemerkte Poirot nachdenklich. «Ich glaube, das sind Sie. Ich denke, Sie kamen in Kent auf die Welt?»

Der Mann starrte ihn an.

«Warum? Wegen meines Namens? Was hat der damit zu tun? Ist ein Mann, weil er Kent heißt, verpflichtet, in jener Grafschaft geboren zu sein?»

«Unter gewissen Umständen kann ich mir denken, daß das so ist», sagte Poirot mit Bedacht. «Unter gewissen Umständen, verstehen Sie?»

Er betonte dies so nachdrücklich, daß die beiden Polizeibeamten erstaunt aufhorchten. Charles Kent dagegen stieg das Blut so sehr zu Kopf, daß ich einen Augenblick lang dachte, er werde Poirot an die Gurgel fahren. Er überlegte es sich jedoch und wandte sich lachend ab.

Poirot nickte befriedigt und zog sich zurück. Die beiden Polizeibeamten folgten ihm.

«Wir wollen diese Angaben überprüfen», bemerkte Raglan. «Ich glaube nicht, daß er lügt. Aber er wird uns erzählen müssen, was er eigentlich in Fernly gesucht hat. Es sieht so aus, als hätten wir unseren Erpresser gefunden. Vorausgesetzt, daß seine Geschichte wahr ist, kann er nichts mit dem Mord zu tun gehabt haben. Er hatte zehn Pfund bei sich, als wir ihn festnahmen, eigentlich eine große Summe. Ich denke, jene vierzig Pfund flossen in seine Tasche – die Nummern der Noten stimmen zwar nicht, aber er wird sie natürlich gewechselt haben. Wahrscheinlich hat Mr. Ackroyd ihm das Geld gegeben, worauf er sich so schnell wie möglich aus dem Staub machte. Was meinen Sie übrigens damit, daß er wohl aus Kent gebürtig ist? Was hat das damit zu tun?»

«Nicht das geringste», erwiderte Poirot freundlich. «Nur ein kleiner Einfall von mir, sonst nichts. Ich ... ich bin berühmt für meine kleinen Einfälle.»

«Wirklich?» fragte Raglan und betrachtete ihn neugierig.

Der Chefinspektor brach in schallendes Gelächter aus.

«Wiederholt hörte ich Inspektor Japp sagen: ‹Poirot und seine kleinen Einfälle!› Zu phantastisch für mich, aber es steckt etwas dahinter!»

«Sie machen sich über mich lustig», lächelte Poirot, «aber das macht nichts. Die Alten lachen manchmal immer noch, wenn den Jungen, Klugen das Lachen schon lange vergangen ist.»

Dann nickte er ihnen zu und trat auf die Straße hinaus.

Wir aßen in einem Hotel. Ich weiß jetzt, daß damals die ganze Sache schon klar enträtselt vor ihm lag. Er hatte die letzte Spur gefunden, die ihn zur Wahrheit führen sollte.

Zu jener Zeit jedoch argwöhnte ich noch nichts. Ich unterschätzte sein Selbstvertrauen und setzte als erwiesen voraus, daß die Dinge, die mir rätselhaft schienen, auch ihn verwirren mußten.

Am rätselhaftesten war mir, was wohl jener Charles Kent in Fernly Park gemacht haben konnte. Wieder und wieder legte ich mir die Frage vor, ohne eine befriedigende Antwort zu finden. Endlich wagte ich einen tastenden Vorstoß. Poirots Antwort kam sofort.

«*Mon ami*, ich glaube nicht, ich weiß.»

«Wirklich?» fragte ich ungläubig.

«Ja, wirklich. Aber Sie würden mich wohl kaum verstehen, wenn ich sagte, er sei an jenem Abend in Fernly gewesen, weil er aus Kent gebürtig ist.»

Ich starrte ihn an. «Das verstehe ich allerdings nicht», sagte ich.

«Ah», erwiderte Poirot mitleidig, «das macht nichts, ich habe aber meine kleinen Vermutungen!»

19

Als ich am nächsten Morgen von meinen Krankenbesuchen heimfuhr, wartete Inspektor Raglan auf mich. Ich hielt, und der Inspektor trat an meinen Wagen.

«Guten Morgen, Doktor. Also, das Alibi scheint zu stimmen.»

«Das Alibi von Charles Kent?»

«Ja, die Kellnerin vom ‹Dog & Whistler›, Sally Jones, erinnerte sich gut an ihn. Griff sofort sein Foto unter fünf anderen heraus. Genau um dreiviertel zehn Uhr kam er, und die Schenke liegt über eine Meile von Fernly Park entfernt. Das Mädchen erklärt, daß er eine Menge Geld bei sich trug. Außerdem überraschte es sie, daß **er seine** Schuhe über die Schultern gehängt trug.»

«Weigert sich der Mann immer noch, über seinen Besuch in Fernly Rechenschaft zu geben?»

«Eigensinnig wie ein Maulesel. Ich sprach heute mit Hayes in Liverpool.»

«Hercule Poirot sagte, er wisse, weshalb Charles Kent an jenem Abend dort war», bemerkte ich.

«So?» sagte der Inspektor lebhaft.

«Ja», fuhr ich boshaft fort, «er behauptet, der Mann sei nur gekommen, weil er aus Kent gebürtig sei.»

Es bereitete mir eine ausgesprochene Freude, meine eigene Verständnislosigkeit weitergeben zu können.

«Nicht ganz richtig im Kopf», meinte Raglan. «Ich vermute das schon seit einiger Zeit. Armer alter Herr, darum mußte er also den Beruf aufgeben und sich hierher zurückziehen! Offenbar ein Familienübel. Er hat einen Neffen, der danebengeraten ist.»

«Ein Neffe von Poirot?» fragte ich sehr erstaunt.

«Ja, hat er mit Ihnen nie darüber gesprochen? Er soll sehr fügsam sein, nur im höchsten Grade närrisch, armer Teufel!»

«Von wem wissen Sie das?»

Wieder glitt ein Grinsen über Inspektor Raglans Gesicht.

«Ihre Schwester, Miss Sheppard, erzählte es mir.»

Caroline ist erstaunlich. Sie ruht nicht, bevor sie nicht jedermanns Familiengeheimnisse kennt. Unglücklicherweise konnte ich ihr nie soviel Anstand beibringen, das Erfahrene für sich zu behalten.

«Steigen Sie ein, Inspektor.» Ich öffnete den Wagenschlag.

«Fahren wir zusammen zu unserem belgischen Freund und teilen ihm die letzten Neuigkeiten mit.»

«Das könnten wir machen. Schließlich – wenn er auch nicht recht bei Trost ist – hat er mir doch einen nützlichen Wink bezüglich jener Fingerabdrücke gegeben. Er hat zwar einen Floh im Ohr, was jenen Kent anbelangt, aber wer weiß – vielleicht steckt doch etwas Brauchbares dahinter.»

Poirot empfing uns mit der ihm eigenen lächelnden Zuvorkommenheit. Er lauschte unserem Bericht und nickte nur ab und zu mit dem Kopf.

«Was sagen Sie nun?» fragte der Inspektor fast schwermütig. «Es ist doch nicht möglich, daß jemand einen Mord begeht und zur gleichen Zeit eine Meile weit entfernt in einer Schenke sitzt.»

«Wird man ihn freilassen?»

«Ich wüßte nicht, was wir sonst tun könnten. Wir können ihn doch nicht unter dem Vorwand zurückhalten, daß er sich unter falschen Vorspiegelungen Geld verschafft hat!»

«Wenn ich an Ihrer Stelle wäre», widersprach Poirot, «würde ich Charles Kent noch nicht entlassen.»

«Was meinen Sie damit?»

«Was ich sage. Ich würde ihn noch nicht entlassen.»

«Sie glauben doch nicht, daß er irgend etwas mit dem Mord zu tun hat?»

«Ich denke, daß der Mord ihn vermutlich nichts angeht – man weiß es aber nicht sicher.»

«Aber erzählte ich Ihnen nicht eben...»

Poirot hob abwehrend die Hand.

«*Mais oui, mais oui*. Ich habe gut gehört. Ich bin glücklicherweise weder taub noch blöd! Aber sehen Sie, Sie gehen die Sache unter falschen Voraussetzungen an.»

Der Inspektor blickte ihn verständnislos an.

«Ich weiß nicht, was Sie zu dieser Annahme veranlaßt. Sehen Sie, wir wissen, daß Ackroyd um dreiviertel zehn Uhr noch lebte. Das geben Sie doch zu, nicht?»

Poirot sah ihn einen Augenblick lang lächelnd an, dann schüttelte er den Kopf.

«Ich gebe nichts zu, was nicht bewiesen ist.»

«Nun, wir haben doch genügend Beweise dafür. Wir haben Miss Floras Aussagen.»

«Daß sie ihrem Onkel gute Nacht wünschte? Ich – ich glaube nicht immer alles, was ein junges Mädchen mir erzählt; nein, nicht einmal, wenn es schön und liebenswürdig ist.»

«Aber, zum Teufel, Sir. Parker sah sie doch aus der Tür treten...»

«Nein.» Poirots Stimme klang plötzlich sehr scharf.

«Das eben sah er nicht. Ich überzeugte mich davon durch die kleine Komödie, die ich neulich veranstaltete. Sie erinnern sich doch, lieber Doktor? Parker sah sie vor der Tür, mit der Hand auf der Klinke. Er sah sie nicht aus dem Zimmer kommen.»

«Aber – wo könnte sie denn sonst gewesen sein?»

«Vielleicht oben auf der Treppe.»

«Oben?»

«Ein kleiner Einfall von mir!»

«Aber diese Treppe führt doch nur zu Mr. Ackroyds Schlafzimmer.»

«Ganz richtig.»

Der Inspektor starrte ihn noch immer an.

«Sie glauben also, daß sie im Schlafzimmer ihres Onkels gewesen ist? Und wennschon! Weshalb sollte sie das zu verheimlichen suchen?»

«Das ist eben die Frage! Es hängt davon ab, was sie dort tat, nicht wahr?»

«Sie meinen – das Geld? Zum Kuckuck, Sie werden doch nicht behaupten wollen, daß Miss Ackroyd jene vierzig Pfund genommen hat?»

«Ich behaupte gar nichts», erwiderte Poirot. «Aber ich möchte Sie an folgendes erinnern: Für Mutter und Tochter war das Leben nicht sehr leicht. Rechnungen über Rechnungen kamen, und es gab beständig Unannehmlichkeiten. Roger Ackroyd war sehr eigen in Geldangelegenheiten. Das Mädchen wußte sich vielleicht einer verhältnismäßig kleinen Summe wegen nicht zu helfen. Stellen Sie sich selbst vor, was vielleicht geschah. Sie hat das Geld genommen und steigt die Treppe herab. Auf halbem Weg hörte sie aus der Halle Gläserklirren. Sie bezweifelt keinen Augenblick, was es ist – Parker kommt auf das Arbeitszimmer zu. Entdeckt man den Verlust des Geldes, so erinnert er sich sicher daran, daß sie jene Treppe heruntergekommen war. Es bleibt ihr gerade noch soviel Zeit, an die Tür des Arbeitszimmers zu eilen und die Hand auf die Klinke zu legen, um den Anschein zu erwecken, daß sie eben herausgekommen sei. Sie sagt das erstbeste, was ihr einfällt – eine Wiederholung von Roger Ackroyds früherem Auftrag –, und geht dann auf ihr Zimmer.»

«Ja, aber später muß sie doch eingesehen haben, wie unendlich wichtig es war, die Wahrheit zu sagen! Die ganze Sache dreht sich ja darum.»

«Nachher», sagte Poirot trocken, «war es ein wenig schwierig für Miss Ackroyd. Es wurde ihr nur mitgeteilt, daß ein Diebstahl verübt worden sei. Selbstverständlich zieht sie daraus den Schluß, daß der Diebstahl des Geldes entdeckt ist. Sie hat jetzt nur den einen Gedanken, bei ihrer Aussage zu bleiben. Als sie erfährt, daß ihr Onkel tot ist, wird sie von panischem Schrecken erfaßt. Junge Damen fallen heutzutage nicht ohne schwerwiegenden Anlaß in Ohnmacht. *Eh bien*, das ist es eben. Sie muß entweder bei ihrer Erzählung bleiben oder alles gestehen. Und ein junges, hübsches Mädchen gibt nicht gern zu, eine Diebin zu sein – besonders in Gegenwart desjenigen, dessen Achtung sie sich unbedingt erhalten möchte.»

Raglan schlug mit der Faust auf den Tisch.

«Das glaube ich nicht», sagte er. «Das ist – zu unwahrscheinlich. Und Sie – Sie wußten das die ganze Zeit?»

«Die Möglichkeit zog ich von allem Anfang an in Betracht», gab Poirot zu. «Ich war immer überzeugt, daß Miss Flora etwas vor uns verbarg. Um mich aber zu vergewissern, machte ich neulich jenes kleine Experiment, von dem ich Ihnen erzählte. Dr. Sheppard war dabei.»

«Ein Prüfstein für Parker sollte es sein, sagten Sie damals», bemerkte ich bitter.

«Mein Freund», entschuldigte sich Poirot. «Ich sagte auch, man müsse irgend etwas sagen.»

Der Inspektor erhob sich.

«Da bleibt nur eines zu tun übrig», erklärte er. «Wir müssen die junge Dame überrumpeln. Wollen Sie mich nach Fernly begleiten, Mr. Poirot?»

Poirot war sofort einverstanden.

«Gewiß. Doktor Sheppard wird uns in seinem Wagen hinbringen.»

Ich war einverstanden.

Als wir nach Miss Ackroyd fragten, wurden wir in das Billardzimmer geführt. Flora und Hektor Blunt saßen auf der langen Fensterbank.

«Guten Morgen, Miss Ackroyd», begann der Inspektor. «Könnten wir einige Worte mit Ihnen allein sprechen?»

Blunt erhob sich sofort und schritt zur Tür.

«Was wünschen Sie?» fragte Flora gereizt. «Gehen Sie nicht, Major Blunt. Er darf doch bleiben, nicht wahr?» bat sie den Inspektor.

«Das hängt von Ihnen ab», war die trockene Antwort. «In Ausübung meines Amtes muß ich einige Fragen an Sie richten, doch würde ich es lieber unter vier Augen tun, und ich darf wohl annehmen, daß auch Sie das vorziehen dürften.»

Flora blickte ihn durchdringend an. Ich sah, wie sie erbleichte. Dann wandte sie sich an Blunt.

«Ich möchte, daß Sie bleiben – bitte – ja. Ich meine es wirklich. Was immer der Inspektor mir zu sagen haben mag: Sie sollen es hören.»

Raglan zuckte die Achseln.

«Nun, wenn Sie es so haben wollen, läßt sich das nicht ändern. Also, Miss Ackroyd, Mr. Poirot machte eine sehr bestimmte Andeutung. Er behauptet, Sie seien an jenem Freitag nicht im Arbeitszimmer gewesen, Sie hätten Mr. Ackroyd nie gesehen, um ihm gute Nacht zu wünschen, sondern seien die Treppe von Ihres Onkels Schlafzimmer heruntergekommen, als Sie Parker in der Halle hörten.»

Floras Blick suchte Poirot. Er nickte ihr zu.

«Mademoiselle, als wir neulich um den runden Tisch saßen, beschwor ich Sie, aufrichtig zu mir zu sein. Was Papa Poirot nicht gesagt wird, findet er heraus. So war es doch, nicht wahr? Sehen Sie, ich will es Ihnen leichtmachen. Sie haben das Geld genommen?»

«Das Geld?» fragte Blunt scharf.

Alle schwiegen.

Dann richtete sich Flora auf.

«Monsieur Poirot hat recht. Ich habe das Geld genommen. Ich habe gestohlen. Ich bin eine Diebin – ja, eine gewöhnliche Diebin. Jetzt wissen Sie es. Ich bin froh, daß es heraus ist. – Es hat die ganze Zeit über wie ein Alp auf mir gelastet.» Sie sank plötzlich zusammen und barg ihr Gesicht zwischen den Händen. Beinahe flüsternd fuhr sie fort: «Sie wissen nicht, was für ein Leben ich hatte, seit ich hierher kam. Immer Pläne schmieden, immer lügen, immer betrügen müssen, dann die einlaufenden Rechnungen und die Mahnungen, sie zu bezahlen ... Oh! Ich muß mich selbst hassen, wenn ich an all dies denke. – Onkel brachte uns einander näher, Ralph und mich. Beide waren wir schwach. Ich verstand ihn, und er tat mir leid – weil ich genauso heruntergekommen war wie er. Wir sind beide nicht stark genug, um allein durchhalten zu können, wir sind schwache, verächtliche Menschen.»

Sie sah Blunt an und stampfte plötzlich mit dem Fuß. «Warum sehen Sie mich so an, als könnten Sie es nicht glauben? Ich mag eine Diebin sein – jedenfalls aber bin ich jetzt aufrichtig. Ich lüge nun nicht mehr. Ich behaupte nicht mehr, das Mädchen zu sein, das Ihnen gefallen kann, jung, schlicht und unschuldig. Es liegt mir nichts daran, wenn Sie mich nie mehr wiedersehen wollen. Ich hasse mich, ich verachte mich – aber eines müssen Sie mir glauben: Hätte die Wahrheit Ralphs Lage verbessert, so hätte ich längst gesprochen. Ich sah aber während der ganzen Zeit, daß es Ralph nichts nützen, sondern seine Lage nur noch verschlimmern konnte.»

«Ralph», sagte Blunt. »Ich verstehe – immer wieder Ralph!»

«Sie verstehen gar nichts», rief Flora hoffnungslos. «Sie werden nie verstehen.»

Sie wandte sich an den Inspektor.

«Ich gebe alles zu. In meiner Geldnot wußte ich mir keinen Rat. Ich habe meinen Onkel nach dem Abendbrot nicht mehr gesehen. Was das Geld betrifft, so können Sie jeden Schritt unternehmen, der Sie gut dünkt. Es kann nicht schlimmer werden, als es ist.»

Plötzlich brach sie wieder zusammen, bedeckte ihr Gesicht mit beiden Händen und lief hinaus.

«So», sagte der Inspektor niedergeschlagen, «das ist es also.»

Blunt trat vor.

«Inspektor Raglan», begann er ruhig. «Mr. Ackroyd gab mir jenes Geld zu einem bestimmten Zweck. Miss Ackroyd hat es nie berührt. Wenn sie jedoch das Gegenteil behauptet, so lügt sie in der Absicht, Captain Paton zu decken. Ich bin bereit, meine Aussage zu beschwören.»

Er verneigte sich steif und wandte sich der Tür zu.

Poirot war wie ein Blitz hinter ihm her.

«Einen Augenblick, Monsieur!»

«Ja – bitte?»

Blunt war sichtlich ungeduldig.

«Ihr kleines Märchen täuscht mich nicht. Nein, wirklich nicht. Miss Ackroyd hat das Geld genommen. Nichtsdestoweniger ist das, was Sie sagten, gut erfunden – es gefällt mir. Sie sind ein Mann, der rasch denkt und rasch handelt.»

«Ihre Meinung interessiert mich wenig», entgegnete Blunt kalt.

Er wollte weitergehen, doch Poirot, der durchaus nicht beleidigt schien, hielt ihn am Arm zurück.

«Nein! Sie müssen mich anhören. Ich bin noch nicht fertig. Ich sprach neulich vom Verheimlichen. Nun, all die Zeit sah ich, was Sie verbergen wollen. Sie lieben Miss Flora. Machen Sie sich nichts daraus, daß ich es so geradeheraus sage – weshalb wird in England von Liebe nur wie von einem schmachvollen Geheimnis gesprochen? Sie lieben Miss Flora. Sie bemühen sich, dies vor aller Welt zu verbergen. Das ist richtig, so soll es auch sein. Aber hören Sie auf den Rat, den Hercule Poirot Ihnen gibt – verbergen Sie es nicht vor Flora selbst.»

Blunt hatte seine Ungeduld deutlich merken lassen, während Poirot sprach, doch bei den letzten Worten hörte er aufmerksam zu.

«Was wollen Sie damit sagen?» fragte er schroff.

«Sie denken, daß Sie Ralph Paton liebt ... Doch ich, Hercule Poirot, sage Ihnen, daß das nicht stimmt! Mademoiselle Flora nahm Captain Patons Werbung an, um ihrem Onkel zu gefallen und weil sie in dieser Heirat einen Ausweg sah, ihrem jetzigen Leben zu entrinnen. Sie mochte ihn gut leiden, und sie verstanden einander. Aber Liebe – nein! Captain Paton ist nicht der Mann, den Mademoiselle liebt!»

«Was, zum Teufel, wollen Sie damit sagen?»

«Sie waren blind, Monsieur! Blind! Sie ist eine treue Freundin, die Kleine! Ralph Paton wird verleumdet, und sie hält es für ihre Ehrenpflicht, sich zu ihm zu bekennen.»

Ich hielt es für angebracht, daß auch ich ein Wort einfügte, um das Gelingen des guten Werkes zu fördern.

«Meine Schwester sagte erst neulich, daß Miss Flora sich nicht das geringste aus Ralph Paton mache. Weder jetzt noch in Zukunft. Und meine Schwester behält in solchen Dingen immer recht.»

«Meinen Sie wirklich...», begann Blunt und hielt inne.

Er gehört zu jenen verschlossenen Menschen, denen es schwerfällt, ihre Gedanken in Worte zu fassen.

Poirot weiß nichts von solcher Unfähigkeit.

«Wenn Sie mir nicht glauben, fragen Sie sie selbst, Monsieur. Aber vielleicht liegt Ihnen nichts mehr daran – nach jener Geldaffäre.»

Blunt gab einen Laut von sich, der wie ärgerliches Lachen klang.

«Sie denken, das könnte mich beeinflussen? Roger war in Geldsachen immer ein wunderlicher Kauz. Sie geriet in eine Klemme und wagte nicht, es ihm zu sagen. Armes Kind! Armes, einsames Kind!»

Poirot blickte nachdenklich nach dem Seitenausgang.

«Ich glaube, Miss Flora ist in den Garten gegangen.»

«Ich bin in jeder Beziehung ein Narr gewesen», sagte Blunt plötzlich. «Sie sind ein ganzer Kerl, Poirot. Ich danke Ihnen.»

Er ergriff Poirots Hand und drückte sie so heftig, daß der sich vor Schmerzen wand.

«Nicht ein Narr in jeder Beziehung», murmelte Poirot, während er seine schmerzende Hand liebevoll streichelte. «Nur in einer Beziehung – in der Liebe!»

20

Inspektor Raglan war sehr verstimmt.

«Das ändert alles, wirklich alles. Ich weiß nicht, ob Ihnen das klar ist, Monsieur Poirot?»

«Ich denke schon», antwortete Poirot. «Ich vermute es schon seit einiger Zeit.»

«Und jetzt die Alibis», fuhr Raglan fort. «Alle wertlos! Vollkommen wertlos! Müssen von neuem beginnen, müssen herausfinden, was jeder ab halb zehn Uhr tat. Halb zehn – an diesen Zeitpunkt müssen wir uns halten. Sie hatten bezüglich jenes Kent vollkommen recht – wir werden ihn vorläufig nicht freilassen. Einen Augenblick mal – um 9.40 Uhr war er im ‹Dog & Whistler›. In einer Viertelstunde konnte er hingekommen sein, wenn er eilig lief. Es ist also nicht unmöglich, daß er es war, den Mr. Raymond mit Ackroyd sprechen und um Geld bitten hörte. Eines ist allerdings klar: Die telefonische Nachricht kann nicht von ihm gekommen sein. Der Bahnhof liegt eine Meile entfernt in der entgegengesetzten Richtung, und bis ungefähr zehn Minuten nach zehn war Kent in jener Schenke. Zum Kuckuck mit dem Telefonanruf! Immer kommen wir auf ihn zurück. Was kann es nur für eine Bewandtnis damit haben?»

«Sie haben recht», stimmte Poirot zu. «Eine merkwürdige Sache.»

Wir langten in diesem Augenblick vor meinem Hause an, und ich eilte zu meinen Patienten, die schon eine hübsche Weile warteten. Poirot und der Inspektor liefen weiter.

Nachdem der letzte Patient gegangen war, schlenderte ich in jenes kleine Zimmer hinten im Haus, das ich meine Werkstatt nenne – ich bin sehr stolz auf meine selbstgebauten Apparate. Caroline haßt den Raum, denn Annie darf sich mit Staubwedel und Besen dort nicht austoben.

Ich war eben dabei, das Innere eines Weckers instand zu setzen, als die Tür geöffnet wurde und Caroline den Kopf hereinsteckte.

«Oh, da bist du, James», knurrte sie. «Monsieur Poirot möchte dich sprechen.»

«Gut», sagte ich etwas nervös, da ihr plötzliches Erscheinen mich so erschreckt hatte, daß mir ein feines Rädchen des Triebwerkes aus der Hand fiel. «Er kann hierherkommen.»

Caroline rümpfte die Nase und zog sich zurück. Dann führte sie Poirot herein und schlug die Tür krachend hinter sich zu.

«Ja, mein Freund», sagte der kleine Mann und kam händereibend näher, «wie Sie sehen, werden Sie mich nicht so leicht los.»

«Alles erledigt?»

«Vorläufig ja. Und Sie, sind Sie mit Ihren Patienten fertig?»

«Ja.»

Poirot nahm Platz, sah mir zu und neigte den eiförmigen Kopf zur Seite, wie jemand, der einen köstlichen Scherz genießt.

«Sie irren», meinte er schließlich. «Sie werden noch einen Patienten vornehmen müssen.»

«Doch nicht etwa Sie?» rief ich erstaunt.

«Ach nein, nicht mich. Ich – ich erfreue mich ausgezeichneter Gesundheit. Nein, ich will Ihnen die Wahrheit gestehen, es ist ein kleines Komplott von mir. Ich möchte jemanden sprechen, verstehen Sie; gleichzeitig finde ich es aber nicht nötig, daß das ganze Dorf sich darüber den Kopf zerbricht, was unweigerlich geschehen würde, wenn man die Dame in mein Haus treten sähe – denn es ist eine Dame. Aber bei Ihnen war sie schon als Patientin. Ich sandte ihr ein paar Zeilen und bat sie um eine Zusammenkunft in Ihrem Haus. Sie sind mir doch nicht böse?»

«Im Gegenteil», erwiderte ich. «Das heißt, vorausgesetzt, daß ich der Unterredung beiwohnen darf.»

«Aber natürlich! In Ihrem eigenen Behandlungszimmer!»

«Weshalb sind Sie eigentlich so begierig, Miss Russell zu sprechen?»

Poirot zog die Brauen in die Höhe.

«Das ist doch einleuchtend», meinte er.

«Da haben wir es wieder», brummte ich. «Ihnen leuchtet alles ein, aber mich lassen Sie im dunkeln tappen.»

Poirot schüttelte freundlich den Kopf.

«Sie spotten über mich. Nehmen Sie zum Beispiel die Sache mit Miss Flora. Der Inspektor war überrascht, aber Sie – Sie waren es nicht.»

Ich dachte ein wenig nach.

«Vielleicht haben Sie recht», gab ich schließlich zu. «Ich fühlte, daß Flora etwas verheimlichte, daher traf mich die Wahrheit nicht völlig unerwartet. Aber den armen Raglan hat es schon sehr angegriffen.»

«Allerdings! Der arme Mann muß alle seine Ansichten umstellen. Ich habe seinen Gemütszustand übrigens ausgenutzt und ihn veranlaßt, mir einen kleinen Gefallen zu erweisen.»

«Und?»

Poirot zog ein Blatt Papier aus der Tasche. Es standen einige Worte darauf, die er laut vorlas.

«‹Seit einigen Tagen fahndet die Polizei nach Captain Ralph Paton, dem Stiefsohn von Mr. Ackroyd auf Fernly Park, der Freitag unter so tragischen Umständen ums Leben kam. Captain Paton wurde in Liverpool verhaftet, als er sich gerade nach Amerika einschiffen wollte.› Dies, mein Freund, wird morgen in den Zeitungen stehen.»

Ich starrte ihn verblüfft an.

«Aber – aber das ist doch nicht wahr! Er ist doch nicht in Liverpool.»

Poirot lachte mich an.

«Sie haben eine rasche Auffassungsgabe! Nein, er wurde nicht in Liverpool gefunden. Inspektor Raglan war auch sehr abgeneigt, diese Notiz der Presse zu übergeben. Da ich ihm aber versicherte, daß die Veröffentlichung sehr interessante Ergebnisse zeitigen würde, gab er schließlich nach.»

«Ich zerbreche mir den Kopf darüber», sagte ich endlich, «was Sie davon erwarten.»

«Sie sollten Ihre kleinen grauen Zellen gebrauchen», versetzte Poirot ernst.

Er erhob sich und trat an meine Werkbank heran.

«Die Technik scheint wirklich Ihre große Leidenschaft zu sein», sagte er, nachdem er meine Basteleien besichtigt hatte.

Jeder hat sein Hobby. Ich lenkte Poirots Aufmerksamkeit auf mein selbstgebautes Funkgerät und zeigte ihm noch einige meiner kleinen Erfindungen – unbedeutende Dinge, die sich jedoch im Hause sehr bewähren.

«Mir scheint», sagte Poirot, «Sie hätten Erfinder werden sollen. Aber ich höre die Glocke – das ist gewiß Ihre Patientin.»

Er hatte recht.

«Guten Morgen, Mademoiselle», begrüßte Poirot sie. «Wollen Sie nicht Platz nehmen? Doktor Sheppard ist so gütig, mir sein Zimmer zu einer kleinen Unterredung mit Ihnen zur Verfügung zu stellen.»

Miss Russell setzte sich. Falls sie innerlich erregt war, offenbarte sich dies in keiner Weise.

«Sie wünschen?» begann sie. «Ihre Aufforderung, hierherzukommen, hat mich – etwas überrascht.»

«Miss Russell, ich habe eine Nachricht für Sie.»

«Wirklich?»

«Charles Kent ist in Liverpool verhaftet worden.»

In ihrem Gesicht zuckte kein Muskel. Sie öffnete kaum merklich die Augen etwas weiter und fragte zurückhaltend: «Was – interessiert mich das?!»

In diesem Augenblick fiel es mir wie Schuppen von den Augen. Die Ähnlichkeit, die mich so lange verfolgt hatte – das Vertraute in dem selbstbewußten Wesen von Charles Kent! Die beiden Stimmen, die eine rauh und roh, die andere sorgsam beherrscht – sie hatten die gleiche Klangfarbe. Es war Miss Russell, an die ich in jener Nacht vor dem Gartentor von Fernly Park erinnert worden war.

Ich blickte Poirot an, und er nickte mir unmerklich zu.

«Ich dachte, es würde Sie interessieren, sonst nichts.»

«Wer ist übrigens Charles Kent?» fragte Miss Russell.

«Der Mann, Mademoiselle, der in der Mordnacht in Fernly war.»

«Wirklich?»

«Glücklicherweise hat er ein Alibi. Um drei Viertel zehn war er in einer Schenke, eine Meile von hier.»

«Gut für ihn», bemerkte sie.

«Wir wissen jedoch immer noch nicht, was er in Fernly wollte – zum Beispiel, wen er dort besuchte.»

«Leider kann ich Ihnen da nicht behilflich sein», entgegnete die Haushälterin höflich. «Ich weiß nichts davon. Wenn das alles ist . . .»

Sie versuchte aufzustehen, doch Poirot hielt sie zurück.

«Das ist noch nicht alles», fuhr er ruhig fort. «Heute früh bekam die Sache eine neue Wendung. Es hat jetzt den Anschein, als wäre

Mr. Ackroyd nicht um drei Viertel zehn Uhr ermordet worden, sondern früher. Zwischen zehn Minuten vor neun, als Doktor Sheppard wegging, und drei Viertel zehn.»

Ich sah, wie die Farbe aus ihrem Gesicht wich, wie sie totenblaß wurde. Sie neigte sich vor, ihre Gestalt schwankte.

«Aber Miss Ackroyd sagte – Miss Ackroyd sagte...»

«Miss Ackroyd hat bereits zugegeben, daß sie log. Sie hat das Arbeitszimmer den ganzen Abend nicht betreten.»

«Und...»

«Somit hätten wir in jenem Charles Kent den Mann gefunden, den wir suchen. Er kam nach Fernly, kann nicht Rechenschaft darüber ablegen, was er dort getan hat...»

«Ich kann Ihnen sagen, was er dort getan hat. Er hat Mr. Ackroyd kein Haar gekrümmt und ist überhaupt nie in die Nähe des Arbeitszimmers gekommen. Er hat es nicht getan, das sage ich Ihnen.»

Sie neigte sich vor. Ihre eiserne Selbstbeherrschung war endlich gebrochen. Schrecken und Verzweiflung spiegelten sich in ihrem Gesicht.

«Monsieur Poirot! Monsieur Poirot! Bitte, glauben Sie mir!»

Poirot stand auf und ging auf sie zu. Er klopfte ihr beruhigend auf die Schulter.

«Aber ja, gewiß will ich Ihnen glauben. Ich mußte Sie nur zum Sprechen bringen.»

Einen Augenblick lang regte sich ihr Mißtrauen.

«Ist das auch wahr, was Sie sagen?»

«Daß jener Charles Kent des Verbrechens bezichtigt wird? Ja, das ist wahr. Sie allein können ihn retten, wenn Sie den Grund für seine Anwesenheit in Fernly angeben.»

«Er kam, um mich zu sehen.» Sie sprach mit leiser, eiliger Stimme.

«Ich ging ihm entgegen...»

«In das Gartenhaus, ja, das weiß ich.»

«Woher wissen Sie das?»

«Mademoiselle, es ist der Beruf von Hercule Poirot, alles zu wissen. Ich weiß, daß Sie an jenem Abend schon früher ausgegangen waren und daß Sie im Gartenhaus eine Botschaft zurückließen, die besagte, um welche Zeit Sie hinkommen wollten.»

«Ja, das tat ich. Er hatte mir Nachricht gegeben, daß er kommen werde. Ich wagte nicht, ihn in das Haus zu lassen. Ich schrieb an die von ihm bezeichnete Adresse, daß ich ihn im Gartenhaus treffen wollte, und beschrieb es ihm genau. Dann fürchtete ich, daß er vielleicht nicht warten werde, und lief hinaus, um dort Nachricht zu hinterlassen, daß ich erst zehn Minuten nach neun kommen könne. Ich wollte vermeiden, daß die Dienerschaft mich sah, deshalb schlüpfte ich durch die Balkontür des Salons. Als ich zurückkam, begegnete mir Doktor Sheppard. Mein Atem ging schnell, so hastig war ich gelaufen. Ich hatte keine Ahnung, daß er an jenem Abend zum Dinner erwartet wurde.»

«Fahren Sie fort», sagte Poirot. «Sie gingen also zehn Minuten nach neun hinaus, um ihn zu treffen. Was sprachen Sie miteinander?»

«Das ist nicht so leicht zu...»

«Mademoiselle», unterbrach sie Poirot, «in dieser Angelegenheit muß mir die volle Wahrheit gesagt werden. Was Sie uns erzählen, braucht nie über diese vier Wände hinauszugelangen. Doktor Sheppard wird verschwiegen sein, und ich bin es auch. Sehen Sie, ich will Ihnen doch helfen. Jener Charles Kent ist Ihr Sohn, nicht wahr?»

Sie nickte. Tiefe Röte war ihr in die Wangen geschossen.

«Niemand wußte es bisher. Es war vor langer, langer Zeit – unten in Kent. Ich war nicht verheiratet...»

«Darum gaben Sie ihm den Namen der Grafschaft als Familiennamen. Ich verstehe.»

«Ich habe gearbeitet. Ich brachte es fertig, für seinen Unterhalt zu sorgen. Ich habe ihm nie gesagt, daß ich seine Mutter bin. Aber er geriet auf die schiefe Bahn, trank und nahm Rauschgift. Ich ermöglichte ihm die Überfahrt nach Kanada. Fast zwei Jahre lang hörte ich nichts von ihm. Dann fand er irgendwie heraus, daß ich seine Mutter bin. Er schrieb und verlangte Geld. Schließlich gab er Nachricht, er sei wieder im Lande. Er wolle mich in Fernly besuchen, schrieb er. Ich durfte ihn nicht ins Haus lassen. Ich hatte einen so guten Ruf. Wenn irgend jemand etwas davon erfahren hätte, wäre es um meine Stellung geschehen gewesen. Also schrieb ich ihm in der eben erwähnten Weise.»

«Und am Morgen frragten Sie Doktor Sheppard um Rat?»

«Ja, ich wollte erfahren, ob es nicht eine Hilfe gebe. Er war kein schlechter Junge – bevor er sich an das Gift gewöhnte.»

«Ich verstehe», sagte Poirot. «Fahren Sie fort. Kam er dann am Abend in das Gartenhaus?»

«Ja, er wartete bereits auf mich. Er war sehr grob und anmaßend. Ich hatte mein ganzes Geld mitgebracht und gab es ihm. Wir sprachen nur wenig, und dann ging er fort.»

«Um welche Zeit war das?»

«Es dürfte zwischen 20 und 25 Minuten nach neun gewesen sein. Es war noch nicht halb zehn, als ich wieder das Haus erreichte.»

«Welchen Weg ging er?»

«Genau den gleichen, den er gekommen war – den Pfad, der neben der Pförtnerwohnung in die Auffahrt mündet.»

«Und Sie, was haben Sie dann getan?»

«Ich ging in das Haus zurück. Major Blunt spazierte rauchend auf der Terrasse auf und ab, deshalb machte ich einen Umweg und ging herum an den Seiteneingang. Es war genau halb zehn.»

Poirot nickte wieder. Er notierte einiges in einem kleinen Büchlein.

«Ich denke, das wäre alles.»

«Muß ich . . .» Sie zögerte. «Muß ich das alles Inspektor Raglan erzählen?»

«Vielleicht wird es nötig sein. Vorläufig aber wollen wir nichts übereilen. Gehen wir langsam, ordnungsgemäß und methodisch vor. Charles Kent ist formell noch nicht wegen Mordes angeklagt. Es können noch Umstände eintreten, die Ihre Erzählung überflüssig machen.»

Miss Russell erhob sich.

«Ich danke Ihnen vielmals, Monsieur Poirot», sagte sie. «Sie waren sehr gütig – wirklich sehr gütig zu mir. Sie . . . Sie glauben mir doch, nicht wahr? Daß Charles nichts mit diesem furchtbaren Mord zu tun hat?»

«Es steht unzweifelhaft fest, daß der Mann, der um halb zehn mit Mr. Ackroyd in der Bibliothek sprach, unmöglich Ihr Sohn gewesen sein kann. Seien Sie guten Mutes, alles wird noch gut werden.»

«Das ist es also?» forschte ich. «Immer wieder kommen wir auf

Ralph Paton zurück. Wie fanden Sie heraus, daß Charles Kent gerade Miss Russell treffen wollte? War Ihnen die Ähnlichkeit aufgefallen?»

«Schon lange hatte ich sie mit dem Unbekannten in Verbindung gebracht, ehe ich ihn persönlich sah. Gleich nachdem wir den Federkiel gefunden hatten, der auf einen Kokainsüchtigen schließen ließ, entsann ich mich Ihres Berichtes über Miss Russells Besuch bei Ihnen. Dann fand ich im Morgenblatt den Artikel über Kokain. Jetzt schien mir alles sehr klar. Sie hatte am Vormittag von jemandem gehört, der gewohnheitsmäßig Betäubungsmittel nahm, sie las den Artikel in der Zeitung und kam zu Ihnen, um einige tastende Fragen zu stellen. Sie erwähnte Kokain, weil der Artikel gerade von diesem Rauschgift handelte. Dann, als Sie sich zu interessiert zeigten, wich sie eiligst von dem Thema ab. Ich vermutete gleich einen Sohn oder Bruder oder sonst irgendeinen unerwünschten männlichen Verwandten. Doch nun muß ich gehen. Es ist Essenszeit.»

«Nehmen Sie den Lunch mit uns», schlug ich vor.

Poirot schüttelte den Kopf und zwinkerte mit den Augen.

«Nein, heute nicht. Ich möchte Miss Caroline nicht zwei Tage hintereinander zu vegetarischer Diätkost zwingen.»

Es gab wirklich nicht viel, das Hercule Poirot entging.

21

Caroline hatte selbstverständlich Miss Russell kommen sehen. Ich hatte dies vorausgeahnt und einen umständlichen Bericht über ihr krankes Bein vorbereitet. Aber Caroline war nicht in der Stimmung, Kreuzverhöre anzustellen. Ihr Standpunkt war, daß sie genau wisse, weshalb Miss Russell wirklich gekommen sei, während ich keine Ahnung davon hätte.

«Um dich auszufragen, James», sagte Caroline. «Um dich auf schamlose Weise auszufragen, daran besteht für mich kein Zweifel. Es hat keinen Zweck, mich zu unterbrechen. Ich darf wohl behaupten, daß du es nicht einmal gemerkt hast. Männer sind doch so einfältig! Sie weiß, daß du Mr. Poirots Vertrauen genießt, und sie möchte etwas auskundschaften. Weißt du, was ich denke, James?»

«Das kann ich mir nicht vorstellen. Du denkst so vielerlei.»

«Wozu der Spott? Ich denke, Miss Russell weiß viel mehr über Mr. Ackroyds Tod, als sie zugeben will.»

Caroline setzte sich triumphierend in ihrem Sessel zurecht.

«Meinst du das wirklich?» fragte ich zerstreut.

«Wie langweilig du heute wieder bist, James. Gar kein Leben ist in dir. Das kommt von deiner Leber.»

Die von Poirot inspirierte Notiz erschien am nächsten Morgen in unserer Tageszeitung.

Ihr Zweck war mir völlig unklar, doch der Eindruck auf Caroline war ganz ungeheuer.

«Armer Junge, so haben sie ihn doch erwischt. James, ich halte es für deine Pflicht, alles in Bewegung zu setzen, damit er nicht gehenkt wird.»

«Was soll ich tun?»

«Nun, du bist doch Arzt, nicht? Du kennst ihn doch von Kindesbeinen an. Nicht zurechnungsfähig. Von dieser Seite mußt du die Sache angehen, das ist klar. Ich las erst neulich, daß sie im Zuchthaus Broadmoor ganz glücklich sind. Es ist dort fast wie in einem Klub.»

Carolines Worte erinnerten mich an etwas.

«Ich wußte übrigens gar nicht, daß Poirot einen schwachsinnigen Neffen hat», sagte ich neugierig.

«Nicht? Oh, er hat mir alles darüber erzählt. Armer Teufel. Er ist der große Kummer der ganzen Familie. Sie behielten ihn bisher zu Hause, doch verschlimmert sich sein Leiden immer mehr. Sie werden ihn wahrscheinlich in einer Anstalt unterbringen müssen.»

«Mir scheint, du weißt jetzt schon so ziemlich alles, was Poirots Familie betrifft», unterbrach ich sie.

«Ja, so ziemlich», sagte Caroline mit Behagen. «Es ist den Leuten so eine Erleichterung, sich über ihre Sorgen aussprechen zu können.»

«Möglich», erwiderte ich, «wenn sie es aus eigenem Antrieb tun dürfen. Ob es sie aber besonders freut, wenn die vertraulichen Mitteilungen von ihnen erpreßt werden, ist eine andere Frage.»

Caroline sah mich mit dem Ausdruck eines Märtyrers an, dem sein Märtyrertum Glück bedeutet.

«Du bist so verschlossen, James», sagte sie. «Es widerstrebt dir, dich auszusprechen, und du denkst, jeder müsse dir gleichen. Ich hoffe, ich habe noch von niemandem vertrauliche Mitteilunten erpreßt. Falls zum Beispiel Mr. Poirot heute nachmittag herüberkommt, was er in Aussicht gestellt hat, so wird es mir nicht im Traum einfallen, ihn zu fragen, wer heute früh am Morgen bei ihm eingetroffen ist.»

«Ganz früh am Morgen?» fragte ich.

«Sehr zeitig», sagte Caroline. «Noch ehe die Milch kam. Ich blickte eben aus dem Fenster. Es war ein Mann. Er kam in einem geschlossenen Auto und war völlig vermummt. Ich konnte keinen Schimmer seines Gesichtes erhaschen. Aber ich will dir meine Ansicht sagen, und du wirst sehen, daß ich recht habe.»

«Was ist deine Ansicht?»

Caroline dämpfte geheimnisvoll ihre Stimme.

«Ein Sachverständiger», hauchte sie.

«Ein Sachverständiger?» wiederholte ich verblüfft. «Aber liebe Caroline, was für ein Sachverständiger denn?»

«Achte auf meine Worte, James. Du wirst sehen, daß ich recht habe. Jenes Frauenzimmer, die Russell war heute vormittag da, um nach deinen Giften zu sehen. Roger Ackroyd kann an jenem Abend leicht durch Gift in seinen Speisen umgekommen sein.»

«Unsinn», lachte ich. «Er wurde von hinten erstochen. Du weißt das ebensogut wie ich.»

«Nach dem Tod, James», sagte Caroline, »um auf eine falsche Spur zu lenken.»

«Mein liebes Kind, ich habe den Leichnam untersucht und ich weiß, was ich behaupte. Jene Wunde entstand nicht nach dem Tod – sie war die Todesursache, da ist kein Irrtum möglich.»

Es war interessant, Caroline zu beobachten, als Poirot nachmittags wirklich kam. Meine Schwester stellte die Frage nach dem geheimnisvollen Gast auf vielfältig verhüllte Weise. An Poirots Augenwinkern erkannte ich, daß er die Absicht merkte. Er blieb jedoch vollkommen unzugänglich und parierte ihre Angriffe so erfolgreich, daß sie in Verlegenheit kam, wie sie fortfahren solle. Nachdem er das kleine Spiel genügend genossen hatte, erhob er sich und schlug einen Spaziergang vor.

«Ich muß etwas für meine Figur tun», erklärte er. «Kommen Sie mit, Doktor? Und vielleicht gibt uns Miss Caroline dann später eine Tasse Tee?»

«Mit Vergnügen», sagte Caroline. «Möchten Sie nicht vielleicht auch Ihren Gast mitbringen?»

«Sie sind zu gütig», sagte Poirot. «Aber mein Freund ruht sich noch aus. Sie werden bald seine Bekanntschaft machen.»

«Ein alter Freund von Ihnen, wie jemand erzählte.» Caroline versuchte einen letzten, tapferen Vorstoß.

«So, wurde Ihnen das erzählt? Nun müssen wir aber gehen.»

Wir wanderten Richtung Fernly. Ich hatte im voraus vermutet, daß es so sein werde. Ich fing an, Poirots Methode zu erfassen. Jede noch so kleine Belanglosigkeit bezog sich auf das Ganze.

«Ich habe einen Auftrag für Sie, mein Freund», sagte er endlich. «Ich möchte heute abend bei mir zu Hause eine kleine Besprechung abhalten. Sie werden doch kommen, nicht wahr?»

«Gewiß», sagte ich.

«Gut. Ich brauche alle Beteiligten – das soll heißen: Mrs. Ackroyd, Miss Flora, Major Blunt, Mr. Raymond. Ich bitte Sie, mein Wortführer zu sein. Die kleine Versammlung ist für neun Uhr angesetzt. Wollen Sie die Einladung übernehmen?»

«Mit Vergnügen, aber warum laden Sie nicht selbst ein?»

«Weil man fragen wird: Warum? Wozu? Sie werden erfahren wollen, was ich beabsichtige. Und wie Sie wissen habe ich einen Widerwillen dagegen, meine kleinen Einfälle vor der Zeit mitzuteilen.»

Ich lächelte ein wenig.

«Mein Freund Hastings, von dem ich schon so oft erzählte, pflegte zu sagen, ich sei eine menschliche Auster. Aber er war ungerecht. Tatsachen behalte ich nie für mich. Es bleibt nur jedem selbst vorbehalten, sie nach seinem Gutdünken zu deuten.»

«Wann soll ich die Einladungen vornehmen?»

«Jetzt gleich, wenn Sie wollen. Wir sind ja dicht am Hause. In einer Viertelstunde treffen wir am Gartentor wieder zusammen.»

Es stellte sich heraus, daß von der Familie nur Mrs. Ackroyd zu Hause war. Sie empfing mich sehr liebenswürdig.

«Ich bin Ihnen so dankbar, lieber Doktor», flüsterte sie, «daß Sie Mr. Poirot in jener Angelegenheit aufgeklärt haben. Aber das Leben bringt eine Sorge um die andere. Sie hörten natürlich schon von Flora?»

«Was eigentlich?»

«Von ihrer neuen Verlobung. Flora und Hektor Blunt. Natürlich keine so gute Partie, wie Ralph es gewesen wäre. Aber schließlich ist Glück die Hauptsache. Was Flora braucht, ist ein älterer, gesetzter und verläßlicher Mann, und dann ist Hektor wirklich vornehm in seiner Weise. Haben Sie die Nachricht von Ralphs Verhaftung in der heutigen Morgenzeitung gelesen?»

«Ja.»

«Schrecklich.» Mrs. Ackroyd schloß schaudernd die Augen. «Geoffrey Raymond war in furchtbarer Verfassung und rief in Liverpool an. Aber die Polizeidirektion wollte ihm keine Auskunft geben. Man behauptete sogar, Ralph sei gar nicht festgenommen. Mr. Raymond sagt, es sei ein Irrtum, eine – wie nennt man das –, eine Zeitungsente. Ich habe natürlich verboten, vor den Dienstboten davon zu sprechen. So eine Schande! Denken Sie, wenn Flora ihn wirklich geheiratet hätte.»

Mrs. Ackroyd schloß schmerzerfüllt die Augen. Ich fing an, darüber nachzudenken, wann es mir wohl gelingen würde, Poirots Einladung zu überbringen.

«Sie waren gestern hier, nicht wahr, mit jenem schrecklichen Inspektor Raglan? Dieser Unmensch erschreckte Flora so sehr, daß sie sagte, sie habe das Geld aus dem Zimmer des armen Roger genommen. Und die Sache war doch so einfach. Das liebe Kind wollte einige Pfund ausborgen und wagte nicht, ihren Onkel zu stören, da er es strengstens verboten hatte. Da sie aber wußte, wo er sein Geld aufbewahrte, ging sie hin und nahm, was sie benötigte.»

«Stellt Flora die Sache so dar?» fragte ich.

«Mein lieber Doktor, Sie wissen doch, wie die heutigen Mädchen sind. Durch Suggestion so leicht zu beeinflussen. Der Inspektor schreit sie an und gebraucht so lange den Ausdruck ‹stehlen›, bis das arme Kind eine Hemmung – oder einen Komplex – bekommt, ich verwechsle die beiden Ausdrücke immer, und tatsächlich selbst glaubt, daß sie das Geld gestohlen hat. Andererseits kann ich für dieses Mißverständnis natürlich nicht dankbar genug sein, da es die beiden zusammengebracht zu haben scheint – Hektor und Flora meine ich. Und ich versichere Ihnen, ich habe mich in der letzten Zeit sehr um Flora gesorgt, denn ich dachte tatsächlich einmal, daß sich zwischen ihr und dem jungen Raymond ein gewisses Einverständnis entwickle. Denken Sie nur!» Mrs. Ackroyd stöhnte entsetzt auf. «Ein Privatsekretär – mit so gut wie gar keinem Vermögen.»

«Das wäre sicher ein schwerer Schlag für Sie gewesen», sagte ich. «Übrigens, Mrs. Ackroyd, ich habe Ihnen von Mr. Poirot etwas zu bestellen.»

Mrs. Ackroyd sah ganz bestürzt aus, und ich beeilte mich, sie zu beruhigen und ihr zu erklären, was Poirot wünschte.

«Gewiß», sagte sie etwas mißtrauisch. «Ich denke, wir müssen wohl kommen, wenn Poirot es verlangt. Aber was hat das zu bedeuten?»

Ich versicherte ihr wahrheitsgemäß, daß ich auch nicht mehr wußte als sie.

«Gut», sagte sie endlich etwas widerstrebend. «Ich will es den anderen sagen, und wir werden um neun Uhr dort sein.»

Ich verabschiedete mich, um Poirot an dem verabredeten Ort zu treffen.

«Ich fürchte, ich bin länger geblieben als eine Viertelstunde», bemerkte ich. «Aber wenn die gute Dame zu reden beginnt, so gehört es zu den schwierigsten Dingen, einmal selbst zu Wort zu kommen.»

«Das macht nichts», sagte Poirot. «Ich habe mich inzwischen sehr gut unterhalten. Der Park ist wirklich herrlich.»

Wir machten uns auf den Heimweg. Als wir ankamen, öffnete uns zu meinem größten Erstaunen Caroline selbst die Tür. Sie hatte offenbar auf uns gewartet.

Sie legte den Finger an die Lippen. Ihr Gesicht strahlte vor Wichtigkeit und Erregung.

«Ursula Bourne», flüsterte sie, «die Zofe aus Fernly. Sie ist drinnen. Ich habe sie ins Eßzimmer geführt. Sie ist in einem fürchterlichen Zustand, das arme Ding. Sagt, sie müsse Mr. Poirot sofort sprechen. Ich kochte ihr eine Tasse Tee. Es geht einem wirklich zu Herzen, jemand in solcher Verfassung zu sehen.»

«Im Eßzimmer?» fragte Poirot.

«Hier», sagte ich und stieß die Tür auf.

Ursula Bourne saß am Tisch. Sie hob den Kopf, den sie bis dahin zwischen den Händen verborgen hatte. Ihre Augen waren vom Weinen gerötet.

«Ursula Bourne», flüsterte ich.

Poirot ging mit ausgestreckten Händen an mir vorbei. «Nein», verbesserte er, «das ist nicht ganz richtig. Dies ist nicht Ursula Bourne – nicht wahr, mein Kind? –, sondern Ursula Paton, die Gattin von Ralph Paton!»

22

Ursula blickte stumm zu Poirot auf. Dann verlor sie vollständig die Beherrschung und begann fassungslos zu schluchzen. Caroline schob mich beiseite, legte den Arm um sie und klopfte ihr auf die Schulter.

«Na, na», sagte sie beschwichtigend. «Es wird schon alles gut werden. Sie werden sehen – alles wird wieder gut.»

Ursula richtete sich auf und trocknete sich die Augen.

«Wie schwach und dumm von mir.»

«Nein, nein, mein Kind», sagte Poirot gütig. «Wir verstehen alle, wie sehr Sie in diesen letzten Wochen gelitten haben müssen.»

Ursula beruhigte sich sofort.

«Es muß sehr schwer für Sie gewesen sein», fügte ich hinzu.

«Sie wissen, was mich heute abend zu Ihnen führt», sagte Ursula. «Dies hier...»

Sie wies ein zerknittertes Zeitungsblatt vor, und ich erkannte die Notiz, die Poirot hatte einrücken lassen.

«Es heißt, Ralph sei verhaftet worden. Dann ist ja alles zwecklos, ich brauche nicht mehr zu heucheln.»

«Zeitungsnotizen sind nicht immer wahr, Mademoiselle», flüsterte Poirot und sah anständigerweise beschämt drein. «Nichtsdestoweniger denke ich, Sie täten gut daran, alles offen zu erzählen. Wahrheit ist es, was uns jetzt nottut.»

Die junge Frau zögerte und sah ihn argwöhnisch an.

«Sie trauen mir nicht, Ursula? Und doch hat es Sie zu mir getrieben. Weshalb sind Sie gekommen?» fragte Poirot sanft.

«Weil ich nicht glaube, daß Ralph der Täter ist», sagte sie leise. «Und ich denke, Sie sind klug und werden die Wahrheit herausfinden. Und...»

«Ja?»

«Ich halte Sie auch für – gütig.»

Poirot nickte mehrmals.

«Das ist gut – ja, das freut mich. Ich glaube wirklich, daß Ihr Gatte unschuldig ist, aber die Sache sieht schlimm aus. Wenn ich ihn retten soll, muß ich alles wissen, was es zu wissen gibt – selbst wenn es ihn scheinbar noch mehr belasten sollte.»

«Sie werden mich doch hoffentlich nicht hinausschicken?» meldete sich Caroline und setzte sich behaglich in einem Lehnstuhl zurecht. «Was ich erfahren möchte, ist», fuhr sie fort, «weshalb dieses Kind sich als Stubenmädchen verkleidet hat.»

«Verkleidet?» fragte ich.

«So sagte ich. Weshalb haben Sie das getan, mein Kind?»

«Um zu leben», sagte Ursula trocken.

Und ermutigt begann sie ihre Geschichte.

Ursula Bourne entstammte einer siebenköpfigen, verarmten, aber vornehmen irischen Familie. Nach dem Tode des Vaters mußten die Töchter ausziehen, um sich ihren Lebensunterhalt zu verdienen. Ursulas älteste Schwester heiratete Captain Folliot. Sie hatte ich an jenem Sonntag besucht, und nun konnte ich mir auch die Ursache ihrer Verlegenheit erklären. Entschlossen, für ihr Leben selbst zu sorgen, nahm Ursula die Stelle eines Stubenmädchens an. Die erforderlichen Zeugnisse stellte ihre Schwester ihr aus.

«Die Arbeit gefiel mir», erklärte sie. «Und mir blieb noch reichlich freie Zeit.»

Dann kam ihre Begegnung mit Ralph Paton und die Geschichte ihrer Liebe, die schließlich in einer heimlichen Heirat gipfelte. Ralph hatte sie fast gegen ihren Willen dazu überredet. Er erklärte ihr, sein Stiefvater werde von einer Ehe mit einem mittellosen

Mädchen nichts hören wollen. Es sei daher besser, heimlich zu heiraten und ihm dann später, zu einem günstigen Zeitpunkt, die vollendete Tatsache mitzuteilen.

So geschah es, und Ursula Bourne wurde Ursula Paton.

Ralph hatte erklärt, er wolle seine Schulden abzahlen, sich eine Stellung suchen und dann später sich seinem Stiefvater anvertrauen.

Aber Leuten vom Schlag Ralph Patons fällt es leichter, theoretisch ein neues Leben zu beginnen, als dies in Wirklichkeit zu tun. Er hoffte, sein Stiefvater werde sich überreden lassen, seine Schulden zu bezahlen und ihm wieder auf die Beine zu helfen. Als Ackroyd jedoch erfuhr, welche Höhe die Verbindlichkeiten Ralphs erreicht hatten, geriet er in Wut und weigerte sich, überhaupt etwas für seinen Stiefsohn zu tun. Einige Monate verstrichen, und Ralph wurde noch einmal nach Fernly gerufen. Roger Ackroyd wollte, daß Ralph Flora heiratete, und er sagte das dem jungen Mann offen.

In diesem Augenblick trat Ralphs angeborene Willensschwäche klar zutage. Wie immer haschte er nach der leichten, der sofortigen Lösung. Soviel ich herausbringen konnte, gaben weder Ralph noch Flora vor, verliebt zu sein. Roger Ackroyd diktierte seine Wünsche, und sie fügten sich. Flora ergriff die Gelegenheit, zu Geld, Freiheit und einem weiteren Gesichtskreis zu gelangen. Ralph allerdings spielte ein anderes Spiel. Seine Schulden sollten bezahlt werden. Er konnte von neuem beginnen. Es lag nicht in seiner Natur, an die Zukunft zu denken, aber ich glaube, daß ihm unklar vorschwebte, nach einiger Zeit das Verlöbnis mit Flora zu lösen. Er kam mit Flora überein, die Verlobung vorläufig geheimzuhalten, und war ängstlich bemüht, die ganze Sache vor Ursula zu verbergen.

Dann kam der entscheidende Augenblick, als Roger Ackroyd in seiner herrischen Art die Veröffentlichung der Verlobung beschloß. Ralph gegenüber erwähnte er seine Absicht mit keinem Wort; er sprach nur mit Flora, die zu apathisch war, um Einspruch zu erheben. Die Nachricht traf Ursula wie eine Bombe. Von ihr gerufen, kam Ralph eiligst aus der Stadt. Sie trafen im Wald zusammen, wo ein Teil ihres Gespräches von meiner Schwester belauscht wurde. Ralph beschwor sie, noch kurze Zeit zu schweigen, aber Ursula war fest entschlossen, den Heimlichkeiten ein Ende zu bereiten. Sie wollte unverzüglich Mr. Ackroyd die Wahrheit mitteilen. Die jungen Eheleute schieden in Unfrieden.

Ursula hielt an ihrem Vorsatz fest, bat an jenem Nachmittag Mr. Ackroyd um eine Unterredung und enthüllte ihm die volle Wahrheit. Ihr Gespräch gestaltete sich sehr stürmisch, und es wäre vielleicht noch stürmischer verlaufen, hätte nicht Roger Ackroyd schon genug eigene Sorgen gehabt. Doch es war noch immer schlimm genug. Ackroyd gehörte nicht zu jenen Menschen, die einen ihnen zugefügten Betrug verzeihen können. Sein Groll richtete sich hauptsächlich gegen Ralph, aber auch Ursula bekam ihr Teil. Harte Worte fielen auf beiden Seiten.

Am gleichen Abend trafen sich Ursula und Ralph wie verabredet im Gartenhaus, zu diesem Zweck stahl sie sich durch den Seitenausgang aus dem Haus. Ihre Unterredung bestand aus gegenseitigen Vorwürfen. Ralph bezichtigte Ursula, seine Aussichten durch ihre Enthüllungen unwiederbringlich vernichtet zu haben. Ursula warf ihm Falschheit vor.

Dann trennten sie sich. Eine halbe Stunde später wurde Roger Ackroyds Leiche gefunden. Seit jenem Abend hatte Ursula von Ralph weder etwas gesehen noch gehört.

Je weiter die Geschichte sich entwickelte, desto mehr fiel mir auf, wieviel Belastungsmaterial sie enthielt. Hätte Ackroyd gelebt, so hätte er unweigerlich sein Testament geändert. Ich kannte ihn genügend, um zu wissen, daß dies sein erster Gedanke gewesen wäre. Sein Tod war für Ralph und Ursula gerade zur rechten Zeit gekommen. Kein Wunder, daß das Mädchen den Mund gehalten und ihre Rolle so beharrlich weitergespielt hatte.

«Madame, ich muß Sie noch etwas fragen», begann Poirot ernst, «und Sie müssen wahrheitsgemäß antworten, denn davon kann alles abhängen. Wie spät war es, als Sie sich im Gartenhaus von Captain Paton trennten? Überlegen Sie einen Augenblick, damit Ihre Antwort sehr genau ausfällt.»

Das Mädchen lachte bitter auf.

«Glauben Sie, ich habe dies nicht immer und immer wieder überlegt? Es war genau halb zehn, als ich mich mit ihm traf. Major Blunt ging auf der Terrasse auf und ab, so daß ich rund um das Gebüsch schleichen mußte, um nicht gesehen zu werden. Drei

Minuten später dürfte ich das Gartenhaus erreicht haben, wo Ralph mich erwartete. Ich war zehn Minuten mit ihm zusammen, nicht länger, da ich genau um dreiviertel zehn schon wieder das Haus betrat.»

Ich verstand nun ihre ängstliche Frage vom vergangenen Tag, ob es bewiesen werden könne, daß Ackroyd vor dreiviertel zehn ermordet wurde und nicht erst später.

«Wer verließ das Gartenhaus zuerst?» fragte Poirot kurz.

«Ich.»

«Und Ralph blieb zurück?»

«Ja – aber Sie denken doch nicht etwa...»

«Madame, was ich denke, ist doch vollkommen gleichgültig. Was taten Sie, nachdem Sie ins Haus zurückgekehrt waren?»

«Ich ging in mein Zimmer.»

«Und blieben dort bis...?»

«Bis ungefähr zehn Uhr.»

«Kann das jemand bezeugen?»

«Bezeugen? Daß ich in meinem Zimmer war, meinen Sie? O nein. Jetzt verstehe ich, Sie denken vielleicht – Sie denken vielleicht...»

Ich sah Entsetzen in ihren Augen aufflackern.

Poirot vollendete den Satz für sie.

«...daß Sie durch das Fenster einstiegen und Mr. Ackroyd töteten, während er vor dem Kamin saß? Ja, das könnte man annehmen.»

«Nur ein Narr würde so etwas vermuten», mischte Caroline sich ein und klopfte Ursula auf die Schulter.

Das Mädchen barg sein Gesicht in den Händen.

«Furchtbar», flüsterte sie. «Furchtbar.»

Caroline streichelte sie mitleidig.

«Regen Sie sich nicht auf. Mr. Poirot meint es nicht im Ernst. Was aber Ihren Mann betrifft, so halte ich nicht viel von ihm, das sage ich Ihnen offen. Einfach wegzulaufen und Sie Ihrem Schicksal zu überlassen...»

Aber Ursula schüttelte energisch den Kopf.

«O nein», rief sie. «So war es sicher nicht. Ich verstehe es erst jetzt. Als er von der Ermordung seines Stiefvaters hörte, dachte er vielleicht, daß ich es getan hätte...»

«So etwas kann er doch nicht gedacht haben!» rief Caroline.

«Ich war ja an jenem Abend so grausam zu ihm – so hart und so verbittert. Ich sprach die kältesten, grausamsten Worte, die mir in den Sinn kamen.»

«Schadet ihm nichts», sagte meine Schwester. «Regen Sie sich nie über etwas auf, was Sie zu einem Mann sagen.»

«Ich war ganz außer mir, als der Mord entdeckt wurde und Ralph sich nicht meldete. Nur einen Augenblick zweifelte ich, dann wußte ich, daß er es nicht gewesen war – es unmöglich sein konnte... Ich wußte, er hatte Doktor Sheppard sehr gern, und ich dachte, daß Doktor Sheppard vielleicht wußte, wo Ralph sich versteckte.» Sie sah mich an. «Und darum wandte ich mich an Sie. Ich dachte, Sie könnten ihm vielleicht eine Nachricht zukommen lassen.»

«Ich?» rief ich.

«Woher sollte James wissen, wo er sich aufhält?» fragte Caroline scharf.

«Es war unwahrscheinlich, ich weiß es», gab Ursula zu, «aber Ralph sprach oft von Doktor Sheppard, und ich wußte, daß er ihn für seinen besten Freund in King's Abbot hielt.»

«Mein liebes Kind», sagte ich. «Ich habe nicht die geringste Ahnung, wo Ralph sich zur Zeit aufhält.»

«Das mag stimmen», warf Poirot ein.

«Aber...» Ursula hielt uns bestürzt den Zeitungsausschnitt entgegen.

«Ach das!» meinte Poirot etwas verlegen. «Hat nichts zu bedeuten, Madame. Nicht eine Sekunde lang glaube ich, daß Ralph Paton verhaftet wurde.»

«Aber dann...»

«Eines wüßte ich gern. Hat Captain Paton an jenem Abend Schuhe oder Stiefel getragen?»

Ursula schüttelte den Kopf.

«Ich kann mich nicht erinnern.»

«Wie schade! Aber wie sollten Sie auch? Und nun, Madame», er lächelte ihr zu, neigte den Kopf zur Seite und hob den Zeigefinger, «keine weiteren Fragen mehr. Quälen Sie sich nicht. Seien Sie guten Mutes, und vertrauen Sie auf Hercule Poirot.»

23

«Jetzt aber», Caroline erhob sch, «kommen Sie mit in mein Zimmer und erholen sich etwas. Sorgen Sie sich nicht, Kleine. Mr. Poirot wird für Sie tun, was er kann – seien Sie davon überzeugt.»

«Ich muß aber nach Fernly zurück», sagte Ursula unsicher.

Doch Caroline brachte ihre Einwände energisch zum Schweigen.

«Unsinn. Jetzt stehen Sie unter meinem Schutz. Jedenfalls müssen Sie vorläufig hierbleiben. Nicht wahr, Mr. Poirot?»

Sie war sich der Antwort im voraus sicher.

«Es wird das beste sein», stimmte der kleine Belgier zu. «Ich werde Mademoiselle, entschuldigen Sie, Madame, heute abend bei meiner kleinen Gesellschaft brauchen. Um neun bei mir. Ihre Anwesenheit ist von höchster Bedeutung.»

Caroline nickte und verließ mit Ursula das Zimmer.

«Soweit ging alles gut», sagte Poirot. «Die Situation klärt sich.»

«Es sieht wirklich immer schlimmer für Ralph Paton aus», bemerkte ich düster.

«Jawohl. Aber es war zu erwarten, nicht wahr?»

Plötzlich seufzte er und schüttelte den Kopf.

«Was haben Sie?» fragte ich.

«Manchmal übermannt mich die Sehnsucht nach meinem Freund Hastings. Das ist der Freund, von dem ich Ihnen erzählte, der jetzt in Argentinien lebt. Sooft ich einen großen Fall hatte, war er an meiner Seite. Und er half mir, denn er besaß das Talent, unvermutet über die Wahrheit zu stolpern, ohne es selbst zu merken. Manchmal sagte er etwas ganz besonders Törichtes, und siehe da, gerade diese Bemerkung enthüllte mir die Wahrheit! Und dann hatte er auch die Gewohnheit, schriftliche Aufzeichnungen über alle interessanten Fälle zu machen.»

«Was das anbelangt...», begann ich und hielt inne.

Poirot setzte sich auf, seine Augen strahlten.

«Was denn? Was wollten Sie sagen?»

«Ich las einige Berichte von Captain Hastings, und ich dachte, warum sollte ich mich nicht auch in ähnlicher Weise versuchen. Es tat mir leid, die wahrscheinlich einzige Gelegenheit ungenützt zu lassen, denn ich dürfte wohl nie wieder in eine ähnliche Sache verwickelt werden.»

Poirot sprang auf. Ich fürchtete einen Augenblick lang, er werde mich umarmen und küssen, wie es in Frankreich Sitte ist, doch glücklicherweise unterließ er dies.

«Aber das ist ja herrlich. Sie schreiben fortlaufend Ihre Eindrücke über den Fall nieder?»

Ich nickte.

«Großartig!» rief Poirot. «Bitte lassen Sie mich Ihre Notizen sehen. Jetzt... Sofort!»

«Ich hoffe, Sie werden es mir nicht verübeln. Ich war hier und da – vielleicht ein wenig zu persönlich.»

«Oh! Ich verstehe vollkommen, Sie haben mich als komisch, vielleicht sogar als lächerlich beschrieben? Das macht nichts. Auch Hastings war nicht immer höflich. Ich – ich stehe über solchen Nebensächlichkeiten.»

Noch immer etwas unsicher, durchstöberte ich die Fächer meines Schreibtisches und brachte endlich einen Stoß loser Blätter zum Vorschein, die ich ihm überreichte. Mit Rücksicht auf eine eventuelle spätere Veröffentlichung hatte ich mein Werk in Kapitel eingeteilt und es am vergangenen Abend bis zu dem Bericht über Miss Russells Besuch gebracht.

So bekam Poirot zwanzig Kapitel zu lesen.

Ich ließ ihn damit allein.

Da ich einen ziemlich entfernt wohnenden Kranken zu besuchen hatte, war es acht Uhr vorbei, als ich nach Hause kam, wo ein warmes Abendbrot auf mich wartete. Poirot und meine Schwester hatten schon um halb acht zusammen gegessen, und jetzt saß er wieder in meinem Zimmer, um die Lektüre des Manuskriptes zu beenden.

«Ich hoffe, James», scherzte Caroline, «daß du dir gut überlegt hast, was du über mich geschrieben hast.»

Ich fuhr zusammen. Ich war durchaus nicht vorsichtig gewesen.

«Nicht, daß mir das etwas ausmacht», fuhr sie fort. Sie hatte meine Gedanken richtig gedeutet. «Mr. Poirot wird schon wissen, was er davon zu halten hat. Er versteht mich viel besser als du.»

Ich ging zu Poirot. Er saß am Fenster, und das Manuskript lag sorgfältig geordnet neben ihm. Er legte seine Hand darauf und sagte:

«*Eh bien*, ich gratuliere Ihnen – zu Ihrer Bescheidenheit!»

«Oh!» rief ich verlegen.

«Und zu Ihrer Verschwiegenheit», fügte er hinzu.

«Oh!»

«So schrieb Hastings nicht», fuhr mein Freund fort. «Auf jeder Seite kam mehrmals das Wort ‹ich› vor. Was er dachte, was er tat. Aber Sie, Sie stellten Ihre Persönlichkeit in den Hintergrund. Nur ein- oder zweimal drängt sie sich vor, in Szenen aus dem Familienleben zum Beispiel.»

Ich errötete vor seinem Augenzwinkern.

«Was halten Sie wirklich davon?» fragte ich aufgeregt.

«Sie wollen meine aufrichtige Meinung hören?»

«Ja.»

«Ein sehr ausführlicher und sorgfältiger Bericht», sagte er freundlich. «Sie geben alle Tatsachen wahrheitsgetreu und gewissenhaft wieder, obwohl Sie sich hinsichtlich Ihres Anteils an der Angelegenheit mehr als reserviert verhalten.»

«Und war es Ihnen für Ihre Überlegungen von Nutzen?»

«Ja. Ich möchte sagen, daß es mir außerordentlich geholfen hat. Kommen Sie jetzt mit, wir müssen den Schauplatz für meine Gesellschaft entsprechend vorbereiten.»

Caroline war in der Halle. Ich glaube, sie hoffte aufgefordert zu werden, uns zu begleiten.

Poirot zog sich taktvoll aus der Affäre.

«Ich hätte Sie gern mit dabei gesehen, Mademoiselle», sagte er, «aber zu diesem Zeitpunkt wäre es nicht klug. Sehen Sie, alle, die heute abend kommen, sind Verdächtige. Unter ihnen werde ich den Mörder herausfinden.»

«Meinen Sie das wirklich?» fragte ich ungläubig.

«Ich sehe, daß Sie mir nicht glauben», erwiderte Poirot trocken. «Immer noch schätzen Sie Hercule Poirot nicht richtig ein.»

In diesem Augenblick kam Ursula die Treppe herab.

«Sind Sie bereit, mein Kind?» fragte Poirot. «Das ist recht. Wir wollen zusammen zu mir hinübergehen. Mademoiselle Caroline, glauben Sie mir, ich tue Ihnen zuliebe alles, was ich kann. Guten Abend.»

Im Salon des Nebenhauses standen Likör und Gläser auf dem Tisch. Auch eine Platte mit Teegebäck.

Bald darauf ertönte die Glocke.

«Sie kommen», sagte Poirot. «Nun, alles ist bereit.»

Die Tür öffnete sich. Poirot ging seinen Gästen entgegen und begrüßte zuerst Mrs. Ackroyd und Flora.

«Wie freundlich von Ihnen, daß Sie gekommen sind. Und auch von Ihnen, Major Blunt und Mr. Raymond.»

Der Sekretär war aufgeräumt wie immer.

«Was ist denn los?» fragte er lachend.

«Nein, Monsieur.» Poirot lächelte. «Ich bin altmodisch. Ich bleibe bei den alten Methoden. Ich arbeite nur mit den kleinen grauen Zellen. Fangen wir also an. Vorher jedoch habe ich Ihnen allen eine Mitteilung zu machen.»

Er nahm Ursula an der Hand und trat mit ihr vor.

«Diese Dame ist Mrs. Paton. Im März dieses Jahres hat Captain Paton sie geheiratet.»

Mrs. Ackroyd stieß einen Schrei aus.

«Ralph verheiratet! Aber das ist ja ausgeschlossen. Wie war das möglich?»

Ursula errötete und wollte sprechen, aber Flora kam ihr zuvor. Sie ging schnell zu dem Mädchen hinüber und legte zärtlich den Arm um sie.

«Sie dürfen unsere Überraschung nicht übelnehmen», sagte sie. «Sehen Sie, wir hatten doch keine Ahnung davon, Sie und Ralph haben Ihr Geheimnis gut gewahrt. Ich freue mich sehr darüber.»

«Sie sind sehr gütig, Miss Ackroyd», entgegnete Ursula leise, «obwohl Sie allen Grund hätten, ungehalten zu sein. Ralph hat sich sehr schlecht benommen – besonders Ihnen gegenüber.»

«Das soll Sie nicht kränken», sagte Flora und tätschelte freundschaftlich ihren Arm. «Ralph wußte nicht mehr aus und ein und verlor den Kopf. Ich an seiner Stelle hätte wahrscheinlich nicht anders gehandelt. Aber er hätte mir sein Geheimnis anvertrauen sollen. Ich hätte ihn nicht verraten.»

Poirot klopfte leise auf den Tisch und räusperte sich vielsagend.

«Die Sitzung ist eröffnet», sagte Flora. «Mr. Poirot deutet an, daß wir nicht sprechen sollen. Aber sagen Sie mir eines. Wo ist Ralph? Wenn überhaupt jemand, so müßten Sie es doch wissen!»

«Aber ich weiß es nicht», rief Ursula klagend. «Das ist es doch, ich habe keine Ahnung, wo er ist.»

«Wurde er nicht in Liverpool verhaftet?» fragte Raymond. «So stand es in der Zeitung.»

«Er ist nicht in Liverpool», sagte Poirot kurz.

«In Wirklichkeit», bemerkte ich, «weiß niemand, wo er ist.»

«Mit Ausnahme von Hercule Poirot, was?» fragte Raymond.

Poirot beantwortete die Neckerei des anderen in vollem Ernst.

«Ich? Ich weiß alles. Merken Sie sich das.»

Geoffrey Raymond zog die Brauen hoch.

«Alles?» Er lächelte. «Hm, das ist ein großes Wort.»

«Wollen Sie wirklich behaupten, daß Sie zu wissen glauben, wo Ralph Paton sich versteckt?» fragte ich ungläubig.

«Sie nennen es – zu wissen glauben! Ich nenne es: wissen, mein Freund.»

«In Cranchester?» riet ich.

«Nein», erwiderte Poirot ernst. «Nicht in Cranchester.»

Weiter sagte er nichts, sondern bat nur, Platz zu nehmen. Jetzt öffnete sich die Tür, und noch zwei Personen traten ein, Parker und die Haushälterin.

Es war, als hätten wir sie erwartet.

«Wir sind vollzählig», sagte Poirot, «und können jetzt beginnen.»

Aus seiner Stimme sprach Befriedigung, doch im gleichen Augenblick machte sich auf allen Gesichtern ein Unbehagen breit. Das machte den Eindruck einer Falle – einer Falle, die sich geschlossen hatte.

Feierlich verlas Poirot eine Liste.

«Mrs. Ackroyd, Miss Flora, Major Blunt, Mr. Geoffrey Raymond, Mrs. Ralph Paton, Doktor Sheppard, John Parker, Elisabeth Russell.»

Er legte das Papier auf den Tisch.

«Was soll dies alles bedeuten?» begann Raymond.

«Die Liste, die ich eben verlas», sagte Poirot, «ist eine Liste verdächtiger Personen. Jede von ihnen hatte Gelegenheit, Mr. Ackroyd zu töten...»

Mit einem Schrei sprang Mrs. Ackroyd auf, ihre Stimme überschlug sich.

«Das ist unerhört!» jammerte sie. «Das paßt mir nicht. Ich gehe nach Hause!»

«Das ist nicht möglich, Madame», erwiderte Poirot ernst, «ehe Sie nicht gehört haben, was ich zu sagen habe.»

Er räusperte sich.

«Ich will mit dem Anfang beginnen. Als Miss Ackroyd mich bat, den Fall zu untersuchen, ging ich mit Doktor Sheppard nach Fernly Park. Auf dem Fensterbrett der Terrasse wurden mir Fußspuren gezeigt. Von dort führte mich Inspektor Raglan den Pfad entlang, der zu der Auffahrt führt. Meine Blicke blieben an einem Gartenhaus haften, das ich dann gründlich durchsuchte. Ich fand zwei Dinge: ein Stückchen Batist und einen leeren Gänsekiel. Der Batist ließ mich sofort an eine Mädchenschürze denken. Als Inspektor Raglan mir die Liste aller Hausbewohner vorlegte, fiel mir auf, daß eines der Mädchen, nämlich die Kammerzofe Ursula Bourne, kein richtiges Alibi nachweisen konnte. Ihren Angaben nach befand sie sich von neun Uhr dreißig bis zehn Uhr in ihrem Zimmer. Wenn sie nun aber statt dessen in dem Gartenhaus gewesen war? Dann mußte sie dort jemand getroffen haben. Nun wissen wir durch Doktor Sheppard, daß an jenem Abend wirklich ein Fremder in Fernly war – der Fremde, den er am Gittertor traf. Auf den ersten Blick hat es nun den Anschein, daß unser Problem gelöst ist, daß der Fremde ins Gartenhaus ging, um sich mit Ursula Bourne zu treffen. Daß er im Gartenhaus war, bewies mir der Gänsekiel, der mich sofort auf den Gedanken brachte, daß der Verlierer wohl mit Rauschgift zu tun hatte, und daß es jemand von jenseits des Ozeans war, wo ‹Schnee› zu schnupfen viel gebräuchlicher ist als hierzulande. Der Mann, den Doktor Sheppard traf, sprach mit amerikanischem Akzent, was gleichfalls meiner Annahme entsprach.

Aber etwas machte mich stutzig. Die Zeitangaben stimmten nicht. Ursula Bourne war nicht vor halb zehn Uhr im Gartenhaus, während der Unbekannte wenige Minuten nach neun dort eintraf. Ich konnte natürlich annehmen, daß er eine halbe Stunde gewartet hatte. Es gab aber noch eine andere Möglichkeit. Nämlich, daß zwei voneinander unabhängige Begegnungen an jenem Abend dort stattgefunden hatten. *Eh bien,* sobald ich diese Möglichkeit in Betracht zog, fielen mir verschiedene bezeichnende

Tatsachen ein. Ich entdeckte, daß Miss Russell, die Haushälterin, am Morgen bei Doktor Sheppard gewesen war und starkes Interesse für die Behandlung von Rauschgiftsüchtigen bewiesen hatte. Als ich das mit der Gänsefeder in Zusammenhang brachte, kam ich zu dem Schluß, daß der bewußte Mann nach Fernly gekommen war, um die Haushälterin aufzusuchen und nicht Ursula Bourne. Mit wem hatte dann aber Ursula Bourne ein Stelldichein? Ich war nicht lange darüber im Zweifel. Erst fand ich einen Ring, einen Ehering, in dessen Innenseite ‹R› und das Datum zu lesen stand. Dann erfuhr ich, daß Ralph Paton zwanzig Minuten nach neun Uhr gesehen worden war, wie er über den Gartenweg auf das Gartenhäuschen zuging, auch hörte ich von einem gewissen Gespräch zwischen Raymond und einem unbekannten Mädchen, das am selben Nachmittag im Walde unweit von Fernly belauscht worden war. So waren die Tatsachen ordentlich zusammengestellt, wie sie sich hintereinander abgespielt hatten. Eine heimliche Ehe, eine am Tag der Tragödie angekündigte Verlobung, die stürmische Auseinandersetzung im Wald und jene Begegnung im Gartenhaus.

Dies bewies mir deutlich, daß sowohl Ralph Paton als auch Ursula Bourne (oder Paton) die schwerwiegendsten Beweggründe hatten, Mr. Ackroyd aus dem Weg zu wünschen. Es klärte mir unerwarteterweise aber auch einen anderen Punkt auf. Nämlich: Ralph Paton konnte unmöglich um halb zehn bei Mr. Ackroyd im Arbeitszimmer gewesen sein.

So gelangen wir zu einer neuen, höchst interessanten Phase des Verbrechens. Wer war um halb zehn Uhr bei Ackroyd im Zimmer? Nicht Ralph Paton, der mit seiner Frau im Gartenhaus sprach. Nicht Charles Kent, der schon fort war. Wer also? Ich stellte meine klügste – meine verwegenste Frage: War überhaupt jemand bei ihm?»

Poirot neigte sich vor und schleuderte uns triumphierend diese letzten Worte entgegen.

Auf Raymond schien dies nicht sehr viel Eindruck zu machen; er erhob leisen Widerspruch.

«Ich weiß nicht, ob Sie mich zum Lügner stempeln wollen, Mr. Poirot. Es handelt sich nicht allein um meine Aussage – von der Wiedergabe des genauen Wortlautes vielleicht abgesehen. Auch Major Blunt hörte, wie Mr. Ackroyd mit jemand sprach. Blunt war auf der Terrasse und konnte daher die Worte nicht verstehen, aber er vernahm deutlich die Stimmen.»

Poirot nickte.

«Ich habe das nicht vergessen», sagte er ruhig. «Doch Major Blunt stand unter dem Eindruck, daß Mr. Ackroyd mit Ihnen sprach.»

Einen Augenblick lang schien Raymond bestürzt.

«Blunt weiß jetzt, daß er sich irrte.»

«Ganz richtig», bestätigte der Major.

«Aber seine Annahme muß in irgend etwas begründet gewesen sein», fuhr Poirot fort. «Von allem Anfang an fiel mir etwas auf: die Art der Worte, die Mr. Raymond hörte. Es überraschte mich, daß niemand etwas Seltsames an ihnen fand.»

Er hielt einen Augenblick inne und zitierte dann leise: «‹Die Anforderungen, die an meine Börse gestellt werden, nehmen in der letzten Zeit einen derartigen Umfang an, daß ich Ihrem Ersuchen leider nicht entsprechen kann.› Fällt Ihnen daran nichts Merkwürdiges auf?»

«Mir nicht», sagte Raymond. «Er diktierte mir oft Briefe, die fast den gleichen Wortlaut hatten.»

«Sehr richtig», rief Poirot. «Darauf wollte ich hinaus. Würde sich irgend jemand im Gespräch so ausdrücken? Ausgeschlossen, daß dies ein Teil eines wirklichen Gespräches war. Nun, wenn er einen Brief diktiert hätte...»

«Sie denken, er las den Brief laut vor», sagte Raymond langsam. «Aber wenn, dann hätte er doch einen Zuhörer haben müssen...»

«Aber weshalb? Wir haben keine Beweise dafür, daß sonst noch jemand im Zimmer war. Erinnern Sie sich, nur Mr. Ackroyds Stimme war vernehmbar.»

«Es ist kaum anzunehmen, daß er sich selbst einen solchen Brief vorlas... es sei denn, er...»

«Sie alle vergessen das eine», sagte Poirot sanft. «Den Fremden, der am vergangenen Mittwoch in Fernly vorsprach. Der junge Mann als solcher ist nicht wichtig. Aber die Firma, die er vertrat, interessierte mich sehr.»

«Die Diktaphon-Gesellschaft», rief Raymond. «jetzt verstehe ich. Ein Diktiergerät. Das meinen Sie?»

Poirot nickte.

«Mr. Ackroyd hatte die Absicht, ein Diktiergerät anzuschaffen – erinnern Sie sich nur. Ich war so neugierig, bei der bewußten Firma Erkundigungen einzuziehen. Ihre Antwort lautete, daß Mr. Ackroyd von ihrem Vertreter ein Diktiergerät gekauft hatte. Weshalb er diese Tatsache vor Ihnen geheimhielt, weiß ich nicht.»

«Er wollte mich vielleicht damit überraschen», flüsterte Raymond. «Es war eine etwas kindliche Leidenschaft von ihm, Überraschungen zu bereiten. Er wollte es wahrscheinlich noch einige Tage bei sich behalten und spielte damit wie mit einem neuen Spielzeug. Sie haben vollkommen recht – niemand würde diese Worte in einem Gespräch verwenden.»

«Dies erklärt auch», sagte Poirot, «weshalb Major Blunt der Meinung war, daß Sie im Arbeitszimmer seien. Die Worte, die sein Ohr erreichten, waren Bruchstücke eines Diktates, und so schloß er unbewußt, daß Sie bei ihm seien. Sein Sinn war anderweitig beschäftigt – mit jener weißen Gestalt, von der er einen Schimmer erhascht hatte. Er bildete sich ein, es sei Miss Ackroyd gewesen. In Wirklichkeit hatte er natürlich die weiße Schürze von Ursula Bourne leuchten sehen.»

Raymond hatte sein erstes Staunen überwunden.

«Nichtsdestoweniger», bemerkte er, «bleibt durch diese Ihre Entdeckung, so glänzend sie auch sein mag, im wesentlichen die Lage unverändert. Mr. Ackroyd lebte um halb zehn Uhr, da er in das Diktiergerät sprach. Jener Charles Kent war um diese Zeit schon weit weg, während Ralph Paton...»

Mrs. Paton schoß das Blut ins Gesicht, aber sie antwortete fest. «Ralph und ich trennten uns um dreiviertel zehn. Er kam bestimmt dem Haus nicht nahe, ganz bestimmt nicht. Seinem Stiefvater gegenüberzutreten wäre sicher das letzte gewesen, was er gewünscht hätte.»

«Ich bezweifle Ihre Angaben nicht einen Augenblick», erklärte Raymond. «Ich war immer von Captain Patons Unschuld überzeugt. Aber man muß an das Gericht denken und an die Fragen, die dort gestellt werden könnten. Er ist in einer äußerst kritischen Lage, doch wenn er erscheinen...»

Poirot unterbrach ihn.

«Ist es auch Ihr Wunsch, daß er erscheinen sollte?»

«Gewiß. Wenn Sie wissen, wo er ist...»

«Ich sehe, daß Sie mir nicht glauben. Und doch sagte ich Ihnen vorhin, daß ich alles weiß. Die Wahrheit über den Telefonanruf, über die Fußspuren auf dem Fensterbrett, über das Versteck Ralph Patons...»

«Wo ist er?» fragte Blunt scharf.

«Nicht sehr weit von hier», entgegnete Poirot lächelnd.

«In Cranchester?» fragte ich.

Poirot wandte sich zu mir.

«Sie fragen immer das gleiche. Der Gedanke an Cranchester wurde Ihnen zur fixen Idee. Nein, er ist nicht in Cranchester. Er ist... hier!»

Mit dramatischer Gebärde wies er nach der Tür. Alle Blicke folgten seiner ausgestreckten Hand. Auf der Schwelle stand Ralph Paton.

24

Es war ein recht unbehaglicher Augenblick für mich. Ich erfaßte kaum, was zunächst geschah, ich hörte nichts als überraschte Rufe. Als ich wieder so weit Herr meiner selbst war, um zu verstehen, was um mich vorging, sah ich Ralph Paton Hand in Hand mit seiner Frau stehen und mir zulächeln.

Auch Poirot lächelte und drohte mir mit dem Finger.

«Sagte ich Ihnen nicht mindestens sechsunddreißigmal, daß es zwecklos ist, vor Hercule Poirot Geheimnisse zu haben?» fragte er. «Daß er in einem solchen Fall alles ermittelt?»

Er wandte sich den anderen zu.

«Kürzlich – Sie werden sich erinnern – hielten wir eine kleine Sitzung ab, nur wir sechs. Ich beschuldigte die anderen fünf Anwesenden, etwas vor mir zu verbergen. Vier gaben ihr Geheimnis preis. Doktor Sheppard tat es nicht. Die ganze Zeit über hatte ich einen Verdacht. Doktor Sheppard hoffte an jenem Abend, Ralph in den ‹Three Boars› zu treffen. Doch er war nicht dort. Nehmen wir an, sagte ich mir, daß er ihn unterwegs auf dem Heimweg traf. Doktor Sheppard war Captain Patons Freund und kam direkt vom Schauplatz des Verbrechens. Er mußte wissen, daß die Situation für Paton schlimm aussah. Vielleicht wußte er mehr als die anderen...»

«So war es», sagte ich reuig. «Ich glaube, ich kann jetzt ebensogut reinen Tisch machen. Ich besuchte Ralph an jenem Nachmittag. Erst weigerte er sich, mich ins Vertrauen zu ziehen, aber später erzählte er mir von seiner Heirat und in welcher Klemme er sei. Als der Mord entdeckt war, sah ich ein, daß der Verdacht sich unweigerlich auf ihn oder auf das Mädchen, das er liebte, lenken müßte, sobald seine Schwierigkeiten bekannt würden. An jenem Abend setzte ich ihm dies offen auseinander. Der Gedanke, daß er möglicherweise in die Lage kommen könnte, gegen seine eigene Frau auszusagen, trieb ihn zu dem Entschluß, um jeden Preis...»

«...auszureißen», vollendete Ralph. «Ursula verließ mich damals und ging in das Haus zurück, Ich dachte, daß sie möglicherweise...»

«Kehren wir zu dem unverzeihlichen Verhalten Doktor Sheppards zurück», unterbrach Poirot trocken. «Doktor Sheppard war bereit, nach besten Kräften zu helfen. Es gelang ihm, Captain Paton vor der Polizei zu verbergen.»

«Wo?» fragte Raymond. «In seinem Haus?»

«O nein, das nicht», sagte Poirot. «Legen Sie sich doch selbst die Frage vor, die ich mir stellte. Welchen Ort würde der gute Doktor wählen, wenn er den jungen Mann verstecken wollte? Notwendigerweise müßte der Ort in der Nähe sein. Da dachte ich an Cranchester. In einem Hotel? Nein. In einer Wohnung? Noch unwahrscheinlicher. Wo also dann? Ah, ich habe es! In einer Pflegeanstalt. In einem Heim für Schwachsinnige. Ich mache die Probe aufs Exempel. Ich erfinde einen schwachsinnigen Neffen und erkundige mich bei Miss Sheppard nach geeigneten Anstalten. Sie nennt mir zwei Namen, wo ihr Bruder öfter derartige Patienten unterbringt. Ich ziehe Erkundigungen ein. Ja, Samstag früh hat der Doktor persönlich einen Kranken in eines dieser Heime gebracht. Es fiel mir nicht schwer, in dem unter fremdem Namen eingetragenen jungen Mann Captain Paton zu erkennen. Nach

Erledigung gewisser Formalitäten wurde mir erlaubt, ihn herauszuholen. Gestern in der Früh traf er in meinem Hause ein.»

«Carolines Sachverständiger», flüsterte ich. «Daß ich das nicht erraten habe!»

«Sie werden jetzt verstehen, weshalb ich Ihre Aufmerksamkeit auf die Verschwiegenheit Ihres Manuskriptes lenkte», fuhr Poirot fort. «Soweit es ging, war es streng wahrheitsgetreu, doch es ging nicht sehr weit, nicht wahr, mein Freund?»

Ich war zu beschämt, um antworten zu können.

«Doktor Sheppard hat sich sehr bewährt», sagte Ralph. «Er ging mit mir durch dick und dünn. Er tat, was er für das Beste hielt. Ich erkenne jetzt, nach allem, was Mr. Poirot sagte, daß es wirklich nicht das Beste war. Ich hätte bleiben und den Ereignissen die Stirn bieten müssen. Aber in der Anstalt gab es keine Zeitungen. Ich wußte nicht, was vorging.»

«Doktor Sheppard war ein Muster an Verschwiegenheit», bemerkte Poirot trocken. «Mir aber entgeht kein noch so kleines Geheimnis. Das ist mein Beruf.»

«Nun möchten wir von Ihnen hören, was sich in jener Nacht zutrug», rief Raymond ungeduldig.

«Sie wissen es bereits», antwortete Ralph. «Ich habe sehr wenig hinzuzufügen. Etwa um dreiviertel zehn verließ ich das Gartenhaus, irrte in den Straßen umher und versuchte herauszufinden, was ich nun anfangen sollte. Ich muß leider gestehen, daß ich nicht das kleinste Alibi besitze, aber ich gebe mein Ehrenwort, daß ich das Arbeitszimmer nie betrat, meinen Stiefvater nicht erblickte, weder lebend noch tot. Was immer auch die Welt denken mag, ich will nur, daß ihr alle an mich glaubt.»

«Kein Alibi», flüsterte Raymond, «das ist schlimm. Ich natürlich glaube Ihnen, aber...»

«Aber das vereinfacht doch die Dinge sehr», sagte Poirot heiter.

«Wirklich?»

Wir starrten ihn an.

«Sie merken doch, was ich meine? Nein? Nun, eben das – um Captain Paton zu retten, muß der wirkliche Verbrecher ein Geständnis ablegen.»

Er lachte uns allen zu.

«Aber ja – ich meine, was ich sage. Sehen Sie, ich habe Inspektor Raglan heute nicht eingeladen. Das hat seinen Grund. Ich wollte ihm nicht alles mitteilen, was ich wußte, wenigstens heute abend nicht.»

Er neigte sich vor, und plötzlich änderte er Ton und Haltung. Mit einem Male war er gefährlich.

«Ich, der ich mit Ihnen spreche, weiß, daß Mr. Ackroyds Mörder in diesem Zimmer ist. Zu ihm spreche ich jetzt. Morgen gebe ich die Nachricht an Inspektor Raglan weiter. Verstehen Sie?»

Das lastende Schweigen, das dieser Behauptung folgte, wurde durch die alte Haushälterin unterbrochen, die ein Telegramm hereinbrachte. Poirot riß es auf.

Scharf und tönend erhob sich Blunts Stimme.

«Der Mörder befindet sich in unserer Nähe, sagen Sie? Sie wissen, wer es ist?»

Poirot hatte das Telegramm gelesen. Er zerknüllte es in der Hand.

«Ich weiß es – jetzt!»

Er deutete auf den Papierballen in seiner Hand.

«Was haben Sie da?» fragte Raymond schroff.

«Ein Telegramm – von einem Dampfer, der auf dem Weg nach Amerika ist.»

Absolutes Schweigen herrschte. Poirot erhob sich, um uns zu verabschieden.

«*Mesdames et Messieurs*, meine kleine Gesellschaft ist zu Ende. Vergessen Sie nicht – morgen früh erfährt Inspektor Raglan die Wahrheit.»

25

Eine leichte Handbewegung von Poirot zwang mich, hinter den anderen zurückzubleiben. Ich gehorchte, trat nachdenklich an den Kamin und bewegte die großen Scheite mit der Spitze meiner Schuhe.

Ich war bestürzt. Zum erstenmal hatte ich keine Ahnung, was

Poirot meinen mochte. Einen Augenblick lang neigte ich zu der Annahme, daß die Szene, der ich eben beigewohnt hatte, nichts als ein ungeheurer Bluff war, daß er Komödie gespielt hatte, um sich interessant und wichtig zu machen. Gegen meine Überzeugung aber sah ich mich genötigt, an eine seinen Worten zugrundeliegende Wirklichkeit zu glauben. Wirkliche Drohung lag in seinen Worten – eine nicht wegzuleugnende drohende Offenheit! Aber noch immer glaubte ich ihn auf vollständig falscher Fährte.

Als sich die Tür hinter dem letzten Gast geschlossen hatte, trat er zu mir an den Kamin.

«Nun, mein Freund», sagte er ruhig. «Und was halten Sie davon?»

«Ich weiß nicht, was ich davon halten soll», erwiderte ich aufrichtig.

Was war seine Absicht, weshalb ging er nicht schnurstracks mit der Wahrheit zu Inspektor Raglan, statt die schuldige Person so umständlich zu warnen?

Poirot setzte sich und zog sein Zigarettenetui heraus. Schweigend sah er den Rauchwolken nach.

«Verwenden Sie Ihre kleinen grauen Zellen», sagte er dann. «Alle meine Handlungen haben einen Grund.»

«Mir scheint es», begann ich zögernd, «als wüßten Sie selbst nicht genau, wer der Schuldige ist, der sich Ihrer Überzeugung nach unter den Anwesenden befand. Folglich beabsichtigen Sie, den unbekannten Täter mit Ihren Worten zu einem – Geständnis zu zwingen.»

«Die Überlegung ist gut, stimmt aber nicht.»

«Ich glaube, Sie wollten den Mörder herausfordern, sich selbst zu verraten; vielleicht dachten Sie, er werde es mit einem Anschlag auf Sie versuchen, um die angedrohte Enthüllung mit allen Mitteln zu verhindern...»

«Eine Falle mit mir als Köder? Danke, *mon ami* – dazu bin ich nicht heldenhaft genug.»

«Dann verstehe ich Sie nicht. Sie haben – vorausgesetzt, Ihre Annahme ist richtig – den Mörder gewarnt. Wenn er nun entschlüpft?»

«Er kann nicht entkommen», war die ernste Antwort. «Es gibt nur einen Ausweg für ihn – und der führt nicht in die Freiheit!»

«Und Sie glauben wirklich, daß einer Ihrer Besucher von heute abend den Mord begangen hat?» fragte ich ungläubig.

«Ja, mein Freund.»

«Wer?»

Einige Minuten herrschte Schweigen. Dann warf Poirot seine Zigarette in das Feuer und begann ruhig und überlegend:

«Ich will Sie den Weg führen, den ich zurücklegte. Schritt für Schritt sollen Sie mich begleiten, und Sie werden sich selbst davon überzeugen, daß alles unstreitig auf eine Person weist. Zwei Tatsachen und eine kleine Ungenauigkeit in der Zeitangabe erregten sofort meine Aufmerksamkeit. Zuerst der Telefonanruf. War Ralph Paton wirklich der Mörder, so wäre der Anruf sinn- und zwecklos gewesen. Paton schied also für mich als Mörder aus. Weiter: Vom Hause aus war nicht angerufen worden, und doch befand sich meiner Überzeugung nach die Schuldige unter denen, die an jenem tragischen Abend zugegen gewesen waren. Also mußte ein Mitwisser des Mörders den Anruf vom Bahnhof aus erledigt haben.

Warum aber überhaupt ein Telefonanruf? Nun, der Anruf bewirkte, daß der Mord noch am gleichen Abend entdeckt wurde und nicht erst, wie sonst anzunehmen war, am folgenden Morgen. Darin stimmen wir doch überein?»

«Ja...», gab ich zu. «Da Ackroyd nicht mehr gestört zu werden wünschte, hätte wahrscheinlich niemand mehr an jenem Abend das Arbeitszimmer betreten...»

«Ausgezeichnet! Es geht vorwärts, nicht wahr? Worin konnte aber nun der Vorteil bestehen, daß der Mord beinahe sofort entdeckt wurde? Für mich gab es da nur eine Antwort: Der Mörder wollte unbedingt beim Aufbrechen der Tür, beim Auffinden des Toten anwesend sein. Und warum dies? Die Beantwortung dieser Frage führt uns zu der zweiten Tatsache – zu dem Sessel, der von der Wand weggerückt war. Inspektor Raglan erschien dies unwichtig, mir hingegen äußerst bedeutungsvoll.

Sie werden sich erinnern, daß nach Parkers Angaben der Stuhl nicht an seinem gewöhnlichen Platz, sondern in gerader Linie zwischen Tür und Fenster stand...»

«Dem Fenster?» fragte ich schnell.

«Ja. Zuerst glaubte ich, der hohe Großvaterstuhl sei vorgerückt worden, um das Fenster zu verdecken, dann aber überzeugte ich mich, daß er nur jenen Teil, der vom Fensterbrett zum Boden reichte, den Blicken entzog. Vor dem Fenster stand aber ein kleines Tischchen mit Büchern und Zeitschriften – Sie werden sich wohl daran erinnern –, das durch den vorgerückten Stuhl vollständig verdeckt wurde. Sofort kam mir ein nebelhafter Verdacht.

Angenommen, auf dem Tischchen stand etwas, was nicht gesehen werden sollte – irgend etwas, das der Mörder dorthin gestellt hatte und das er nach der Tat nicht gleich entfernen konnte, das aber unbedingt verschwinden mußte, sobald das Verbrechen entdeckt wurde. Was lag da näher als ein Telefonanruf, der dem Mörder die Gelegenheit bot, zur Stelle zu sein, wenn der Leichnam gefunden wurde.

Vier Personen waren vor der Polizei am Tatort. Sie, Parker, Major Blunt und Mr. Raymond. Parker schied für mich sofort aus. Mit oder ohne Telefonanruf wäre er sowieso als einer der ersten am Schauplatz des Verbrechens gewesen. Er hatte auch den vorgerückten Stuhl erwähnt. Parker war daher entlastet, und ich hatte mich mit Blunt und Raymond zu befassen. Was aber konnte auf dem Tischchen gestanden haben? Ich zerbrach mir den Kopf, bis die Erwähnung des beabsichtigten Kaufes eines Diktiergeräts mir Klarheit brachte. Sie alle stimmten vor einer halben Stunde meiner Theorie bei, aber eine wesentliche Einzelheit scheint Ihnen allen entgangen zu sein. Wenn Mr. Ackroyd an jenem Abend ein Diktiergerät benutzte, warum wurde dann kein Diktiergerät gefunden?»

«Daran hätte ich nie gedacht», gab ich zu.

«Wir wissen, daß Mr. Ackroyd ein solcher Apparat geliefert wurde. Wo ist er denn geblieben? Stand er auf dem Tischchen? Hatte ihn der Mörder nach der Entdeckung der Tat heimlich entfernt? Diese Möglichkeit bestand, denn die Aufmerksamkeit der Anwesenden richtete sich ausschließlich auf den Toten. Aber ein Diktiergerät läßt sich nicht in die Hosentasche stecken, also muß irgendein Behälter vorhanden gewesen sein, in dem es untergebracht werden konnte.

Sie sehen, worauf ich hinauswill. Die Person des Mörders wird deutlicher. Eine Person, die sofort auf dem Schauplatz erscheint, die aber vielleicht nicht zugegen gewesen wäre, wenn der Mord erst am folgenden Morgen entdeckt worden wäre! Eine Person, die einen – Behälter bei sich hatte, in dem ein Diktiergerät versteckt werden konnte!«

«Warum aber das Gerät entfernen?» unterbrach ich ihn. «Was sollte das für einen Zweck haben?»

«Sie sind wie Mr. Raymond, mein Freund, und nehmen als erwiesen an, daß Ackroyds Stimme um halb zehn in das Diktiergerät sprach. Aber betrachten Sie einmal diese nützliche Erfindung. Sie diktieren in den Apparat, nicht wahr, und etwas später schaltet ein Sekretär oder eine Stenotypistin ihn ein, und die Stimme spricht von neuem.»

«Sie meinen...?» keuchte ich.

«Ja, das meine ich. Um halb zehn war Mr. Ackroyd schon tot. Zu dieser Zeit sprach das Diktiergerät – nicht er selbst...»

«Und der Mörder schaltete es ein? Dann muß er sich zu dieser Zeit im Zimmer aufgehalten haben...»

«Wahrscheinlich. Aber wir dürfen auch die Möglichkeit nicht außer acht lassen, daß ein mit dem Diktiergerät verbundenes Uhrwerk oder so etwas Ähnliches den Apparat zu einer bestimmten Zeit eingeschaltet hat.

In diesem Fall wird die Person des Mörders noch deutlicher. Er mußte wissen, daß Ackroyd ein Diktiergerät besaß, und er mußte selbst technische Kenntnisse besitzen.

Jetzt aber kommen wir zu den Fußspuren, die unweigerlich auf Ralph Paton wiesen. Wenn nun jemand absichtlich den Verdacht auf den jungen Mann, der ja an jenem Abend in Fernly war, lenken wollte? Ralph Paton hatte zwei Paar Schuhe, die fast gleich waren. Eines von ihnen wurde durch die Polizei in den ‹Three Boars› beschlagnahmt. Um meinen Verdacht zu rechtfertigen, mußte der Mörder an jenem Abend Patons zweites Paar getragen haben – und in diesem Fall hatte dieser ein drittes Paar, Schuhe oder Stiefel, an den Füßen. Dies wurde mir gestern morgen von Paton selbst bestätigt. Es waren Stiefel, die er noch trug, da er nichts anderes anzuziehen hatte.

Wieder ein Schritt weiter in der Beschreibung des Mörders: eine Person, die Gelegenheit hatte, ein Paar von Patons Schuhen aus dem Gasthof zu entwenden.

«Außerdem», fuhr er mit erhobener Stimme fort, «muß der

Mörder zu jenen gehören, die Gelegenheit hatten, den Dolch aus der Vitrine zu nehmen...»

Er hielt inne.

«Nun wollen wir zusammenfassen: Eine Person, die am Mordtag in den ‹Three Boars› war, eine Person, die Ackroyd so gut kannte, um vom Kauf des Diktiergeräts unterrichtet zu sein, eine Person, die eine Vorliebe für Basteleien hatte, eine Person, der es möglich war, den Dolch aus der Vitrine zu nehmen, eine Person, die einen Behälter bei sich hatte – zum Beispiel eine schwarze Tasche –, um einen verhältnismäßig großen Apparat zu verstekken, eine Person, die nach Entdeckung des Verbrechens einige Minuten lang allein im Arbeitszimmer war, während Parker mit der Polizei telefonierte, kurz – Doktor Sheppard!»

26

Tödliches Schweigen folgte diesen Worten.

«Sie sind toll!» lachte ich dann.

«Nein», erwiderte Poirot gelassen, «ich bin nicht toll. Eine kleine Zeitdifferenz lenkte zuerst meine Aufmerksamkeit auf Sie – gleich von Anfang an übrigens.»

«Ein Widerspruch in der Zeitangabe?» fragte ich bestürzt.

«Allerdings. Wir alle waren uns darüber einig, daß man fünf Minuten braucht, um von der Pförtnerwohnung zum Haus zu gelangen – vorausgesetzt, daß nicht der abkürzende Weg zur Terrasse gewählt wurde. Nach Ihren und Parkers Angaben verließen Sie das Haus zehn Minuten vor neun, und doch schlug es neun Uhr, als Sie das Parktor durchschritten. Das unfreundliche Wetter an jenem Abend verlockte nicht zum Spazierengehen, warum also brauchten Sie zehn Minuten für einen Weg, der bequem in der Hälfte der Zeit zurückzulegen war? Nach Ihrer Aussage bat Ackroyd Sie, das Fenster zu schließen. Überzeugte er sich aber, ob Sie seiner Bitte nachgekommen waren? Wenn Sie es nun offengelassen hätten, um sich eine schnelle, ungesehene Ein- und

Ausgangsmöglichkeit zu schaffen? Diese Annahme schob ich schließlich als unwahrscheinlich beiseite. Ackroyd hätte sicher gehört, wie Sie durch das Fenster einstiegen, und es ist kaum anzunehmen, daß er sich in diesem Fall hätte kampflos abschlachten lassen. Aber sofort kam mir eine andere Überlegung – übrigens die richtige. Wenn Sie Ackroyd erstochen hätten, ehe Sie ihn verließen – als Sie hinter seinem Stuhl standen? Dann konnten Sie das Haus durch den Haupteingang verlassen, zum Gartenhaus laufen, dort Ralph Patons Schuhe anziehen, die Sie in Ihrer Tasche mitgebracht hatten, durch die feuchte Erde zurückstapfen und so beim Einsteigen Fußspuren auf dem Fensterbrett hinterlassen. Nun schnell die Tür des Arbeitszimmers von innen abschließen, zum Fenster hinaus, zurück zum Gartenhaus, um flink in die eigenen Schuhe zu schlüpfen, und hastig zum Parktor. Dann eilten Sie nach Hause. Es handelte sich jetzt um Ihr Alibi, denn Sie hatten das Diktiergerät auf halb zehn gestellt.»

«Mein lieber Poirot» – meine Stimme klang selbst meinen eigenen Ohren fremd und gezwungen –, «Sie grübeln zuviel über den Fall nach. Was, um Himmels willen, könnte ich durch die Ermordung Ackroyds gewinnen?»

«Sicherheit, mein Freund! Sie waren es, der die Erpressungen an Mrs. Ferrars verübte. Wer konnte besser wissen, woran Mr. Ferrars gestorben war, als der Arzt, der ihn betreute? Seinerzeit, bei unserem Gespräch im Garten, erwähnten Sie eine Erbschaft, die Ihnen vor einem Jahr zugefallen sei. Es war mir unmöglich, Spuren dieser Erbschaft zu ermitteln. Sie hatten sie erfunden, weil Sie die zwanzigtausend Pfund erklären wollten, die Sie von Mrs. Ferrars erhalten hatten. Sie brachten Ihnen nicht viel Glück. Das meiste ging durch Spekulation verloren. Dann zogen Sie die Daumenschrauben zu fest an, und Mrs. Ferrars wählte einen Ausweg, auf den Sie nicht gefaßt waren. Hätte Ackroyd nämlich die Wahrheit erfahren, so wäre er erbarmungslos gegen Sie vorgegangen, und Sie wären für immer erledigt gewesen.»

«Und der Telefonanruf?» fragte ich und versuchte die Sache ins Lächerliche zu ziehen. «Sie fanden vermutlich auch dafür eine glaubwürdige Erklärung?»

«Ich will Ihnen gestehen, es war ein Rätsel für mich, als ich herausbrachte, daß wirklich ein Anruf vom Bahnhof King's Abbot aus erfolgt war. Zuerst dachte ich, Sie hätten die Geschichte einfach erfunden. Sie mußten einen Vorwand haben, um in Fernly erscheinen zu können, den Leichnam aufzufinden und das Diktiergerät zu entfernen, von dem Ihr Alibi abhing. Ich hatte nur eine unklare Vorstellung, wie alles wohl durchgeführt worden sei, als ich Ihre Schwester zum erstenmal besuchte und sie fragte, was für Patienten an jenem Freitag vormittag bei Ihnen gewesen waren. Ich dachte damals nicht im entferntesten an Miss Russell. Ihr Besuch war ein glücklicher Zufall, weil er Ihre Gedanken von dem eigentlichen Gegenstand meines Interesses ablenkte. Ich fand, was ich suchte. Unter Ihren Patienten von jenem Vormittag befand sich der Steward eines amerikanischen Dampfers. Wer kam eher in Betracht, an jenem Abend nach Liverpool zu reisen? Und später war er auf hoher See und daher aus dem Weg. Ich stellte fest, daß die ‹Orion› Samstag in See stach, und nachdem ich den Namen des Stewards festgestellt hatte, sandte ich ihm eine Depesche, die eine bestimmte Frage enthielt. Hier die Antwort, die ich in Ihrer Gegenwart empfing.»

Er reichte mir die Nachricht. Sie lautete:

«Stimmt. Doktor Sheppard ersuchte mich, im Hause eines Patienten Nachricht zu hinterlassen. Sollte ihm vom Bahnhof aus Bescheid telefonieren. Dieser lautete: Keine Antwort.»

«Das war ein sehr kluger Einfall», sagte Poirot. «Der Anruf war authentisch. Ihre Schwester sah, wie Sie ihn entgegennahmen. Über den Inhalt des Gesprächs lag allerdings nur eine Aussage vor – die Ihre.»

Ich gähnte.

«All dies», sagte ich, «ist sehr interessant, aber kaum glaubhaft.»

«Finden Sie? Erinnern Sie sich, was ich sagte: morgen erfährt Inspektor Raglan die Wahrheit. Ihrer Schwester zuliebe will ich Ihnen jedoch Gelegenheit zu einem Ausweg geben. Ich denke zum Beispiel an eine Überdosis von Schlafmitteln. Verstehen Sie mich? Aber Captain Paton muß reingewaschen werden – das ist selbstverständlich. Ich möchte vorschlagen, daß Sie Ihr interessantes Manuskript – unter Aufgabe Ihrer früheren Zurückhaltung – abschließen.»

«Sie scheinen sehr produktiv zu sein, was Vorschläge anbelangt», bemerkte ich. «Sind Sie jetzt fertig?»

«Nun, da Sie mich daran erinnern, bleibt mir wirklich noch etwas zu sagen übrig. Es wäre sehr unklug von Ihnen, wollten Sie mich in gleicher Weise zum Schweigen bringen wie Mr. Roger Ackroyd. Derartiges verfängt bei Hercule Poirot nicht. Verstehen Sie?»

«Mein lieber Poirot», sagte ich ein wenig lächelnd, «was immer ich auch sonst sein mag, ein Narr bin ich nicht.»

Ich erhob mich.

«Jetzt muß ich aber» – ich unterdrückte ein Gähnen – «nach Hause. Ich danke Ihnen für den ebenso interessanten wie lehrreichen Abend.»

Auch Poirot stand auf und verneigte sich mit gewohnter Höflichkeit, als ich das Zimmer verließ.

27

Fünf Uhr morgens. Ich bin sehr müde – aber ich führe meine Aufgabe zu Ende. Vom vielen Schreiben schmerzt meine Hand. Welch merkwürdiger Abschluß meines Manuskripts! Und ich hatte doch beabsichtigt, es eines Tages als die Geschichte von Poirots einzigem Mißerfolg zu veröffentlichen! Seltsam, wie alles anders kommt, als man denkt.

Seit jenem Augenblick, da ich Ralph Paton und Mrs. Ferrars die Köpfe zusammenstecken sah, verließ mich niemals ein Vorgefühl kommenden Unheils. Damals dachte ich, sie habe sich ihm anvertraut. Zufällig war ich auf falscher Fährte. Aber selbst nach dem Betreten von Ackroyds Arbeitszimmer dachte ich noch daran, bis Ackroyd mir die Wahrheit enthüllte. Armer, alter Ackroyd! Ich freue mich, ihm noch eine Chance geboten zu haben. Ich drängte ihn, jenen Brief zu lesen, ehe es zu spät war. Oder, wenn ich ehrlich bin – erkannte ich nicht unbewußt, daß bei einem Dickkopf wie ihm dies die beste Methode war, ihn vom Lesen abzuhalten? Für den Arzt war seine nervöse Erregung interessant. Er fühlte schon die nahende Gefahr. Und doch hegte er nicht den geringsten Verdacht gegen mich.

Der Dolch war erst ein nachträglicher Einfall. Ich hatte eine eigene, sehr handliche kleine Waffe mitgebracht, doch als ich den Dolch in der Vitrine liegen sah, fiel mir gleich ein, daß es viel klüger sei, eine Waffe zu verwenden, die nicht auf mich zurückgeführt werden konnte. Ich glaube, ich muß mich schon längst mit dem Mordgedanken getragen haben. Sobald ich von Mrs. Ferrars' Tod hörte, war ich überzeugt, sie habe Ackroyd zuvor noch alles anvertraut. Als ich ihn traf er so erregt schien, dachte ich, er kenne die Wahrheit, könne sich aber nicht entschließen, sie zu glauben, und gebe mir deshalb eine Gelegenheit, sie zu widerlegen.

So ging ich heim und traf meine Vorbereitungen. Wären seine Sorgen und sein Ärger durch Ralph veranlaßt worden – nun, dann lebte Ackroyd heute noch. Aber so? Zwei Tage vorher hatte er mir das Diktiergerät gegeben, an dem irgend etwas nicht in Ordnung war. Ich überredete ihn, mich einen Versuch damit machen zu lassen, statt es an die Fabrik zurückzusenden. Ich tat, was ich daran machen wollte, und nahm es an jenem Abend in meiner Tasche mit.

Ich bin mit mir als Schriftsteller recht zufrieden. Was könnte besser ausgedrückt sein als folgendes:

«Zwanzig Minuten vor neun erhielt er den Brief. Zehn Minuten vor neun verließ ich ihn, ohne daß er den Brief gelesen hatte. Ich zögerte, die Klinke in der Hand, und blickte nochmals zurück, um mich zu überzeugen, ob ich nicht noch etwas vergessen hatte.»

Alles wahr. Aber angenommen, ich hätte nach dem ersten Satz einige Gedankenstriche gemacht! Hätte sich dann nicht jemand gefragt, was in jenen nicht beschriebenen zehn Minuten geschah?

Als ich das Zimmer von der Tür aus überblickte, war ich vollkommen zufrieden. Nichts war versäumt worden. Das Diktiergerät stand auf dem Tisch vor dem Fenster und war so aufgestellt, daß es um halb zehn ablaufen mußte; der Mechanismus der kleinen Erfindung war eigentlich sehr klug konstruiert und beruhte auf dem Prinzip eines Weckers. Der Lehnstuhl war vorgezogen, damit der Apparat von der Tür aus nicht gesehen werden konnte.

Ich muß zugeben, ich erschrak, als ich vor der Tür mit Parker zusammenstieß. Wahrheitsgemäß vermerkte ich die Tatsache.

Dann später, als der Leichnam entdeckt und Parker ans Telefon geschickt worden war, um die Polizei zu verständigen – wie klug setzte ich da die Worte: «Ich tat das wenige, was zu tun übrigblieb.» Es war wirklich wenig, nämlich das Diktiergerät in meiner Tasche zu versenken und den Stuhl an seinen richtigen Platz zu schieben. Ich ließ mir nicht träumen, daß Parker die Stellung des Sessels bemerkt haben könnte. Logischerweise hätte er mit dem Leichnam so beschäftigt sein müssen, daß er für alles andere blind war. Aber ich hatte eben nicht mit der Mentalität eines gut geschulten Butlers gerechnet.

Ich wünschte, ich hätte Floras Aussage, sie habe ihren Onkel noch um dreiviertel zehn Uhr am Leben gesehen, voraussehen können. Sie verblüffte mich mehr, als ich sagen kann. Tatsächlich kamen im Verlauf des Falles viele Dinge vor, die mich hoffnungslos bestürzt machten. Jeder schien irgendwie beteiligt zu sein.

Aber die ganze Zeit über war Caroline meine größte Angst. Ich bildete mir ein, sie werde alles erraten. Sonderbar, wie sie damals von meiner «Schwäche» sprach.

Gut, daß sie niemals die Wahrheit erfahren wird. Es gibt, wie Poirot sagt, einen Ausweg...

Ich kann mich auf ihn verlassen. Er und Inspektor Raglan werden es untereinander ausmachen. Ich möchte nicht, daß Caroline etwas erfährt. Sie hat mich gern, und dann ist sie auch so stolz... Mein Tod wird ihr Kummer bereiten, doch Kummer vergeht...

Wenn ich mit dem Schreiben fertig bin, verschließe ich das ganze Manuskript in einem Umschlag und sende es an Poirot. Und dann, was dann? Veronal? Das ergäbe eine Art poetische Gerechtigkeit. Nicht, daß ich mich für den Tod von Mrs. Ferrars verantwortlich fühle. Er war die unmittelbare Folge ihrer eigenen Handlungsweise. Ich bemitleide sie nicht.

Auch mit mir empfinde ich kein Erbarmen. So möge es denn Veronal sein.

Aber ich wünschte, Hercule Poirot hätte sich niemals von seinem Beruf zurückgezogen und wäre nie hierhergekommen, um Kürbisse zu züchten...

Der klassische Krimi
Bei Christie werden Nerven versteigert

Agatha Christies Geschichten sind die Kunst der Fuge, aber das Leitmotiv ist «Fuchs, du hast die Gans gestohlen».
Peter Ustinov

jeder Band
400 Seiten